아름다움이

나를
멸시
한다

아름다움이 나를 멸시한다

은희경 소설집

창비

차
례

아름다움이 나를 멸시한다 ——

봄눈

보티첼리의 「비너스의 탄생」을 처음 본 날을 잊을 수가 없다. 때늦은 봄눈이 펄펄 내리는 날이었다. 아버지를 따라 카펫이 깔린 이태리 식당에 들어갔을 때 나는 그곳이 내가 알던 곳과는 다른 세계임을 알았다.

테이블 위에는 작은 꽃병과 촛대가 놓였고, 부유하고 세련된 분위기의 사람들이 양식기를 능숙하게 다루며 나누는 나직한 대화가 실내 공기를 조용히 흔들고 있었다. 아버지와 나는 창가의 예약석으로 안내되었다. 웨이터가 아버지의 고급 바바리코트와 함께 군데군데 솜이 뭉친 내 낡은 파카를 받아 옷걸이에 걸어주었다.

마주 앉은 순간부터 나는 아버지 등뒤의 벽에서 희미하게 부분조명을 받고 있는 커다란 그림에만 눈길을 주었다. 아버지 얼굴을 똑바로 바라볼 수가 없었다. 실내 공기가 훈훈하여 나의 접힌 목주름 사이로 곧 땀이 배기 시작했다. 중학생이 되었으니 엄마한테 더 잘해야 한다. 아버지의 말에 나는 보일 듯 말 듯 고개를 끄덕였다. 아버지한테 전화하고 싶으면 언제든지 하고. 그 말은 약간 마음에 없는 말처럼 들렸다.

음식이 날라져오자 나는 얼굴을 숙이고 먹는 일에만 열심인 척했다. 아버지가 새우에 소스를 친 다음 그것을 내 접시로 옮겨주며 다시 말했다. 먹성이 좋구나. 걱정마라. 어른이 되면 살은 저절로 빠지니까. 아버지도 네 나이 때는 별명이 찐빵이었어. 나는 그것도 거짓말일 거라고 생각했다.

음식을 다 먹은 뒤 접시가 치워지자 다시 눈 둘 데가 없어진 나는 또 그림을 쳐다보기 시작했다. 내 시선을 좇아서 아버지가 자신의 등뒤를 한번 돌아보았다. 아버지의 입가에 품위 있는 미소가 떠올랐다. 비너스란다. 바다의 거품 속에서 태어나는 장면이지.

그 말을 듣는 순간 나는 왜 그렇게 슬퍼졌을까. 초록색이 도는 우윳빛의 도자기 인형처럼 매끄럽고 아름다운 얼굴. 가냘픈 알몸을 휘감은 채 바람에 날리고 있는 긴 금발의 머리카락과 커다랗게 열린 조개껍데기를 밟고 선 무방

비해 보이는 하얀 맨발. 그리고 허공을 응시하는 눈속 깊은 곳의 그 신비스러운 슬픔 때문이었을까. 미안하다. 내 눈에 가득 고이는 눈물을 본 아버지는 불현듯 긴 한숨을 내쉬며 침통하게 말했다.

기억을 더듬어보면 그날 아버지를 따라다니는 동안 내 머릿속에서는 나는 왜 태어난 걸까,라는 질문이 끊임없이 나를 괴롭히고 있었다. 걸음이 뒤처질 때마다 아버지는 잠깐씩 멈춰서서 기다려주었는데 다른 사람들이 그러듯이 내 몸집이 둔해서라고 생각했을 것이다. 그런 오해는 나에게 이미 익숙한 것이었다. 뚱뚱한 꼬마였던 나는 언제나 뭔가 불만스럽고 또 심술궂게 보였지만 그러나 단지 수줍었던 것뿐이었다.

아버지를 만나는 날에는 내가 아버지 마음에 들지 않을 거라는 생각 때문에 항상 슬픈 마음으로 돌아오곤 했다. 아버지는 특히 내가 뚱뚱한 아이라는 걸 가장 못마땅해했을 것만 같았다. 순진하고 영민한 아이와 함께라면 비극의 주인공이 될 수도 있지만 심술궂거나 아둔해 보이는 뚱뚱한 아이는 한때의 실수와 어리석음을 환기시켜주는 존재일 수밖에 없다.

비너스

내 용돈으로 마음에 드는 물건을 살 수 있는 나이가 되자 나는 내 방 벽에 비너스 그림을 걸었다. 사춘기의 내 친구들은 여인의 알몸이라는 점에서 그것을 포르노 브로마이드에 대한 변형된 취향이라고 생각했다.

뚱뚱한 사람들이 자신들의 섬세함과 감수성을 증명해 보이려는 일종의 보상심리로 클래식 장르에 집착한다고 말한 것은 B였다. 그러나 침대에서 애인 마르스를 맞이하는 관능적인 비너스나 활을 든 에로스와 놀고 있는 청순하고 아름다운 비너스는 나의 관심 대상이 아니었다. 그 이상의 다른 곡선을 상상할 수조차 없다는 듯 우아한 균형미를 내뿜는 밀로의 비너스 역시 내 눈에는 미술실의 석고상으로만 보였다. 나에게 비너스란 오직 보티첼리의 비너스였다.

그날 친구들이 B의 집에 몰려간 것은 부모가 유럽 여행 길에 사온 위스키를 훔쳐 마시기 위해서였다. 우리가 술을 반 넘게 마신 뒤 물로 희석시켜놓은 인삼주병과 양주병은 B의 집 곳곳에 있었다. 그러나 그날은 B가 비싼 술이라고 여러번 주의를 주는 바람에 새 양주를 조금밖에 축낼 수가 없었다. 결국 B의 아버지가 서재에 두고 마시는 위스키를 약간만 더 마시기로 작당하고 내가 병을 가지러 갔다.

B의 아버지 서재는 내가 좋아하는 장소였다. 먼지 쌓인 책들과 비밀스러운 적막과 공기 중에 떠도는 근친의 희미한 체취. 어쩌면 B가 가진 많은 것 중에 가장 내 마음에 드는 것일 수도 있었다. 책장에 있는 술병을 찾아서 들고 나오던 나는 책상 위의 책에 흘긋 눈길을 주었다. B의 아버지가 읽는 책이 무엇인지는 언제나 나의 관심사였다. 책상 위에는 최근 여행지에서 사온 듯한 박물관의 도록이 펼쳐져 있었다.

엄청나게 비만한 여인의 석상이었다. 허리를 빙 둘러 붙어 있는 늘어진 살덩이는 마치 두꺼운 솜포대기를 친친 감아 아기를 업고 있는 것 같았다. 돌확만한 젖가슴을 지탱하기 위해 몸은 앞으로 쏠렸는데 그것을 항아리처럼 보이는 뱃살과 대들보 굵기의 짧은 종아리가 안정되게 받쳐주고 있었다.

팔다리나 목과 허리 등은 구별이 있을 수 없었고 얼굴에는 물론 생김새라고 할 것이 없었다. 울퉁불퉁 제멋대로 굴려 만든 눈사람에 코끼리의 다리를 붙였다고나 할까. 그 여인의 이름은 '빌렌도르프의 비너스'였다. 사진 설명에는 오스트리아 빈 박물관 소장이며 이만여년 전 빙하기 때 만들어진 돌 비너스라고 적혀 있었다.

나는 마치 홀리기라도 한 듯 한동안 그녀를 바라보았다. 그리고 마침내는 책상 한켠에 술병을 내려놓고 조심스럽게 도록에서 그 페이지를 찢어내기 시작했다. 두번쯤 접으니 바지주머니에 알맞게 들어갔다. 내가 왜 그런 짓을 했는지는 지금도 정확히 알 수 없다. 이만년이란 시간에 대해 난생처음 뭔가 미미하게나마 느낌이 왔기 때문일까. 상투적으로 표현해서 내 몸속에 든 원시의 시간을 느꼈다고 말할 수도 있겠지만, 실은 어떤 야유나 냉소 비슷한 감정도 없지 않았다.

그러나 그 느낌은 내 손안의 술병을 향해 내지르는 친구들의 환호 속에 금방 묻혀버렸다. 집에 돌아와 바지를 갈아입으면서야 나는 주머니 속의 여인을 기억해냈다. 술기운이 퍼지면서 무척 졸렸으므로 손에 잡히는 대로 책장에서 책 한권을 빼내 아무렇게나 그 갈피에 집어넣은 뒤에는 곧장 침대로 가야 했다. 몸을 던지자 침대가 뒤틀리듯 신음을 토해냈다.

아마 그 무렵이 내 체중의 최고 전성기였을 것이다. 고통스러운 체육 시간은 지금도 가끔 꿈에 나타날 정도이다. 나는 내 생애 최초로 사진을 훔친 여인에 대해서는 거의 잊어버리고 있었다. 그러나 아무도 없는 일요일 새벽

공중 목욕탕 저울 앞에 섰을 때 이따금 그녀가 생각났다. 그때마다, 비너스, 제발 나를 축복하지 마, 너의 풍요와 다산을 내게서 거두어줘, 그렇게 중얼거리며 저울을 내려오곤 했던 것이다.

책장을 뒤져서 어떤 책의 갈피엔가 들었을 여인의 사진을 찾아보고 싶어질 만큼 자주 생각났던 것은 아니었다. 게다가 대학생이 된 뒤, 나는 무슨 생각에서였는지 내가 읽어온 거의 모든 책을 책장에 꽂혀 있던 순서대로 묶어서 헌책방에 팔아버렸다. 색이 바랠 대로 바랜 보티첼리의 비너스 그림 역시 이사통에 없어졌다.

고등학생이 되었을 때 아버지는 또 한번 나를 불러내고급식당에 데려갔지만 대학생 때는 아무 소식도 없었다. 어머니는 입버릇처럼 내가 커갈수록 아버지를 닮아간다고 말하곤 했다. 물론 내가 마음에 들지 않는 경우에 하는 말이었다.

대학생이 된 이후 어머니는 더이상 아버지 얘기를 꺼내지 않았다. 내가 성인이 됨으로써, 아버지가 떠났다는 사실을 받아들일 수 있게 된 모양이었다. 예전보다 자유로워 보이긴 했지만 그렇다고 그것이 곧바로 행복을 약속해주는 건 아니었다. 그렇게 되기까지의 시간이 너무 길었던 것이다. 대학생이 되었으니 엄마한테 더 잘해야 한다. 만약 아버지를 만났다면 분명 그렇게 말했을 것이다. 그것이 아버지가 어머니한테 해줄 수 있는 모든 것인 셈이다.

일요일의 전화

나의 서른다섯번째 생일은 일요일이었다. 어머니는 교회에서 돌아와 불려놓았던 미역으로 국을 끓였다. 설거지를 마친 어머니와 함께 텔레비전을 보면서 나는 생일을 기념할 겸 다이어트를 시작하겠다고 말했다. 어머니는 마치 그 말을 동면을 앞둔 곰한테서 듣기라도 한 것처럼 나를 미심쩍은 눈으로 바라보았다.

유년 이래 내가 뚱뚱한 사람으로 살아온 시간이 결코 짧은 건 아니었다. 불편한 건 사실이지만 인간의 자기애는 아무리 열악한 것이라 해도 주어진 조건에 자신을 적응시킬 수 있으며 그 삶을 합리화하게 마련이다. 삼십여 년 동안 내가 비만을 당연하게 받아들인다고 생각했던만큼 어머니가 수상쩍다는 듯 한참이나 나를 훑어보는 것도 무리는 아니다. 그러나 내가 갑자기 다이어트를 결심한 이유를 발견해내지는 못한 것 같았다.

탐색을 마친 어머니가 한마디 던졌다. "이제 빨랫대가 비좁지 않아 좋겠구나."

두 식구뿐인데도 빨래 널 자리가 부족한 것은 내 옷이 워낙 대형 사이즈이기 때문이라고 불평할 때와 똑같은 말투였다. 자신이 빨래를 자주 하지 않는 데에도 이유가 있다고는 전혀 생각하지 않았다. "가만있자, 네가 줄어들면 집이 더 넓어지려나." 어머니는 오랜 세월 굳어진 지치고 무덤덤한 표정으로 고개를 돌려 집 안을 한번 둘러보았다.

케이블방송에서는 예능 프로그램을 재방송하고 있었다. 화면에 출연자의 얼굴이 나타나자 어머니는 텔레비전 앞으로 다가앉았다. 쌍둥이처럼 똑같이 흰옷을 차려입은 미소년 둘이 바람머리를 흔들며 연방 화면 가득 향기가 퍼져나갈 듯한 싱그러운 미소를 지어 보였다. 어머니는 그 아이돌 그룹의 노래는 들어본 적도 없었다. 그러나 최근 들어 가장 좋아하는 연예인이었다.

그 둘이 나올 때마다 어머니는 한결같이 이렇게 물었다. 저 가수들 이름이 뭐랬지? 나는 보지도 않고 대충 대꾸했다. 어머니는 틀리는지 맞는지는 구별하지 못했지만 정확하지 않은 대답이란 것은 어김없이 눈치를 챘다. 애초부터 내게서 성의 있는 대답을 기대하는 것도 아니었다. 아무리 불평해도 나의 무뚝뚝한 성격이 달라지지 않는다는 걸 깨닫고는 혼잣말을 대화처럼 주고받는 법을 터득한 지 오래였다.

그래도 포기하지는 않았다. 좋아하는 것의 이름을 외우는 일마저 포기하면 그때부터는 노년의 인생에서 점점 더 많은 일을 포기해야 할지 모른다고 생각하는 게 틀림없었다.

노년의 인생은 자신의 노쇠를 받아들이고 체념하는 여유를 배우는 것이라는 강연을 듣고 온 뒤로 어머니는 더 이상 노인복지회관에 나가지 않았다. 살아오는 동안 그렇게 많은 걸 포기해야 했음에도 어머니가 가장 싫어하는 것은 체념과 거기에 대한 강요였다. 갓 태어난 나를 처음 품에 안을 때에도 마찬가지였다.

미소년들의 프로그램이 끝나자 텔레비전 앞에서 물러나 앉으며 어머니가 물었다. "몇 킬로나 뺄 거니?" 내가 20킬로그램이라고 대답하자 또 한번 고개를 갸우뚱했다. 누구한테 선보일 일이라도 있나? 방으로 들어가는 내 등 뒤에 대고 어머니가 중얼거렸다. 도대체가 속을 알 수 없는 놈이라는 어머니의 잔소리와 달리 나는 어머니가 나에 대해 모르는 것은 아무것도 없다고 생각할 때가 있는데, 바로 그런 순간이었다.

지금까지 다이어트에 전혀 관심이 없었던 것은 물론

아니다. 세상 돌아가는 분위기라는 걸 무시하고 살 수는 없는 일이다. 요즘은 뚱뚱한 사람을 게으르고 절제심이 부족하며 자기관리를 하지 않는 무신경한 사람으로 취급한다. 또한 맞선을 보았던 수많은 여자들은 물론 어머니조차 한번쯤은 나의 성적인 기능이 시원찮을지 모른다고 생각했으리란 것을 나는 알고 있다.

B는 내 몸무게가 100킬로그램이 넘으면 그때부터는 체중을 톤 단위로 계산하라고 농담하곤 했다. "100보다는 0.1이란 숫자가 뭔가 갈망이 있고 이미지도 정교하잖아. 솔직히 다소의 묵직함마저 없었다면 넌 모든 면에서 지나치게 평범할 뻔했어." 그러나 묵직하다는 B의 말이 사실이어서 그랬는지 나는 그 정도 이유로는 쉽게 움직이지 않았고, 아니면 평범하다는 그의 말이 사실과 달라서 그랬는지 집단적 가치에 의해 떠밀려가는 건 특히 싫어했다. 나를 바꿀 수 있는 것은 일반적인 다수가 아니라 나에게 중요한 어떤 사람들이다.

그날 오후 나는 버스를 타고 광화문의 대형 서점에 나갔다. 두시간 동안 열댓 종류의 다이어트 책을 꼼꼼하게 훑어본 다음 가장 설득력이 있다고 여겨지는 책을 세권 샀다.

토요일에 쉬는 대신 일요일에 출근하는 B의 회사가 십

분 거리에 있었다. B는 바로 전화를 받았다. 책을 사러 나왔다고 하자 내가 두 페이지를 읽기도 전에 서점에서 자기 모습을 볼 수 있을 거라고 대꾸했다.

그러나 B가 온 것은 두시간 뒤였다. 신문기자란 술꾼 남편과 비슷해서 늘 늦게 온 핑계를 지나치게 조리 있게 갖다 붙이고 그 뒤에는 때려치워야겠다는 소리를 잊지 않고 덧붙인다. 또 그러는 동안 어느 틈에 내가 읽고 있던 책의 제목을 훑어본 것은 물론 머릿속으로는 그날 화제의 '야마'까지 정리한다.

B의 정리에 따르면 이제부터 나는 새로운 인생을 살게 될 듯했다. 막 닫히려는 만원 엘리베이터를 향해 헐레벌떡 달려가 한쪽 발을 들이밀려는 순간 그 안에서 누군가 닫힘 버튼을 눌러버리는 모욕은 더이상 겪지 않아도 되었다. 신발끈을 맬 때마다 변기에 앉았을 때처럼 얼굴이 빨개지며 또 힘을 너무 준 나머지 자기도 모르게 방귀가 나와버릴까봐 걱정하는 일에서도 해방이었다. 뚱뚱한 사람은 인상이 비슷비슷해 보이기 때문에 간혹 내가 주문한 음식을 다른 뚱뚱한 사람에게 날라다주는 식당 아줌마를 큰 소리로 불러 세울 수밖에 없는데 그때마다 구겨진 자존심을 내색하지 않아야 하는 고통도 없어지게 되었다. "이렇게 생각하면 돼." B가 말했다. "너를 포함해서 우리

모두가 이제 네 살덩이로 포장된 꾸러미를 벗기고 비로소 그 속의 내용물, 즉 네 진짜 모습을 볼 수 있게 되는 거야." B는 자기 중고차의 머플러가 나간 것을 순전히 내 탓이라고 생각하고 있었다. "네가 탈 때마다 차 바닥이 내려앉아서 과속방지턱을 겨우 넘는다는 건 너도 알지? 이제부터는 비행기라든가 유람선, 그리고 놀이기구, 뭐든 탈 때마다 그게 네 쪽으로 기울어질까봐 옆사람 눈치 안 봐도 돼."

마지막으로 소주 한병을 더 주문했을 때 B가 물었다. "근데 왜 갑자기 살 뺄 생각 같은 걸 한 거야? 여자랑 자려고?"

얼마 전 고등학교때의 단짝들이 오랜만에 만난 자리에서였다. 회사의 법인카드로 강남의 물좋다는 곳을 골라다니며 원없이 원나잇스탠드를 즐긴다는 친구가 있었다. 유부남들은 상대적으로 여유롭게 그 친구의 허풍을 받아넘기고 있었지만 미혼들은 점점 몸이 그쪽으로 기울었다.

화려한 공금유용 여성편력기가 끝나자 구석에서 누군가 기나긴 한숨을 내쉬었다. 나 실은 여자랑 자본 지 십일개월 삼주 이틀 됐어. 뭐라구? 설마! 마치 아르바이트 방청객으로 채워진 텔레비전 토크쇼의 방청석에서처럼 사방에서 동시에 과장된 탄식이 새어나왔다.

그날 나는 그 친구보다 이년쯤 더 됐다는 말을 돌아가는 길에 B에게만 했다. 십일개월 삼주 이틀이라니, 하루 단위까지 기억하는 걸 보면 날마다 세어봤다는 뜻 아니겠냐는 의미로 장난삼아 꺼낸 얘기였는데 B는 다르게 해석한 듯했다. "그건 솔직히, 다이어트로 해결될 문제가 아니야." B가 진지한 얼굴로 충고했다. "문제는 적극성이라고. 너 한번이라도 여자한테 접근해서 먼저 말 걸어본 적 있어?"

오랜 시간을 함께 보냈지만 B는 아직도 나에 대해 모르는 것이 많았다. 나는 무엇을 간절히 원하기 이전에 내가 그것을 원해도 되는지 먼저 생각해야 하는 조건에서 살아왔을 뿐 내가 원하는 것에 대해 소극적이지는 않았다. 그리고 B가 군이 말해주지 않더라도 단지 여자랑 자기 위해서라면 다이어트까지 하지 않고도 손쉬운 해결 방법이 얼마든지 있다는 걸 모를 만큼 꽉 막힌 사람은 아니었다.

술집에서 나오자 그사이 밤이 깊어 있었다. "어머니는 건강하시지?" 대리운전기사를 부른 뒤 B는 버스정류장까지 나를 배웅했다. "식당 넘겨버린 뒤로 심심하다고는 안하셔?" "편하지, 뭐. 국밥 먹으러 가끔 가시는 것 같더라. 새 주인이 어머니가 가르쳐준 대로 비슷하게 맛을 낸대." 사실 그것은 핑계였다. 한자리에서 이십년이니 국밥과 국밥집 모두 지겨울 대로 지겨울 테지만 어머니는 거기 말고는 달리 갈 데가 없었다. "지금도 강남에 그 교회 다니시니?" "아니. 동네 교회로 옮기셨어." 나는 B에게 이유를 설명해주었다. 사모님들이 금붕어 같은 입놀림으로 고상하게 찬송가 부르는 모습이 도무지 마음에 안 들었던 어머니는 목청껏 소리지르면서 찬송가를 부르고 싶다며 교회를 옮겼던 것이다. "네 어머니 언제 봐도 씩씩하셔." B가 재미있다는 듯 큰 소리로 웃었다.

일요일 저녁 버스 안은 한산했다. 빈 옆자리에 책 봉투를 내려놓는데 조금 전 B의 말이 떠올랐다. 버스 좌석에 앉을 때마다 옆사람의 몸이 닿을까봐 늘 신경이 쓰인 건 사실이었다. 젊은 여성의 오해를 견디지 못해 중간에 버스를 내린 적도 여러번이었다. 나는 쓴웃음을 지었다. B는 매사에 쓸데없이 복잡하고 예민한 나와 달랐다. 좋은 환경에서 귀하게 자란 아들답게 악의없이 명쾌했다. 어릴 때의 그를 본 적은 없지만 영민하고 순진해 보이는 소년이었을 것이다.

차창으로 천천히 얼굴을 가져갔다. 밖의 거리는 평소보다 약간 어두웠다. 차가 적어서인지 텅 빈 검은 도로에 불빛이 군데군데 무늬를 이루고 있었다. 어머니는 늘 삶이 재미없었고 변화를 원했지만 아무것도 바꾸지 못했다. 바꿀 수 있는 것이라고는 다니는 교회 정도였다. 씩씩한 사람은 전혀 못되었다.

만약 그 전화를 어머니가 받았다면 어떻게 되었을까. 아마 그쪽에서 찾는 사람이 이곳에 살지 않는다며 단호하게 끊어버릴 수는 있었을 것이다. 그러나 손이 떨려 점심은 지을 수 없을 뿐 아니라 무슨 전화냐고 묻는 내 얼굴을 똑바로 보지 못하고 이불을 둘러쓰며 돌아누워버렸을 것이다.

그 전화는 일주일 전 어머니가 교회에 간 사이에 걸려왔다. 젊은 남자의 목소리였다. 국밥집을 통해 전화번호를 알게 되었다며 내가 그 집 아들 같은데 맞느냐고 물었다. 그런 다음 아버지의 이름을 댔고 병원과 병실 호수를 알려주었다. 짧은 통화였다.

내가 병명과 수술 날짜를 알게 된 것은 그 병원의 친절한 당직간호사를 통해서였다. "가족분이세요?" "네, 그렇습니다." 나는 내게 전화를 걸었던 젊은 남자의 흉내를 내듯 건조한 어조로 대답했다.

그날 이후 일주일이 지나도록 내가 한 일이라곤 국밥집에 전화를 걸어서 모르는 사람에게 전화번호를 가르쳐주면 어머니가 곤란해질 일이 있다고 말한 뒤, 어머니에게는 누군가 번호를 물어봤다는 사실조차 알리지 말라고 당부한 것뿐이었다. 아버지의 모습을 떠올리려 해봤지만 아무 기억도 나지 않았다. 대신 뭔가 슬픈 생각에 빠져 있다가 아버지를 놓칠세라 급히 종종걸음을 치는 뚱뚱한 소년이 떠오르곤 했다.

일용할 양식

심장내과 전문의인 A박사는 월남전에서 사망한 군인들의 사체부검을 하다가 이상한 사실을 발견했다. 내장에 지방 덩어리가 두껍게 달라붙어 있었다. 육식을 즐기고 운동량이 적은 노인에게나 나타나는 지방질 퇴적이 어떻게 해서 전장의 젊은 군인들에게 발생한 것일까. 바로 주식인 탄수화물 때문이었다. 인간의 몸은 거대한 화학공장이다. 몸속에서 남아도는 탄수화물은 지방으로 바뀌는데, 한편 지방은 아무리 많이 섭취해도 탄수화물 없이는 저장되지 않는다. 거기에서 지방은 마음대로 먹고 탄수화물을 금지하는 'A다이어트'의 이론이 나왔다.

이십여년간 국밥집을 꾸려온 어머니의 이론은 당연히 정반대였다. 삼겹살을 먹어서 살을 뺀다고 하자 어머니는 그럼 그 기름이 다 어디로 가겠냐고 어이없어했다. 음식이 몸속에 들어가면 전혀 다른 성분이 된다고 말해봤자 소용없는 일이었다.

밥과 빵과 국수와 떡 같은 탄수화물을 전혀 먹지 않겠다는 말에는 특히 강경한 태도를 보였다. 밥이야말로 조상 대대로 먹어온 신토불이 건강식이며, 국수는 열량이 밥의 절반이고 게다가 메밀국수는 널리 알려진 다이어트 식품이라는 주장을 굽히지 않았다.

어머니는 텔레비전 아침방송을 거의 빼놓지 않고 보고 있었다. 과일이나 주스도 먹으면 안된다는 대목에서는 즉시, 무가당도 말이냐?라는 반문이 돌아왔다. "과일 자체에 당분이 많잖아요. 그리고 감자도 사지 마세요. 전분은 곧바로 탄수화물로 분해돼요." 어머니의 눈썹이 자신 있게 추켜올려졌다. "너, 감자처럼 영양가 높은 음식이 어디 있다고 그러니?" "안다니까요." 어머니에게 뭔가 설명한다는 일에 습관이 되어 있지 않은 나는 말문을 막듯이 재빨리 대답했다.

설탕과 감자가 인류의 역사에 어떤 공헌을 했는지는 누구나 알고 있는 사실이었다. 문제는 지금은 싼값으로 많은 에너지를 만들어야 하는 영양결핍의 시대가 아니라는 것이다. 거꾸로 체형관리와 다이어트에 쏟아붓는 돈이 미국만 해도 일년에 몇백억 달러를 넘는 시대이다.

인터넷으로 주문한 체중계가 다음 날 도착했다. 남들이 생각하듯 뚱뚱한 사람의 불편은 계단을 올라가기 힘들다거나 식비가 많이 드는 데에만 있지 않다. 남의 눈에 띄지 않고는 아무것도 할 수 없다는 점이 훨씬 더 불편하다. 뚱뚱한 사람이 남의 시선을 의식하지 않고 빅 사이즈의 옷이나 체중계 같은 걸 고를 수 있다는 것은 인터넷 쇼핑의 중요한 장점이었다.

나는 내 생애 처음으로 가져보는 체중계에 올라서서 LED 스크린 위로 날렵하게 반짝이는 은색 숫자를 내려다보았다.

퇴근길에 버스정류장 옆 문방구에서 청색 줄이 쳐진 작은 스프링 수첩을 샀다. 수첩은 피복을 입힌 고무줄로 봉하게 돼 있었고 총 50장이었다. 42장만 남기고 나머지는 찢어낸 뒤, 굵은 펜으로 한장에 하루씩 날짜를 적어넣었다. 준비는 대강 끝난 셈이었다.

첫 이주일

눈뜨자마자 체중을 기록하는 것이 일과의 시작이 되었다.

아침은 달걀이나 두부에 야채를 먹었다. 저녁에는 고기와 생선이었다. 누가 보기에도 번듯한 메뉴임에는 틀림없었지만 같은 음식을 매일같이 반복해 먹는 데에는 생각보다 많은 인내심이 필요했다.

이 모두를 밥 없이 먹는 일이 특히 고역이었다. 지금까지는 반찬에 의해 메뉴를 결정했고 밥은 저절로 따라나오는 것으로 여겨왔다. 이제는 전혀 달랐다. 식욕은 오직 밥을 원했으며 기름기가 도는 따뜻한 밥 생각만으로도 몸이 정신없이 흥분했다. 그것은 입맛 때문만이 아니었다. 지방은 탄수화물과 함께 섭취해야만 저장이 된다. 그러므로 내 몸속의 본능이 탄수화물을 향해 갖은 구애와 절규를 하는 것이었다.

점심이 가장 고통스러웠다. 밥에는 손도 안 댄 채 반찬만 먹고 나오는 나는 식당 주인을 불쾌하게 만들었다. 내가 먹고 난 만두 접시에는 소를 뺀 나머지 만두피가 고스란히 벗겨져 남아 있었다. 비빔밥을 먹을 때에는 먼저 설탕이 섞인 찹쌀고추장을 완전히 걷어낸 뒤 밥 위에 얹힌 나물만을 조심스럽게 덜어내 씹었다.

회사 동료들과 함께 식당에 가면 그들은 내가 다이어트를 시작했다는 사실과 내가 선택한 다이어트 방법의 이해할 수 없는 측면, 그럼에도 불구하고 나처럼 뚱뚱한 사람이 다이어트를 하지 않았을 경우 일어날 법한 참담한 현상에 대한 각종 상식을 식사가 끝날 때까지 화제로 삼았다.

입사 동기인 한 친구는 나와의 친분을 핑계로 다이어트의 부작용과 요요현상에 대해 가장 신랄한 논리를 펼쳤다. 그중 말이 없는 것이 신입 여직원이었지만 나는 그녀가 오가는 얘기를 한마디도 놓치지 않으려고 유독 조용히 젓가락질을 하고 있음을 느낄 수 있었다. 나는 점점 식당에 혼자 가게 되었다. 저녁 약속 같은 건 모조리 육주 뒤로 미뤄놓았다.

사흘째부터 몸에 변화가 왔다. 빈혈증세 같은 어지러움이 찾아왔고 집중력이 떨어지기 시작했다. 의자가 눈에 띄면 잠깐이라도 가서 주저앉기 일쑤였다. 매사에 의욕이 사라지면서 늘상 해오던 회사일조차 힘에 부치기 시작했다.

난간을 짚고 천천히 계단을 올라가는 나를 뒤따라오던 신입 여직원이 보다못해 대신 서류파일을 들어주었다. "괜찮으세요? 얼굴이 창백해요." 남의 관심을 끄는 것 자체가 싫었지만 나는 애써 웃음을 지으며 손가락으로 내 머리통을 가리켜 보였다. "뇌가 분노하는 거야." "네? 뇌가 왜요?" 더이상 설명할 기력이 없었으므로 순진한 듯

치켜뜬 그녀의 큰 눈에 짜증이 나기 시작했다.

우리 몸에서 최고로 신분이 높은 뇌는 잡다한 노동을 하지 않는다. 에너지를 직접 만들어서 쓰지 않고 탄수화물로부터 정제된 포도당을 공급받는데 지금 그것이 전혀 공급되지 않고 있는 것이다. A박사는 뇌의 요구를 따르지 말라고 충고했다. 시간이 지나면 뇌 역시 새로운 체제에 적응할 수밖에 없다. 그러나 당분간이라해도 뇌에 영양을 공급하지 않는다는 건 분명 어느정도의 위험을 무릅쓰는 일이었다.

어머니가 알아차리지 못할 리 없었다. 닷새째 되는 날 저녁 식탁에 삼계탕이 올라와 있었다. "닭고기는 괜찮잖아?" 닭의 뱃속에 숨겨놓은 찹쌀에 대해서는 전혀 알지 못한다는 듯 어머니의 말투는 천연덕스러웠다. 나는 아무 대꾸도 하지 못한 채 고소한 밥 냄새와 함께 뜨거운 김을 내뿜고 있는 삼계탕을 하염없이 내려다볼 수밖에 없었다.

고기는 괜찮지만 고기를 먹은 뒤 냉면 혹은 된장찌개에 밥을 먹는 순간 살이 찌기 시작하는 것이라는 설명이 여간해서 입 밖으로 나오지를 않았다. 대신 입안에서는 재빨리 침이 분비되었다. 내가 우물쭈물하는 사이 이기적이고 탐욕스러운 내 몸은 벌써 냅킨을 두르고 두 손에 칼과 포크를 들고 앉아서 나를 재촉하고 있는 것이었다.

"사람이란 곡기가 들어가야 힘을 쓰는 법이야." 그런 나를 빤히 바라보며 어머니가 강력한 유혹의 말을 던졌다. 그 말에 틀린 점은 없었다. 사기주발 위에 봉분처럼 올라와 있는 옛날 머슴들의 고봉밥을 떠올려도 알 수 있는 일이다. 곡물은 설탕 다음으로 손쉽게 에너지가 된다. 그러나 창고에 남아도는 재고를 다 써버려야 하는 내 입장에서는 곡기를 새로 들여놓아서는 절대 안 되었다.

몸은 늘 야구 감독처럼 우리에게 각종 신호를 보내 생존이라는 경기를 컨트롤한다. 문제는 지방에 있어서만은 몸이 원하는 만족과 내가 원하는 건강이 완전히 다르다는 것이다. 뇌로 말하자면 더욱더 내 편이 아니었다. 자신이 쓸 에너지를 확보하기 위해서 다른 기관이 고생을 하든 말든 뱃속 내장에 포도당을 잔뜩 쌓아놓으라고 명령하는 게 뇌였다. 더 많이 쌓아놓는 데 혈안이 되어 위가 다 찬 다음에도 삼분이 지나서야 뇌는 그것을 몸에 전달한다.

그다음 날 저녁 메뉴로는 내가 주문한 대로 고등어구이와 두부부침이 차려져 있었다. 그런데 주문하지 않은 기름진 쌀밥과 소면을 얹은 낙지볶음도 함께였다. 모두 아주 적은 양이었다. 어머니는 편식은 세상이 다 아는 나쁜 습관이라는 꾸짖음과 함께, 텔레비전 아침방송에서 권하는 대로 골고루 먹되 양을 절반으로 줄이는 반식(半食)

을 하라고 명령했다.

내가 전혀 그 말을 따르지 않자 다음 날부터는 다시 작전을 바꾸었다. 고기에 소금 후추 외에 단내가 풍기는 불고기양념을 하는가 하면 닭볶음탕이나 오징어볶음에도 탄수화물 덩어리인 설탕을 넣어 조리하는 것이었다. 유혹을 이기기 어려울수록 어머니에 대한 나의 불만은 커져갔다. 마침내는 식탁에서 화를 내기 시작했다.

처음에는 음식에 관한 것이건 또는 다른 무엇에건 시대에 뒤떨어진 낡아빠진 믿음 따위는 버리라고 소리치는 정도였다. 제발 내 몸에서 일어나는 일만이라도 어머니와 상관없이 내 방식대로 할 수 있도록 내버려두라고 짜증을 내기도 했다. 그러나 짜증은 점점 신경질적인 비난이 되어갔다. 이 다이어트를 성공시키지 못하면 나는 어머니가 그토록 원하는 결혼은 절대 하지 못할 테니, 뚱뚱할 것이 분명한 자식 따위도 남기지 않을 거라고 차갑게 내뱉기까지 했다. 어머니가 아무 희망 없이 사는 것은 한때 부도덕했던 대가로 받아들일 수밖에 없는 운명의 보복이라는 듯이 말이다. 나는 어머니에게 상처주는 방법을 잘 알고 있었다.

그러나 자신에게 상처주는 자를 멸시하는 어머니의 관록 또한 만만찮았다. 자식마저도 마음대로 할 수 없다면 차라리 나를 뱃속에 도로 집어넣기라도 할 기세로, 내가 비참하게 버려진 무력한 태아였을 당시 나에 대한 자신의 절대적 권한과 희생적인 선택을 환기시켰다. 왜 날 낳았어요? 어쩌다 저런 놈이 생겨나가지고! 어머니와 내가 닭과 달걀이었다면 그런 말로 서로 으르렁댔을 것이다.

다이어트가 어려운 것은 몸속에 장착된 수백만년이나 된 생존본능 시스템과 싸워야 하기 때문이다. 인간의 몸은 철저히 지방을 모아 저장하는 돌도끼시대의 시스템으로 프로그래밍되어 있다. 그러나 현대인의 미와 건강의 기준은 몸속의 지방을 남김없이 태워없애는 것이다. 다이어트는 원시적 육체와 현대적 문화 사이의 딜레마일 수밖에 없다.

딜레마는 나의 일상 전반에서 다양한 시련으로 닥쳐왔다. 어느날은 자료실에 다녀와보니 내 책상 위에 종이접시가 한개 놓여 있었는데 거기에는 달콤한 생크림으로 덮인 무스케이크 한조각이 빨간 딸기를 머금고 나를 기다리는 중이었다. 옆에는 콜라도 한잔 곁들여져 있었다. 벌써 입가에 하얀 생크림을 묻힌 입사 동기가 일회용 포크를 흔들며 오늘이 신입 여직원의 생일이라고 알려주었다. 내 기라도 건 게 아닌가 싶을 만큼 동료들 모두 나와 케이크 접시를 주목하고 있는 게 느껴졌다.

"내 것까지 먹어." 나는 케이크 접시를 옆자리에 있는 입사 동기의 책상 위로 옮겨놓았다. 콜라 컵까지 마저 갖다주는 나를 흥미로운 눈으로 바라보던 입사 동기가 마치 퀴즈를 내듯이 물었다. "콜라는 왜 몸에 나쁜 건데?" "농축된 당분은 특히 지방이랑 같이 먹었을 때 저장의 위력을 발휘하거든." 나는 천천히 그리고 차갑게 말을 이었다. "나쁜 게 왜 그렇게 입맛에 딱 맞는 거냐면, 네 몸이 지방이라면 눈이 뒤집히는 이백만년 전 원시인의 몸이라서 그래."

나는 내 몸속 타자(他者)를 원시인이라고 이름 붙였다. 그리고 살아남으려는 동물적 본능에 집착하는 그 원시인의 시스템에 점점 적의를 느끼기 시작했다. 인간은 더이상 종족 보존을 위해 섹스하지 않는다. 나의 태어남 자체가 그것을 증명하고 있다. 그럼에도 내 몸의 시스템은 내가 아직도 빙하기 인간과 다를 게 없는 동물적 존재라고 우기고 있는 것이다. 종족 보존의 본능에 저항한 쾌락적 인간이 왜 지방을 저장하는 본능의 쾌락에는 굴복하는가. 쾌락을 얻는 것만을 우성으로 삼아 진화하는 것인가.

몸무게는 매일 조금씩 줄어갔다. 전날과 똑같은 날도 있었지만 그런 날조차 몸이 가벼워진 걸 확실히 느낄 수 있었다. 손목시계가 헐렁해졌고 허리띠의 구멍을 세개나 안쪽으로 옮겼다. 와이셔츠 목단추를 잠그던 나는 목의 살이 가장 먼저 빠지기 시작한다는 것을 깨달았다. 샤워를 마치고 거울을 보면 어쩐지 몸이 더 뚜렷하게 보이는 느낌이 들었고, 좁은 복도에서 반대쪽에서 오는 사람과 마주쳤을 때 시험삼아 몸을 조금만 틀어보았는데도 벽에 닿지 않고 지나갈 수 있었다.

택시 잡기가 쉬워진 것도 나를 태우기 싫어하는 운전기사가 줄었기 때문이라고 여겨졌다. 내가 뭔가를 지시할 때마다 그전까지는 굼뜨기만 하던 신입 여직원이 환한 미소를 지으며 곧바로 대답하는 횟수 역시 늘었다. 8킬로그램이 빠졌을 때 나는 이 다이어트야말로 동물로서의 자연선택을 버리고 문명적 선택 단계로 접어든 현생 인류의 새로운 존재증명 방식임을 확신했다. 무엇보다 유전자 전달 시스템에 반항하고 있다는 생각이 나를 만족시켰다. 그러는 사이 삼주일이 지나 있었다.

선택할 수 있는 것과 없는 것

점심시간에 B가 회사로 찾아왔다. "탄수화물만 안 먹으면 된다고? 별로 어려울 것 같지 않은데?" 그러나 B와 나는 계속해서 수많은 식당을 지나쳐가야 했다. 설렁탕이나 해장국, 초밥, 볶음밥, 카레라이스는 밥과 떨어뜨려 생각할 수 없는 음식이었다. 간단히 먹는 점심 메뉴인 냉면과 우동도 탄수화물 덩어리였다. 파스타도 마찬가지였다.

B가 중국음식점 앞에서 걸음을 멈추었다. "고기는 상관없다며?" "응, 근데 중국 음식에는 거의 다 전분이 들어가거든." 보도 위에 선 채로 식당 간판을 두리번거리던 B의 시선이 별 희망 없이 건너편 샌드위치 가게에 머물렀다. "당연히 안 되겠지?" "빵도 빵이지만 마요네즈에 설탕 들었잖아." "네가 뭘 먹든 말든, 난 그냥 끼니나 때워야겠어." 식욕을 잃었다고 투덜대며 결국 B는 가장 가까운 패스트푸드점으로 나를 끌고 들어갔다.

B는 치킨과 콜라와 비스킷을, 나는 소스를 뺀 햄버거를 주문했다. B가 말했다. "그렇게 계속 밥을 안 먹으면 영양 불균형 아닐까? 하긴 다이어트 원리라는 게 한가지만 줄곧 먹어서 영양실조가 되어 살이 빠지는 거 아니겠어?" 나는 몇주일째 내게 말을 거는 모든 사람이 다이어트 방법에 대해 물어왔으므로 약간 지겨운 생각이 들었지만 다이어트는 칼로리보다 대사의 문제라고 설명해주었다.

사자는 고기만 먹지만 몸안에서 탄수화물이 합성되므로 영양의 균형에는 문제가 없다, 반면 소는 풀만 먹지만 몸속에 기름진 부위를 많이 갖고 있다, 낙타 주머니에는 기름이 들었지만 지방이 연소되면 물이 되기 때문에 그걸로 사막을 건널 수 있는 거다, 등등. B가 피식 웃었다. "거의 자동이구나. 채널은 고정이고."

주문하러 간 엄마를 기다리는 듯 건너편 자리에 혼자 앉은 꼬마가 나를 뚫어지게 바라보고 있었다. 내가 패스트푸드점을 좋아하지 않는 것은 뚱뚱한 사람이 나타나는 즉시 거기 있는 사람들이 맥도날드 소송을 떠올리기 때문만은 아니었다. 남이 무얼 먹는지 가까이에서 볼 수 있는 데다가 특히 어린애가 많기 때문이다.

어린애들은 솔직해서 눈에 띄는 점이 있으면 그것을 빤히 바라보기 마련인데, 대부분의 부모들은 천진함에 대한 아이들의 권리만 인정할 뿐 그런 시선을 받고 싶지 않은 타인의 자존심에 대해서는 교육하지 않는다.

내가 만약 샐러드만 먹고 있으면 부모들은 아이에게 속삭일 것이다. 뚱뚱해서 저렇게 조금만 먹어야 하는 거야. 저렇게 적게 먹는데도 뚱뚱하다니, 저 아저씨 불쌍하지. 그렇다고 감자튀김에 더블 사이즈 햄버거와 콜라를 먹고 있다고 해서 몸집에 걸맞다고 자연스럽게 보아넘기는 것도 아니다. 저런 식으로 먹으니까 뚱뚱해지지,라는 눈빛을 서로 교환하며 웃음을 참다가 내 시선을 느끼고 얼른 고개를 돌려버리기 일쑤였다.

뚱뚱한 사람은 몸집이 커서 눈에 잘 띄는 게 아니다.

뭔가 자신들과는 다르다고 느끼기 때문에 시선이 멈춰지는 것이다. 건너편의 꼬마는 내가 햄버거를 열어 그 안의 패티만 먹고 빵을 쟁반에 던져버리는 것을 빤히 보고 있었다.

B가 치킨을 가리켰다. "한개 먹어보지? 기름은 먹어도 된다고 하지 않았어?" 내가 대답했다. "다 벗은 닭은 괜찮은데 보아하니 걔는 싸구려 옷을 입은 채로 기름에 뛰어든 것 같은데." B가 씁쓸한 표정으로 눈썹을 한번 추켜올렸다. "고생이 많구나." "응, 겨울 동안 잠만 푹 자고 나면 살이 다 빠져 있는 곰이 세상에서 제일 부러워." "자고 나면 살이 빠진다고? 곰도 지방흡입 수술을 한다는 건 처음 알았네." "그러게. 쓸개를 빼서 팔았나, 돈도 많아."

그러나 B는 평소처럼 농담을 즐기는 표정이 아니었다. B가 무심히 흔들고 있는 콜라 잔 안에서 얼음이 절그럭절그럭 소리를 냈다. "왜 인간이 과식을 하는 줄 알아?" 내가 화제를 돌렸다.

빙하기의 선조는 주기적으로 굶었다. 사냥할 동물도 채집할 식물도 없는 시기를 넘기지 못해 죽어가는 숫자도 적지 않았다. 그러므로 오랜 기다림 끝에 먹을 것을 만나면 그들은 어김없이 잔치를 벌이고 과식을 했다. 잔치는 지방을 저장하는 일이었다. 지방을 저장함으로써 다음번

추위와 가뭄, 궁핍기에 살아남을 수 있었던 것이다.

어린아이들은 일주일만 음식을 제대로 먹지 못해도 팔다리가 발육을 멈춘다. 선사시대 인간의 뼈와 치아를 연구한 학자들에 따르면 굶주림으로 발육이 정지되었던 부분과 뒤이어 한바탕 잔뜩 먹어 활발히 발육했던 부분은 밀도차가 확연하다. 과식하는 것 또한 살아남는 능력에 해당했다. 그러므로 지방을 충분히 비축해둔 뚱뚱한 사람도 더 많이 저장하기 위해 주기적으로 배가 고파지는 것이다. 과식은 인간의 몸에 디자인된 유전적인 결함이었다.

"그러니까 뭐든지 조상 탓만 하면 되는구나." B가 내 말을 가로막았다. 나를 뜯어보듯 빤히 바라보는 그의 표정이 이상하게도 건너편 꼬마와 꼭 닮아 있었다. B가 뚱뚱한 사람을 보는 시선으로 나를 바라보는 것은 처음이었다. 마치 내가 내 몸속 뚱보를 의식하고 대결하는 동안은 그것이 나의 정체성이 되고 만다고 말하는 듯했다. 계속해서 낯선 사람 같은 표정으로 B가 덧붙였다. "그러니까 네 말은, 잘못된 상태로 태어났으니 네 잘못은 없다는 거 아냐, 그렇지?"

나는 말없이 쟁반 위에 더러워진 냅킨을 구겨 담았다. B가 말을 이었다. "네가 원시인이라고 부르는 놈을 상당히 혐오하는 것 같은데, 네 속에서 지방을 내놓으라고 우는 놈은 네가 아니냐? 너는 너라는 존재를 이끄는 대단히 이성적인 주체이고, 그놈은 너한테 기생하는 식객 같은 미개인이라고? 무슨 말씀. 그놈은 네가 몸이라는 지금의 껍질을 갖기 이전부터 존재했어. 그 유전자란 놈이 바로 너야. 안 그래?" 나는 대꾸하지 않은 채 쟁반을 들고 일어 났다.

영민하고 순진한 아이들은 알지 못한다. 심술궂거나 아 둔해 보이는 뚱뚱한 아이들이 다른 아이들과 함께 공차기 를 하지 않고 교실 창밖으로 그애들을 바라보며 양손에 쥔 초콜릿을 탐욕스럽게 핥아대는 이유를. 입가를 더럽히 는 그 단맛의 자극적인 적의와 쾌감을. 제기랄, 내 몸속의 유전자가 누구의 것이든 무슨 상관인가.

밥상

그날 저녁 나는 집에 돌아와 삼겹살에 소주 반병을 마 셨다. A박사의 조언에 따라 평소 즐기던 맥주가 아닌 소 주를 선택한 것이었다. 나머지 반병은 어머니가 마셨다.

내가 앉은 식탁 의자 등 뒤로 텔레비전이 켜져 있었다. 눈으로는 연방 예능 프로그램에 출연한 아이돌 그룹의 얼굴을 좇으며 어머니가 물었다. "너 솔직히 말해봐. 왜 그렇게 살 빼는 데 열심이야? 무슨 일 있지?" 나는 전기 프라이팬 위에서 기름 튀는 소리를 내며 익고 있는 삼겹살을 내려다보았다. 어머니가 살코기를 떼어가고 남겨놓은 기름 부위에서 유난히 크게 지글거리는 소리가 났다.

마지막 소주 한잔을 따라 손에 든 채 나는 습관처럼 어머니 등 뒤의 벽을 물끄러미 바라보았다. 벽에는 아무것도 걸려 있지 않았다.

수술 날짜에서 이미 이주일이 지나 있었으므로 퇴원을 했을지도 모른다고 생각했다. 그러나 환자는 아직도 병실에 있었고 2차 수술을 기다리는 중이었다. 병세에 대해 묻고 싶었지만 나는 그대로 전화를 끊었다. 내가 거기에 대해 궁금해한다는 사실을 낯모르는 간호사한테조차 알게 하고 싶지 않았다. 환자가 나를 보고 싶어하는지 알고 싶은 마음을 감추려다보니 모든 것이 그런 식이었다.

그의 육체가 겪을 고통에 대해서 역시 마찬가지였다. 무덤덤한 것은 결코 아니었지만 그렇다고 선뜻 마음 아프게 받아들이기엔 마치 피를 탁하게 만드는 찌꺼기 지방처럼 우리 사이에 무정한 세월이 너무 많이 쌓였다.

텔레비전 화면에서는 미소년들이 게임의 벌칙으로 얼굴을 잔뜩 찡그린 채 고추냉이가 든 떡을 먹고 있었다. 사람이 이쁘면 먹는 것도 이쁘다더니…… 어머니가 혼잣말로 하는 대화를 시작했다.

늙으면 먹는 모습이 추해진다는 말이 있어. 어느 누가 추한 걸 자꾸 보려고 하겠니. 먹을 것을 뺏어야 할 때가 온 거지. 죽을 때가 된 거야. 사람이 정을 뗄 때도 그런다더라. 정이 식으면 먹는 모습이 제일 보기 싫어진단다. 먹을 것을 뺏고 싶은 심정, 그거 죽으라는 소리 아니겠냐. 먹는 것만큼 치사한 것도 없어. 좋아지는 마음도 다 먹을 때에 생겨나고 살가운 정도 한밥상에서 나오는 거란다.

"이뻐서 내가 돼지가 된 건 아닐텐데?" 내가 비아냥댔다.

종이타월로 프라이팬의 기름을 닦던 손길을 멈추고 어머니가 길게 한숨을 내쉬었다. "얘, 나가서 소주 한병 더 사와라. 살 뺀다면서 운동은 안 하니. 밥만 무슨 불구대천 원수 보듯이 하지 말고." 그러더니 갑자기 기름이 밴 종이타월을 거칠게 내던지며 잔소리를 시작했다. 술이 들어갈수록 어머니의 농담은 점점 트집 섞인 잔소리로, 그리고 그다음에는 신세타령으로 바뀌는 게 순서였다.

"그럼 못쓴다. 없어서 못 먹던 시절이 불과 얼마 전이라고. 보릿고개를 생각해야지. 그 시절엔 말이야. 굶지 않는다면 정말 무슨 일이건 다 했어. 우리 동네에 딸을 식모살이 보내는 집이 몇집이나 되었는 줄 아니." "어쨌든 지금은 그때가 아니잖아요." 내가 말을 끊었다. "굶어 죽는 시절이 아니라구요, 그러니까 이제 어머니도." 어머니가 노려보는 바람에 나는 그다음 말을 입속으로 삼켰다.

어머니는 내가 입을 다문 뒤까지도 계속해서 나를 뚫어지게 바라보고 있었다. 화가 났다기보다 신기한 것 같기도 하고 의아한 것 같기도 한 표정이었다. "왜요?" 내가 퉁명스럽게 묻자 어머니는 "아니다. 누굴 닮은 것 같아서"라며 기운 없이 웃었다.

마지막 주

몸이 지방합성에서 지방분해단계로 완전히 접어든 듯했다. 평소의 생활 리듬을 되찾았고 이제 체형의 변화는 나를 아는 모든 사람의 놀란 눈에서도 확연히 나타났다. 오랜만에 들른 거래처 사람이 내게 몰라볼 뻔했다고 인사치레를 하면 그때마다 신입 여직원은 저희 팀장님 대단하시죠,라고 나서서 참견을 했다. 그러고는 내 쪽으로 고개를 돌려, 쌍꺼풀이 너무 또렷하고 멋있으세요,라고 덧붙이는 것이었다.

걸음을 옮길 때마다 엉덩이가 작아졌다는 것도 확실히

느낄 수 있었다. 발자국도 훨씬 얕게 파이는 느낌이었다. 또 턱 밑의 살이 빠져나가 고개를 끄덕이는 일이 거북하지 않았다. 이렇게 해서 긍정적인 사람이 되는 거군. 거울 앞에서 나는 중얼거렸다.

그것만이 아니었다. 뚱뚱한 사람은 몸집이 크다보니 발이 불균형하게 작고 초라해 보이기 십상인데, 뭐랄까, 이제 비로소 실루엣이 살아나는 느낌이라고 할까. 팔뚝과 등을 터질 듯이 팽팽하게 감싸던 양복저고리도 훨씬 헐렁해졌다.

마침 백화점의 정기세일기간이었다. 나는 양복 두벌과 화사한 색상의 봄 셔츠를 새로 샀다. 오랫동안 별러왔던 외출 준비를 끝마친 듯 마음이 가벼웠다.

병원에 전화를 거는 것은 이번으로 세번째였다. 숫자를 누르는 손길이 약간 서두르고 있었다. 그러나 2차 수술은 실패였다. 변함없이 친절한 목소리의 간호사가 그 병원의 장례식장으로 연락해보라고 알려주었다.

나는 부들부들 떨리는 손으로 다시 전화기의 숫자를 눌렀다. 내일이 발인이었다.

집에 들어와 나는 옷장에 새 양복을 걸었다. 그것은 오랫동안 옷걸이에 걸려 있던 다른 옷들과는 확연히 달랐다. 남의 집에 온 것처럼 어깨를 약간 굽히고 있었으나 태도는 정중하고 당당했다. 새 물건다운 광택과 활기를 내뿜으며 마치 혁신적인 프로젝트를 갖고 부임한 젊은 후계자라도 되는 듯이, 오랫동안 변화가 없었던 옷장 안의 가라앉은 분위기를 밀쳐내고 있었다.

나의 눈길이 맨 안쪽 구석에 걸려 있는 낡은 양복저고리에 가 멎었다. 새 양복과 달리 탄성이 없는 그것은 흐물흐물한 과거의 껍질처럼 팔을 축 늘어뜨리고 있었으며 등과 가슴이 만들어낸 커다란 공간은 무엇으로도 채울 수 없을 듯이 허전해 보였다. 나는 그것을 꺼내 양복솔로 천천히 먼지를 떨어냈다. 검은 양복은 그 옷뿐이었다.

부엌에서 저녁 식탁을 차리는 어머니의 혼잣말 소리가 들려왔다. 내가 주문한 식단에 대한 불평일 것이다. 그 소리를 들으며 나는 난생처음이라고 할 만큼 고통스러운 슬픔을 느꼈다.

잘못 태어난 아이들

사춘기때 B는 늘 자신이 실수로 태어난 아이라고 농담처럼 말하곤 했다. 우리 아버지한테 여관비 오천원이 없거나 수술비 오만원이 있거나 둘 중 하나였으면 난 태어나지도 않았을 거야.

하지만 B의 사연은 얘기할 때마다 바뀌었다. 사실 아버지가 엄마한테 수술비를 마련해주긴 했대. 그런데 엄마가 병원에 가려고 상가 앞을 지나가는데 쇼윈도에 너무나 마음에 드는 구슬백이 있지 않았겠어. 엄마는 냉큼 수술비로 그 백을 사버렸어. 우리 엄마는 나중 일은 나중에 생각하자, 이런 식이거든. 안 그랬으면 내가 아예 만들어지지도 않았겠지. 어쨌든 그렇게 해서 내가 태어났다니까. 나한테 쓸 돈을 구슬백에 쓰다니. 난 구슬백하고 경쟁해서 졌기 때문에 할 수 없이 태어난 인생이야.

B는 어떤 날은 구슬백이 아니라 주름치마였다거나 진주 반지였다고 말을 바꿔가며 너스레를 떨었다. 자기의 태어남에 대해 그렇게 농담할 수 있는 B가 나는 부러웠다.

B의 진짜 이야기를 들은 것은 군대에서 제대한 뒤 첫 술자리에서였다. 실은 누나가 있었어. B네 집에는 남매뿐이었다. 세 살 위인 누나에 대해 내가 모를 리 없었다. 아니, 그 누나가 아니라 일년쯤 차이가 나는 누나가 있었거든. 태어난 지 넉달 만에 죽었어도 누나는 누나니까.

B의 아버지는 이대째 독자에다가 장손이었다. 첫딸을 낳자마자 그날부터 벌써 아들을 낳으라는 집안 어른들의 압력이 가해지기 시작했다. 이년 만에 임신이 되었을 때,

다른 가능성에 대해서는 생각조차 하지 않는 B의 할아버지는 항렬자를 따른 사내아이의 이름을 다섯개나 지어두었다. 그러나 아이는 이번에도 딸이었다. B의 아버지가 퇴근해 들어오면 아내는 늘 갓난아이를 껴안고 이불을 뒤집어쓴 채 울고 있었다.

아기가 백일이 지나 산후조리가 어느정도 끝났을 때 어머니는 아기를 재워놓은 뒤 큰딸을 걸려서 옆집에 놀러 갔다. 돌아와보니 엎드려 자던 갓난아기는 솜이불에 작은 코와 입을 묻은 채 죽어 있었다.

B의 아버지가 특히 절망에 빠진 것은 그 전날 남몰래 정관수술을 받았기 때문이었다. 그는 자기 자신조차 받아들일 수 없는 집안의 불합리한 가치관을 두번째 출산 이후 우울증에 빠진 아내에게 강요하고 싶지 않았으므로 그 길이 최선이라고 생각했다. 그러나 두 딸을 키울 결심이었을 뿐 불안스럽게 외딸을 키우게 될 줄은 꿈에도 몰랐다.

다시 병원을 찾아가자 의사는 몸 안에 남아 있는 정자 중에 아직 살아 있는 것이 있을 테니 확률은 낮지만 수정이 될 수도 있다고 말했다. 죽은 아기를 땅에 묻자마자 부부는 침대에 들었다. 놀랍게도 다시 임신이 되었고 이듬해에 아이를 낳았다. 이번에는 아들이었다.

자신을 유독 사랑하며 계집애에게는 영혼이 없다고 생각하는 조부로부터 하마터면 큰일날 뻔했다며 그 이야기를 전해들었을 때의 충격을 B는 잊을 수가 없다고 말했다.

길이 끊어진 아버지의 음낭 속에 사흘 이상을 살아 있다가 마침내 세상 밖으로 나오는 데 성공한 무시무시하게 집요한 자기라는 정충에 대한 경악은 그나마 가장 나중에 왔다. 태어난 지 백일 만에 연약한 숨이 끊어짐으로써 집안 모두를 행복하게 만든 갓난아기 누나. 의도했든 안했든 결과적으로 살인을 공모한 인간의 이기적이고 잔인한 종족에의 본능과, 죽음을 재빨리 삶과 바꾸는 비정한 흥정 그 모든 것이 역겨웠다. 부모가 마치 성기를 노골적으로 새빨갛게 부풀려서 흔드는 암컷과 거기에 콧구멍을 벌름거리며 꽥꽥대고 쫓아다니는 수컷 침팬지 같았다.

과연 어머니는 아무런 고의 없이 이웃집에 그렇게 오래 지체했던 것일까. 모든 것에 의구심이 생겼지만 무엇보다 사춘기의 B를 가장 괴롭힌 것은 아버지의 욕망에 대한 환멸이었다. 아버지는 어떻게 갓난아이의 주검이 놓였던 이부자리에서 교접의 쾌락에 몸을 떨 수 있었단 말인가. B는 자신의 태어남에 대해 농담을 하지 않고는 배길 수가 없었다.

나는 그날 B의 마지막 말을 지금도 또렷이 기억하고 있었다. "하지만 이제는 나도 받아들일 수 있을 것 같아. 삶은 그런 식으로 비루하게 이어지는 거고, 우리는 아버지들의 위선 속에 세상을 배우는 거잖아." "글쎄." 내가 싸늘하게 대꾸했다. "너하고 난 달라. 네 아버지는 너를 얻기 위해 잠시 커튼 뒤로 들어갔지만 우리 아버지는 나를 원한 적이 없어."

비너스

빈소에 들어가볼 용기는 나지 않았다. 입구에서 형식적으로 부의금을 전하고 마침 들이닥친 다른 조문객들 뒤로 한걸음 물러섰다가 다시 복도로 나왔다. 그때 검은 옷을 입은 앳된 청년이 상냥한 표정을 지으며 다가왔다. 나는 하는 수 없이 그의 안내를 받아 북적거리는 식당으로 들어가야 했다.

내게 눈길을 주는 사람은 아무도 없었다. 남에게 호기심을 느낄 장소가 아니기도 하지만 이제 내가 눈에 띌 만큼 뚱뚱하지 않은 거라고 나는 생각했다. 입구에 앉았다 곧 일어날 생각이었는데 장내 정리를 책임진 청년은 죄송

하지만 안쪽으로 들어가달라고 당부했다. 구석 자리에는 아무도 없었다. 나는 상에 놓인 술병과 음식들을 잠시 아무 생각 없이 바라보며 앉아 있었다.

머리에 흰 핀을 꽂은 상복 차림의 중년 여인이 쟁반에 국밥을 받쳐들고 왔다. 그릇을 내 앞에 내려놓으며 친근한 눈인사를 건네는데 흰자위가 붉게 충혈돼 있었다. "국밥 한그릇 드세요. 따뜻할 거예요." 매콤한 냄새가 코를 찌르면서 기름진 붉은 국물 속에 뜬 뽀얀 밥알이 벌써부터 나를 자극했다.

그러나 숟가락을 드는 대신 나는 슬픔에 잠긴 인상좋은 여인이 무안하지 않도록 얼른 소주병을 들어 뚜껑을 땄다. 조문객이 연달아 들어오는 바람에 자리에서 일어나기도 불편했으므로 나는 계속 소주를 따라 마시고 있었다. 국밥은 금방 식었다.

내 앞자리만 비어 있을 뿐 거의 자리가 찼다. 공교롭게도 친척들의 테이블인 모양이었다. 살아오는 동안 내게는 친척이 거의 없었다. 내가 어릴 때부터 어머니는 가족들이 모여앉아 듣기 싫은 충고를 해대는 친정나들이를 좋아하지 않았던 것이다.

망자의 친척들은 오랜만이라고 반갑게 인사를 하고 잠깐 눈물짓고 그다음부터는 음식과 술을 나눠먹으며 큰 소리로 다양한 이야기들을 나누었다. 나는 늘 아버지 세계의 사람들을 상상하곤 했다. 어른들은 모두 품위 있고 다정하며 아이들은 순진하고 영민할 것이다. 그러나 망자를 애도하기 위해 모인 사람들은 내가 흔히 보아오던 그런 사람들이었다. 세월의 주름 속에 희비를 담고 있었으며 사는 데 지쳐 보이기도 했고 작은 일에 위안을 얻거나 허세를 부리는, 보통의 삶을 끌고 가는 모습이었다.

뚱뚱한 사람이 유독 많이 눈에 띄긴 했다. 아무도 내게 눈길을 돌리지 않는 데에는 내가 생각하지 못했던 한가지 이유가 더 있을 수 있었던 것이다. 상관없는 일이었다. 그들은 나를 알지 못했고 나는 그들을 알지 못했다.

"어머, 왜 밥을 안 드셨어요. 다 식었네." 조금 전의 여인이 와서 내가 괜찮다고 하는데도 굳이 국밥을 새것으로 바꿔왔다. 친척들이 던지는 말로 미루어 여인은 망자의 누이가 분명했다.

옆 탁자에 앉은 젊은 남자가 내게 술잔을 권하며 인사를 건넸다. "저, 제가 누구신지 몰라서⋯⋯" 나는 대답 대신 얼른 잔을 비워 남자에게 돌려주며 그만 이 자리를 빠져나가야 한다고 생각했다.

남자는 더이상 묻지 않았다. 대신 김이 모락모락 피어오르고 있는 국밥을 가리켰다. "맛이 괜찮습니다. 좀 들어

보세요." 남자가 고집스럽게 권하는 것은 아마 지인들끼리 모이는 상가 같은 장소에서 아는 사람 하나 없이 혼자 술을 마시는 사람은 어딘지 사연이 있어 보이게 마련인데다 누가 보기에도 내가 술을 빨리 마시고 있었기 때문일 것이다. 내 손에 숟가락까지 쥐어주는 남자의 허물없는 권유를 차마 뿌리칠 수가 없어 나는 마침내 국밥을 먹기 시작했다.

밥알은 달게 씹혀 목구멍 안으로 부드럽게 넘어갔다. 내 몸이 미칠 듯이 환호하는 것을 느낄 수 있었다. 위장이 춤추듯 꿈틀거렸으며 뱃속이 흐뭇할 만큼 따뜻해졌다. 자, 네가 그토록 원하는 탄수화물이다. 숟가락질이 점점 빨라졌다. 나는 이상한 감동으로 국밥을 퍼먹고 있었다. 굶주린 자식을 먹이는 아비의 마음을 넘어 고통받아온 몸을 구원하는 메시아 같은 기분까지 들었다. 자포자기, 그리고 자기파괴적이며 충동적인 아이가 팔에 속도를 붙였다. 잔칫집의 초대받지 않은 식객답게 입가로 국물까지 흘리면서 나는 탐욕스러운 속도로 순식간에 국밥 그릇을 깡그리 비우고 말았다.

국물까지 마시고 그릇을 내려놓자 마치 나를 지켜보고 있었다는 듯이 상복 여인이 다가와 말했다. "한그릇 더 드릴까요? 술을 워낙 많이 드시던데." 아마 낯선 취객이 상가에서 소란을 피우지 않기를 바라는 데서 나온 친절이었을 테지만 나는 망자의 누이를 향해 네,라고 마치 칭찬을 바라는 아이처럼 흔쾌히 대답했다. 두그릇째의 국밥을 나는 후루룩 과장된 소리를 내며 지나치게 급히 먹기 시작했다.

돌도끼시대의 인간은 늘 배가 고팠다. 그래서 기회만 있으면 그악스럽게 지방을 저장한다. 인간의 몸은 지금처럼 지방이 남아도는 환경에까지는 아직 적응하지 못했다. 하지만 어쨌든 진화하고 있을 것이다. 인간이란 꼭대기까지 닿으면 굴러떨어지게 돼 있는 바위인 줄 알면서 그것을 끊임없이 밀고 올라가는 그런 존재가 아닌가. 그래. 서두르지 말자. 돌도끼를 뾰족하게 만드는 기술 한가지를 발견하는 데에도 몇만년이 걸렸는데 뭐.

그리고 이렇게 생각할 수도 있다. 아무리 문명사회라고 해도 살다보면 조난을 당하거나 도시 전체가 정전이 되거나 폭설로 고립돼 굶주려야 할 때도 있는 법인데 몸에 저장해둔 지방이 없으면 그런 재난을 어떻게 견디겠는가 말이다. 그러니 아직은 유효한 시스템인 셈이다.

하긴 몸처럼 정직하고 순종적인 기계도 없어. 나는 고개를 크게 끄덕였다. 한달 정도 탄수화물을 안 주었더니 어쨌든 12킬로나 빠져주잖아. 내 의지를 따르지 않으려고 발버둥을 치긴 했지만 결국 내가 부리는 데에 따라서 결과가 나오는 게 몸이야. 알고보니 내 몸이 바로 내 거였어. 오케이. 밥이 들어간다고 몸속 원시인이 잔치를 벌이는군. 이런 식으로 국밥을 먹으면 몸은 순식간에 도로 지방을 쌓아놓기 시작할 것이다. 그리고 다시 어머니와 나는 우리의 평화롭고 정든 밥상 앞에 마주앉을 테지……

내가 국밥 그릇에 처박고 있던 고개를 들자 건너편 쪽에 앉아 있던 남자 하나가 큰 소리로 말했다. "어? 너 셋째 아니냐?" 어리둥절한 나를 향해 그는 엉거주춤 엉덩이까지 일으키고 있었다. "미국에서 언제 왔어? 갈수록 큰아버지를 닮아가는구나." "아닙니다." 나는 입가에 국물이 흘러내리는 채로 숟가락을 소리나게 내려놓고 비틀거리며 자리에서 일어났다. 그 순간 갑자기 그 자리의 모두가 나에 대해 알고 있다는 생각이 들었다. 얼굴이 달아오르고 숨이 가빠왔다. 금방이라도 토할 듯 속이 메스꺼웠다.

사람들을 밀치고 가까스로 복도로 나온 나는 나란히 붙어 있는 플라스틱 의자 중 하나에 무너지듯 주저앉았다. 열린 문 사이로 텅 빈 빈소가 눈에 들어왔다. 밥이라도 먹으러 갔는지 상주나 가족의 모습은 보이지 않았다. 멀리 희미하게 영정이 보였다. 나는 약간 비틀거리며 분명 이제는 아주 늙어버렸을 아버지의 모습을 보기 위해 걸음을 옮기기 시작했다.

내가 늘 보티첼리의 비너스를 바라보았던 것은 다른 뭔가를 보지 않기 위해서였는지도 모른다. 보지 않으려고 하는 것들이 시시각각 눈앞에 떠오를 때마다 비너스는 그것을 차단시켜 나를 다른 문으로 데려다주었다. 그러나 그녀가 나를 모든 것으로부터 벗어날 수 있게 해준 것은 아니었다. 마지막에는 언제나 닫힌 문 앞에 서 있는 내 뒷모습이 남았다. 자신을 들여보내주지 않는 문 앞에 선 뚱뚱한 소년은 옷걸이에 유일하게 남아 더욱 누추해 보이는 솜이 뭉쳐진 파카를 받아들었고 밖에는 눈이 펄펄 내렸다.

사춘기의 어느날부터인가 종종 그 그림 뒤에 떠올랐다 사라지는 모습이 있었다. 온몸 구석구석에 모피처럼 지방을 뒤룩뒤룩 두르고 코끼리 다리로 당당하게 서 있는 알몸의 여인. 그녀는 또다른 여신, 빙하기의 비너스였다. 인류학자들은 당시에는 그런 살찐 여인이 존재할 수 없었다고 말한다. 그런 여인은 오직 비너스를 만든 당시 예술가의 머릿속에만 존재했다. 빙하기의 예술가는 세상에서 가장 아름답고 관능적인 여성을 상상했으며 그것은 바로 거룩한 밥의 모습이었다.

검은 옷을 입은 꼬마 둘을 앞세우고 상주가 빈소로 들어오는 게 보였다. 나와 눈이 마주치자 그는 마치 기다리던 사람이기라도 하다는 듯 가볍게 고개를 끄덕여 내게 인사를 건넸다. 그러고는 두 손을 뚱뚱한 아들들의 어깨에 한쪽씩 얹은 채 젊은 시절 아버지와 같은 품위 있는 눈빛으로 잠시 나를 바라다보았다. 그의 등 뒤를 아버지의 영정이 지키고 있었다.

나는 그를 한번 노려본 뒤 그대로 뚜벅뚜벅 영정을 향해 다가갔다. 내가 이태리 식당에서 지금까지 내가 알던 것과는 다른 세계를 보았듯이 아버지 역시 자신이 알던 것과는 다른 아들을 보았어야 했다. 그러나 아버지는 뚱뚱한 아이의 기억을 갖고 떠나버렸다. 비너스를 보며 나는 생각했다. 세상의 모든 아름다운 것들은 나를 멸시한다고.

아버지에게 천천히 절을 한 뒤 나는 고개를 돌려 입속의 밥알을 뱉었다. 토할 것만 같은 메스꺼움이 또 한번 턱 밑까지 치밀었다. 그때 상주가 조화 뒤의 벽에 기대놓았던 커다란 액자를 가져오더니 내게로 내밀었다. 액자는 집에서 포장한 듯 신문지로 꼼꼼히 싸여 있었다. 오래전 기억이지만 가로와 세로의 크기가 눈에 익었다. 나는 무엇이냐고 묻지 않았다.

날
씨
와　생
활

소녀 B의 몽상

소녀 B는 자신이 언젠가는 세상을 깜짝 놀라게 할 것이라고 생각했다. 그 내용이 무엇인지는 스스로도 알지 못했다. 다만 어느날 갑자기 무슨 사건인가 일어나리라는 건 분명했다. 지금 이대로가 전부라면 자신의 인생은 너무 시시했다.

『소공자』처럼 얼굴도 모르는 먼 친척으로부터 엄청난 유산을 상속받는 건 아닐까. B는 곧잘 몽상에 잠겼다. 우연히 마당 구석에 파묻혀 있던 수백년 전 선조의 보물을 발견한다면? 또는 무전여행 중인 초라한 소년에게 길을 안내해주었는데 바로 그가 신분을 숨긴 대통령의 아들일 수도 있다. 자신의 화려한 배경에 염증이 나서 진정한 친구를 찾아나섰을 것이다. 길을 묻는 사람이 소년이 아니라 어른이었다면 그 사람은 영화감독일지도 모른다. 겉으로는 평범해 보이지만 자신만의 독특한 매력을 감추고 있는 소녀 배우를 찾는 중일 테고 말이다.

B의 심심한 하굣길에 몽상은 유일한 친구가 되어주었다. 어느날인가 B의 발길은 세계적인 한국인 소프라노의 공연 포스터 앞에서 오래 멈춰졌다. B가 사는 소도시에서는 보기 힘든 수준 높은 클래식 공연이어서가 아니었다. 그 화려하고 아름다운 여가수가 친딸을 찾기 위해 굳이 지방 공연을 자청했는지도 모른다는 생각 때문이었다. B는 친엄마의 순회공연을 따라 세계를 누비는 자신의 모습을 상상해보았다.

자신의 인생을 한순간에 바꿔줄 그런 사건들이 언제 어떻게 닥쳐올지는 아무도 모르는 일이었다. B는 낯선 사람에게 특히 친절했다. 그리고 일상적으로 흔히 일어나는 사소한 일을 무슨 큰 사건의 전조인 양 과장해서 받아들이는 경향이 있었다.

가지런히 벗어놓았던 신발이 뒤집혀 있다든지 자신의 눈앞에서 네온간판에 불이 들어온다든지 길을 걷다 갑자기 성당의 종소리를 듣는다든지 하는 건 누구나 겪는 흔한 일이었다. 그러나 B는 그때마다 각별히 주의를 기울이며 조심스럽게 사방을 둘러보곤 했다. 누군가 뒤에서 어깨를 치기만 해도 소스라치게 놀라는가 하면, 따라오는 사람이라도 있다는 듯 뒤를 흘끔거리며 걷는 일도 많았다. 담벼락의 낙서 역시 B의 관심을 끄는 것 중 하나였다. 보통 사람의 눈에는 아무렇게나 휘갈겨진 낙서일 뿐이지만 사실은 B에게만 보내지는 외계의 메시지일지도 모르기 때문이다.

B의 몽상은 사차원의 세계로까지 그 영역을 넓혀갔다.

이전까지는 사람이란 길을 갈 때 특히 갈림길에서 신중해야 한다고 생각했다. 그중 어느 쪽을 선택하느냐에 따라 자신의 인생이 완전히 달라지기 때문이었다. 그러므로 갈림길에서 어느 한쪽으로 발을 들여놓는 순간 B는 이제부터 시작될 선택의 결과를 받아들인다는 의미로 눈을 질끈 감곤 했다.

하지만 언제부터인가 B는 이 세상에는 눈에 보이지 않는 수많은 경계선이 도처에 있다고 생각하기 시작했다. 무심코 넘었다가는 곧바로 블랙홀로 빨려들어 어딘가 다른 차원의 세상으로 가게 되는 경계선 말이다. 사람들이 깨닫지 못할 뿐, 행방불명된 사람들은 모두가 그 경계선을 넘어 다른 차원으로 간 것이 분명했다. B의 주변만 보더라도 몇년째 소식을 알 수 없는 이웃 아저씨가 있었다.

언제 어디에서 그 경계선과 마주칠지는 아무도 모르는

일이었다. 설령 마주친다고 해도 보통 사람들은 알아보지 못할 테니 B가 생각할 때 인생은 참으로 위험하면서 또한 드라마틱한 것이었다. 물론 자신은 그 사람들과는 달랐다.

학교 뒷산에서 야외학습이 있던 날이었다. B는 혼자 도시락 먹을 장소를 찾다가 작은 오솔길 위에서 발을 멈췄다. 커다란 통나무 하나가 길을 가로막고 있었다. 지난 계절 태풍으로 부러진 뒤 그대로 방치돼 있던 굵은 나뭇가지였다. 그러나 B에게는 길을 가로막고 있는 그 통나무가 마치 미지의 다른 세계와 지금의 세계를 나누는 경계처럼 보였다. 마침내 경계선과 마주치게 된 것이다. 소용돌이처럼 어지럽게 그 주변을 흐르는 신비하고 밀집된 기운까지 뚜렷이 감지할 수 있었다.

순간 등 뒤가 서늘했다. 자신이 그것을 넘어서는 순간 이곳과는 전혀 다른 세계로 접어들지 모른다고 생각하자 어떤 알 수 없는 존재들이 B를 둘러싸고 그 선택을 숨죽여 지켜보고 있는 것만 같았다.

긴장과 현기증을 이기지 못한 B는 갑자기 그 자리에 쓰러지듯 주저앉았다. 그리고 아이들의 전갈을 받은 인솔교사의 부축을 받아 가까스로 자신의 일상세계로 돌아올 수 있었다. 자애로운 『사랑의 학교』에서와 달리 B는 지정해준 자리를 이탈했다고 꾸중을 들었다.

그 일을 전해들은 엄마가 가벼운 빈혈이라고 쉽게 넘겨버린 것과는 상관없이 그날 이후 B는 자신이 희귀한 병을 갖고 태어났는지도 모른다고 생각하기 시작했다. 한때는 왜 자신이 그토록 평범하게 태어났는지 이해하기 어려웠다. 그런데 어쩌면 아주 특별한 존재이기 때문에 일정한 나이가 될 때까지 보호하기 위해서 일부러 보통 사람처럼 성장하도록 조건을 만들어놓은 것일 수도 있었다. B의 머릿속에는 희귀한 병을 통해 태생의 고귀한 신분을 깨닫게 된다는 한가지 몽상이 보태졌다. 아아, 인생은 얼마나 많은 암호로 가득 차 있으며 우리는 살아가면서 얼마나 많은 수수께끼를 풀어야 하는 것일까.

이사

『미운 오리새끼』처럼 언젠가는 왕관을 쓴 백조가 되어 친부모에게로 떠날 날이 오리라고 생각하는 B는 집안 돌아가는 일에 그다지 관심을 두지 않았다. 실은 집안 식구들이 자신에게 관심이 없다고 생각하고 있었다.

가족이라면 응당 『작은 아씨들』에서와 같이 서로에게 각별하고 애틋한 애정을 기울여야만 했다. 서랍 속에 몰래 선물을 넣어두거나 자는 얼굴을 다정하게 내려다보거나 또는 창문에 붙어서서 학교 가는 모습을 오래오래 지켜보는 게 B가 생각하는 가족이었다. 부모는 언제나 하던 일을 즉시 멈추고 아이의 고민에 귀를 기울이며, 『헨젤과 그레텔』만 보더라도 오빠들은 어디를 가든 여동생을 데리고 다니면서 보호해주어야 했다.

그런 뜻에서 B에게 가족다운 가족은 한 사람도 없었다. 자신의 특별함을 알아보지 못한다는 점에서는 선생님이나 반 아이들과 전혀 다를 바가 없었다. B는 자신이 가족들에게 부당한 대우를 받고 있다고 생각했다. 지금 정도의 친소(親疏)가 보통의 가족관계였지만, B로서는 도무지 받아들이기 어려운 일이었다.

지난겨울 이후 B의 집에는 어떤 변화가 생긴 것 같았다. 부모의 말다툼이 잦아지더니 일월부터는 아버지가 내내 집을 비웠다. 장기출장을 떠났다고 했다. 그리고 이월 어느날에 엄마는 고등학교에 진학하는 작은오빠를 위해 가족 모두가 큰 도시로 이사를 가게 되었다고 말했다.

큰오빠한테는 여전히 아무 소식도 없었으므로 엄마는 하는 수 없이 혼자 이삿짐을 꾸렸다. 아버지가 아끼던 갖가지 책들과 자전거와 옷과 구두, 큰오빠 방에 굴러다니던 기타와 오디오와 아령 한쌍과 벽에 붙였던 오토바이

사진 패널 등은 모조리 한데 모았다. 하지만 가져가지는 않았다. 살림살이를 거의 절반으로 줄이는 이사였다.

엄마가 버릴 것인지 말 것인지 가장 망설였던 물건은 B의 방 책꽂이에 번호순으로 나란히 정렬된 소년소녀 세계명작 전집이었다. 엄마는 B가 나이에 비해 늦되고 공부에는 관심없이 엉뚱한 공상에만 잠기는 게 동화를 지나치게 읽어서라고 생각하고 있었다. 더구나 이제 B가 중학생이 되는 마당에 소년소녀 세계명작을 가져갈 이유가 없었다. 그런데도 결국은 아까운 생각이 들었는지 두개의 박스에 담아 이삿짐 트럭에 실었다.

엄마와 함께 트럭 조수석에 앉아 B는 난생처음 보는 큰 도시에 도착했다. 짐을 푼 곳은 변두리의 고갯마루에 자리잡은 오래된 산동네였다. 방은 두개뿐이었는데 먼저 안방으로 장롱이 들어갔고 건넌방에는 작은오빠의 책상이 놓였다. 이삿짐 트럭이 떠난 뒤 혼자 버스를 타고 출발했던 작은오빠는 오후 늦게야 대문 안으로 들어섰다. 집 찾느라 죽는 줄 알았다고 투덜대는 품이 집도 이사도 다 마음에 들지 않는 모양이었다.

뭔지 모르게 엄마에게 단단히 화가 난 것도 같았다. 가지런히 벗어놓은 B의 신발을 밟고 거칠게 마루로 올라서는 것으로 모자라, 방이 좁아 마루 한편에 쌓아놓았던 소년소녀 세계명작을 사정없이 발로 차 무너뜨려버리는 것이었다. B는 자신의 인생이 멋지게 바뀌었을 때, 일부러 불러들여서라도 작은오빠의 놀라는 모습을 가장 먼저 보리라 결심했다.

그날 밤 엄마는 끙끙 앓는 소리를 내며 계속해서 뒤척였다. B는 이불 속에서 마지막 꽃샘바람이 창문을 사납게 흔드는 소리를 듣고 있었다. 낯선 도시에서는 모든 것이 달라질 것 같았다. 이전의 평범한 B를 알던 사람은 이제 하나도 없었다. 새 학교에서 시작하는 새로운 학년이니 전혀 다른 사람이 될 수도 있다. B는 잠을 청했다. 혹시 꿈속에서 위대한 시를 짓는다면 그것을 발표해서 하루아침에 중학생 천재 시인으로 유명해질지도 모르므로 머리맡에는 연필과 종이를 준비해두었다.

방문객

아이들은 전학생에게 관심을 갖는다. 그러나 늘 혼자 생각에 빠져 있는 B에게는 아이들의 호기심을 끌 만한 점이 거의 없었다. 일이주일이 지나자 고향에서와 마찬가지로 B는 눈에 띄지 않는 아이가 되었다. 버스 통학을 하는 아이들은 대부분 몇명씩 짝을 지어 다녔지만 B는 아직 혼자였다.

그날 여중생들의 청소 시간은 유난히 들뜨고 소란스러웠다. 아무런 이유 없이도 기다려지는 토요일인데다가 하교 후에 단체 영화관람까지 있었던 것이다. 청소 시간을 알리는 종소리와 함께 아이들은 서둘러 교복 위에 에이프런을 입고 머릿수건을 썼다. 각자의 당번 구역으로 흩어지면서도 곡식 멍석 위에 내려앉은 참새떼처럼 쉴새없이 재잘거렸다.

주말 청소에는 반드시 유리창 닦기가 포함되었다. 유리창마다 하나씩 붙어선 아이들은 걸레보다 입을 놀리기에 바쁜 듯 보였다. 그런 어느 순간 아이들 사이에 작은 동요가 일더니 모두가 일제히 한곳을 바라보는 일이 벌어졌다. 담장 밖만 나가도 그것은 아무 일도 아니었다. 하지만 일과 중인 여학교에서 젊은 남자의 출현은 눈길을 끌지 않을 수 없었다.

남자는 무심한 표정으로 여학생들의 곁을 천천히 지나가고 있었다. 마르고 키가 큰 남자였다. 단정한 재킷과 손에 든 검은 가방으로 보아 회사원 같았는데, 튀어나온 이마와 광대뼈가 얼굴에 짙은 그늘을 만들고 있어 표정은 잘 드러나지 않았다. 남자가 교무실 쪽의 현관 안으로 사라질 때까지 모든 창문에는 아이들이 빠짐없이 달라붙어 기다랗게 목을 빼고 그의 뒷모습을 좇았다.

그런 소동과 상관없이 B는 교실 바닥에 비질을 하고 있었다. 교무실 청소 당번 한명이 뛰어와 B의 이름을 부른 것은 그로부터 얼마 지나지 않아서였다. 담임선생의 지시로 B를 데리러 온 것이었다. 청소 시간이니 상관없는데도 B는 굳이 에이프런과 머릿수건을 벗었다. 일학년들이 으레 그렇듯 자기 몸보다 훨씬 크게 맞춘 교복 속에서 B는 조그만 아이처럼 보였다. 그러나 헐렁한 교복의 옷깃을 바짝 당겨서 여미는 손은 가늘게 떨리고 있었다. 마침내 그 순간이 왔다고 생각했기 때문이었다. 심부름 온 아이의 뒤를 따라 천천히 교실을 나가며 B는 자신에게 집중되는 반 아이들의 시선을 마음껏 의식했다.

남자는 교무실 복도에 선 채 B가 다가오는 것을 물끄러미 바라보고 있었다. 움푹 들어간 검은 눈에는 아무런 감정도 실려 있지 않았다. 냉정하다기보다는 차라리 사무적인 태도였다. 그러나 B에게는 역광을 받고 서 있는 남자의 실루엣이 『키다리 아저씨』의 길고 검은 그림자처럼 멋지게 느껴졌을 뿐이었다. 무슨 비밀스러운 이야기라도 하려는 사람처럼 남자는 조용히 B의 어깨를 잡고 창가 쪽으로 데려갔다. 남자는 수금원이었다.

"너희 집에 소년소녀 세계명작 있지?"

키가 큰 남자는 B를 향해 허리를 약간 굽히고 속눈썹을 내리깔면서 말했다. 다른 사람들에게 들리지 않도록 목소리는 속삭이듯 작고 낮았다. 잔뜩 호기심을 품은 한무리의 아이들이 두 사람을 흘끔거리며 복도를 지나갔다. 그 아이들이 다 지나가기를 기다리는 잠깐의 시간 동안 남자와 B 사이에는 묵직한 침묵이 내려앉았다.

아이들이 사라진 뒤 남자가 천천히 검은 가방의 지퍼를 열고 그 속에서 촘촘하게 칸이 인쇄된 할부카드 한장을 꺼냈다. 계약자 난에 적힌 B의 이름과 한칸도 채워져 있지 않은 텅 빈 지불란을 확인시키자마자 어느 틈에 카드를 다시 검은 가방 속에 집어넣는 남자의 손놀림은 마술사처럼 정확했다.

할부금을 한번도 내지 않았기 때문에 엄마에게 그 책들이 거의 새 물건처럼 느껴졌으리라는 사실을 B는 그제야 깨달았다.

"학교에서 널 창피주고 싶지는 않고."

잔뜩 긴장한 B는 남자의 얼굴을 빤히 올려다보며 다음 말을 기다렸다.

"집에 어른 계시지?"

"저, 집이 좀 먼데요."

B는 낯선 사람에 대한 친절함을 잃지는 않았다. 그러나 떨리는 목소리는 얼마나 이 상황을 피하고 싶어하는지 짐작하게 해주었다.

"멀어도 상관없어."

남자의 눈길은 싸늘했다. 그 정도의 대답은 예상했다는 듯한 표정이었다.

B는 입술을 깨물었다. 빚쟁이를 집으로 안내하는 것은 가족들을 배신하고 곤경에 빠뜨리는 짓이었다. 친엄마가 아닐지도 모르지만 키워준 은혜까지 저버릴 수는 없었다. 실은 가족들의 부당한 대우가 못 견딜 정도는 아니었다는 게 B의 진심이었다. 남자와 함께 대문을 들어서는 순간 엄마는 당황하겠지만 곧이어 B에게 날카로운 추궁의 눈빛을 보낼 게 틀림없었다. 작은오빠는 B가 철이 없고 또 의리도 없어 언젠가는 이런 큰일을 저지를 줄 알았다며 실컷 비웃을 것이다.

"근데요. 집에 가도 아버지는 안 계셔요. 큰오빠도요."

B의 말이 거짓은 아니었다. 그러나 남자는 아이들의 잔꾀라면 알 만큼 안다는 눈으로 B를 내려다보았다.

"엄마도 안 계시다는 거니?"

남자의 예리한 질문에 B는 나쁜 짓이라도 하다 들킨 것처럼 얼굴이 붉어졌다.

B가 교실로 돌아가 책가방을 챙겨서 나오는 동안 남자는 현관 출입구를 지키고 서 있었다. 아이들 틈에 섞여 나오는 B의 모습을 재빨리 알아보고는 마치 공기를 압박하듯 천천히 다가왔다. 그리고 검은 가방을 옆구리에 낀 채 그림자처럼 B의 뒤에 바짝 붙어 따라오기 시작하는 것이었다.

B는 등 뒤가 서늘해지면서 몸이 뻣뻣하게 굳었다. 뒤통수에 수많은 바늘이 와서 박히는 느낌이었고 숨도 제 맘대로 크게 쉬면 안될 것 같았다. 지금까지 누군가가 자신을 뒤따라오는 상상을 얼마나 많이 했던가. 하지만 그런 경우에도 B의 뒤를 따라오는 사람은 상속인을 찾아나선 점잖은 집사이거나 첫눈에 B의 매력을 알아볼 천재 영화 감독이어야 했다. 어느날 갑자기 죄인이 되어 냉엄한 감시하에 결코 원하지 않는 곳으로 떠밀려가야만 하는 상황은 그렇게나 폭넓고 다채로운 B의 상상 목록 어디에도 존재하지 않았다.

게다가 힘든 여정 끝에 가까스로 목적지인 집에 도착하면 그때야말로 B가 피하고 싶은 순간이 기다리고 있을 터였다.

작년 이맘때 B에게 소년소녀 세계명작 전집을 사준 것은 엄마의 선택이었다. 처음엔 엄마도 더이상 동화집은 사지 않을 작정이었다. 영업사원 역시 청소년문학전집을 권했다. 그러나 청소년문학전집은 서른권인데도 쉰권이나 되는 소년소녀 세계명작과 값이 같았다. 무엇보다 소년소녀 세계명작은 특별봉사기간이라서 할부금을 육개월 뒤부터 불입하게 돼 있었다. 엄마로서는 그 조건이 특히 마음에 들었을 것이다.

물론 수금원이 오지 않는 걸 이상히 여겨 제 쪽에서 먼저 연락을 해볼 엄마는 아니었다. 그렇더라도 수금원이 제 날짜에 할부금을 받으러 오기만 했으면 이런 일은 일어나지 않았으리란 게 B의 생각이었다.

아무리 생각해봐도 자신이 잘못한 것은 없었다. 아무 잘못 없이 타의에 의해 나쁜 사람이 될 수도 있다는 사실이 무엇보다 B를 억울하게, 그리고 당혹스럽게 만들었다. 게다가 자신의 결백은 도저히 밝혀질 것 같지 않았다. B가 결백하든 않든 남자는 전혀 관심이 없었으며, 목적을 이루는 일에 옳고 그른 것은 아무 중요한 문제도 아닌 듯했다. 아니면 목적을 집행하는 사람이 자기 마음대로 정하는 것일 수도 있었다. B는 불안해졌다. 세상에는 옳고 그른 것 따위가 애초부터 중요한 일이 아닌지도 몰라.

버스정류장, 동행

버스정류장은 단체 영화관람을 가는 아이들로 왁자지껄했다. 그애들은 버스가 설 때마다 종아리와 책가방을 부딪쳐가며 우르르 몰려갔다. 승객들은 한떼의 여학생들이 올라탄 게 아니라 마치 고음부에서 고장을 일으킨 수십대의 스피커를 한꺼번에 버스에 실은 듯 청각에 드센 공격을 받아야만 했다. 버스는 매번 금방이라도 터져나갈 듯 불안하게 출발하곤 했는데, 그 안에 실린 여학생들의 총 체적 때문이라기보다는 와글와글한 소음 탓인 듯했다. B는 그 아이들을 부러운 눈길로 바라보았다.

조금 전까지만 해도 자신 역시 그 터져나갈 듯한 버스에 타고 영화를 보러 가는 무리 중의 하나로 예정돼 있었다. 극장 앞의 분식집에서 라면이나 떡볶이를 먹고 어두운 극장의 의자에 등을 기대고 앉아 스크린을 올려다보기만 하면 되었다. 그러나 지금 자신의 처지는 그런 일상과 즐거움으로부터 너무나 멀리 벗어나버렸다.

B의 콧등이 시큰해졌다. 남자가 나타나기 이전으로 시간을 되돌리고 싶은 마음만 간절할 뿐이었다. 기도가 이루어진다면 『세 가지 소원』에서처럼 단지 그전의 일상적인 자신으로 돌아가게만 해달라고 빌고 싶었다.

B는 또한 생각했다. 어쩌면 나에게 찾아올 시간은 두가지 방향으로 흐르고 있었는지도 모른다. 내가 보이지 않는 경계선 하나를 넘었기 때문에 지금의 방향으로 흐르게 된 것이다. 대체 나는 어떤 경계선을 넘었기에 하필이면 나쁜 소식을 갖고 온 남자가 나를 찾아낸 것일까.

"저를 어떻게 해서 찾아냈어요?"

B가 물었다.

"교육청 가면 배정학교를 알려주지."

자신의 존재가 깊이 숨겨져 있다는 B의 생각과는 달리 전학생을 찾는 것은 간단하고 쉬운 일인 모양이었다. 남자는 한가지 사실을 더 알려주었다.

"이사간 집도 찾으려면 얼마든지 찾아. 하지만 일단 학교로 가서 애들을 앞세우고 집에 들이닥쳐야 돈을 확실하게 받을 수 있거든."

수금원이 학교에 나타났다는 사실은 언제라도 아이를 찾아가 독촉을 할 수도 있다는 뜻이다. 부모는 돈을 낼 수밖에 없다. B 역시 남자가 다시 학교로 찾아오는 상황이라면 두번 다시 생각하기도 싫었다. 그러니 남자를 집으로 안내할 수밖에 없는 것이다.

『인어공주』가 다시 바다로 돌아갈 수 있는 방법은 오직 하나, 사랑하는 왕자를 칼로 찌르는 것뿐이었다. B도 마찬가지였다. 남자의 감시로부터 벗어나기 위해서는 어서 그를 엄마에게 데려다주어야만 했다. 인어공주는 칼을 버리고 스스로 공기방울이 되었지만 B에게는 다른 선택이 주어지지 않았다.

"버스 안 타니?"

B가 정류장을 그냥 지나쳐가자 남자가 물었다.

"우리집 쪽으로는 버스 안 다녀요."

B의 입에서는 아까부터 준비한 말이 힘겹게 그러나 빠르게 튀어나왔다.

걸어서 집에 가는 건 처음이지만 계속 정류장을 따라가면 길을 잃을 염려는 없었다. 몇시간을 걷는 한이 있더라도 남자를 손쉽게 집으로 데려가기는 싫었다. 어른이라는 권위에다 정의의 집행자라는 전권을 갖고 있는 남자에게 B가 행사할 수 있는 권한이란 노정을 불편하게 하는 것뿐이었다. B는 특별한 존재인만큼 보통의 어린애처럼 순순히 굴 수는 없었다.

어른을 속이는 데 익숙하지 않은 B는 어느 틈에 걸음이 빨라진 것을 깨닫고 깜짝 놀라 급히 속도를 줄여야 했다. 곁눈으로 뒤쪽을 살펴보니 남자는 아무 말 없이 뒤따라오고 있었다. 그런데도 심장의 고동 소리는 금방 교복 윗도리를 뚫고 나올 듯이 다급하게 반복되었다. 아무것도 아닌 척 슬그머니 가슴에 손을 대고 진정을 시켜야 했다.

다음 순간 B는 긴 한숨을 내쉬었다. 나쁜 사람으로 몰리면 진짜로 죄를 짓기 시작한다는 걸 깨달았기 때문이다.

극장 앞, 눈물

남자와 B가 걷는 길은 개천을 따라 조성된 제방길이었다. 오후로 접어든 봄 햇살이 나른하고도 따사로웠다. 여울진 하천은 햇빛을 받아 부드러운 물무늬를 이루었고 둔덕에는 파릇파릇 돋은 잔디 사이로 흰 속잎을 내보이며 쑥이 지천이었다.

천변을 따라 심어진 벗나무 가지에는 탱탱한 꽃눈이 금방이라도 꽃을 터뜨릴 듯, 연두 살갗 안에서 분홍빛이 몸살을 앓았다. 버드나무들 역시 꿈틀거리는 뿌리로 굳은 땅 밑의 물을 힘차게 빨아들여 부지런히 가지에 단물을 길어올리고 있었다. 버스를 타고 갈 때는 느끼지 못했던 풍경이었다. 짧은 단발머리 아래 드러난 B의 목을 훑고 지나가는 바람도 부드러웠다.

어디나 봄이었다. 극장이 있는 이면도로로 접어들자 토요일 오후답게 연인들이 많이 눈에 띄었다. 자기들의 행복에 취한 몇몇은 가까이 붙어서 걸어오는 남자와 B를 향해 웃음을 던지기도 했다.

B의 학교 학생들은 보이지 않았다. B가 걸어오는 동안 버스에 탄 아이들은 이미 도착한 지 오래였고 영화도 벌써 상영 중이었다. 영화를 보고 있는 아이들 가운데 B의 부재에 주의를 기울일 사람은 아무도 없었다. 특별한 방문자의 손님으로서 받았던 짧은 주목도 이미 잊혀졌다.

갑자기 눈물 한방울이 흘러 B의 턱 끝에 매달렸다. 또 한방울의 눈물은 운동화 코에 떨어져 얼룩을 만들었다. 처음에 B는 당황했다. 남자와의 대결에서 끝까지 당당한 모습을 보이고 싶었던 것이다. 그러나 이내 생각을 바꾸었다. 눈물이 멈출세라 필사적으로 슬픈 생각을 하기 시작했다.

원숭이를 친구 삼아 외롭게 떠돌아다녀야 하는 『집 없는 소년』, 떠돌아다니는 것은 물론이고 거기다가 엄마까지 찾아야 하는 『엄마 찾아 삼만리』, 거만하고 못생긴 동급생에게 하녀처럼 구박받는 『소공녀』, 마녀라고 오해받아 형장에 끌려가면서까지 절대 말을 해서는 안되는 공주의 슬픈 이야기 『백조왕자』…… 마침내 B는 두 손으로 얼굴을 감쌌다. 그 바람에 손에서 미끄러진 책가방이 보도 블록에 부딪히더니 필통과 책들을 와르르 바닥으로 쏟아냈다.

B는 두 손으로 얼굴을 감싼 채 전봇대에 기대 흐느꼈다. 애써 슬픈 생각을 하는 한편으로는 바쁘게 공상을 펼치고 있었다.

지나가던 사람이 다가와 B에게 왜 우느냐고 묻는 것만으로도 남자는 입장이 난처해질 것이다. B를 앞장세워 돈을 받아내러 가는 길이라고 대답할 수는 없기 때문이다. 운 좋게 덩치 큰 아저씨가 지나간다면 왜 어린 소녀를 괴롭히냐며 남자를 쫓아버릴지도 모른다.

싸움이라면 결코 지지 않는 큰오빠라면 분명히 그렇게 해주었을 것이다. 불현듯 B는 경계선을 넘어가 다른 차원의 블랙홀로 빨려가버렸을 큰오빠가 그리웠다. 아버지 역시 우는 아이를 그냥 지나쳐갈 몰인정한 사람은 아니었다. 일단 자전거에서 내린 뒤, 엄마에게 하듯 특유의 꼬장꼬장한 표정으로 남자에게 경위를 설명해보라고 요구할 것이다.

B는 더욱 어깨를 크게 들먹였다. 남자가 뒤늦게라도 자신이 무력한 어린애를 괴롭혔다는 걸 깨달았을지도 모르므로 이때야말로 남자의 죄의식을 더욱 자극할 필요가 있었다. 필요하다면 야외학습 때처럼 기절해버릴 각오까지 돼 있었다.

그러나 B가 이제 그만 전봇대에서 얼굴을 들었을 때 주변에는 아무도 없었다. 모두가 제 갈 길을 가거나 극장 앞에서 서성이고 있었다. 단체 관람에 밀려서 표를 구하지 못한 몇몇은 저희들끼리 일정을 상의하느라 바빴다. 아무도 B에게 관심을 기울이지 않았다. 옆구리에 자신의 검은 가방을 낀 채, 한 손으로는 B의 책가방을 주워 들고 다른 한 손으로 담배를 피우고 있던 남자의 무표정한 얼굴이 기다리고 있을 뿐이었다.

　남자는 아랫입술을 내밀고 담배연기를 천천히 위로 내뿜었다. 하다못해 떼쓰는 어린애가 진정되기를 기다리는 어른의 너그러움조차 없었다. 우는 사람을 바라볼 때 생기게 마련인 인간의 보편적인 동정심 같은 건 애초부터 가져본 적이 없는 듯했다. 격한 흐느낌을 최대한 자연스럽게 마무리하기 위해 간헐적으로 코를 훌쩍이며 어깨를 조금씩 들먹거리고 있는 B에게 남자가 책가방을 내밀었다.

　"이 근처에 분식집 같은 거 없니?"

　마치 B가 우는 모습은 본 적조차 없다는 태연한 말투였다. 아침부터 시외버스를 타고 나오느라 밥도 제대로 못 챙겨먹었다는 것이었다. 오래 걸어 다리가 아픈데다 울기까지 한 B 역시 배가 고팠다.

분식집, 맛있는 떡볶이

남자는 통만두를 시킨 다음 B를 위해 떡볶이를 주문했다. 배가 부르자 B의 마음은 훨씬 진정되었다. 사흘을 굶은 뒤 빵을 훔치고 말았던 가엾은 『장발장』의 처지가 떠오르기도 했다. 좁은 분식집 탁자를 사이에 두고 가까이에서 보니 남자는 그렇게까지 냉정해 보이는 얼굴은 아니었다. 만두가 미끄러져 간장 접시에 빠져버리자 낭패라는 듯 혀를 차는 모습은 성질 급한 작은오빠와도 비슷했다.

다 먹어갈 무렵 남자가 B를 건너다보며 덤덤하게 물었다.

"나를 집에 데리고 가는 게 그렇게 억울하니?"

동의의 뜻으로 B는 아무 대꾸도 하지 않았다.

"네 책이니까 너한테도 돈 낼 책임이 있는 거야."

"내가 산 게 아닌데도요?"

남자가 피식 웃었다.

"그럼 책을 가만히 모셔만 놓고 한권도 안 읽었단 말이니?"

B는 뜨끔했지만 이내 대꾸할 말을 찾아냈다.

"나는요, 소년소녀 세계명작이 싫어요. 『일리아드』나

『플루타르크 영웅전』『서유기』는 책장에서 한번 빼본 적도 없고요. 『십오 소년 표류기』와 『방랑의 고아 라스무스』 같은 고생스러운 모험이야기를 왜 보는지 모르겠어요. 『신데렐라』『백설공주』, 그런 이야기는 정말 유치해요. 그리고 무조건 착한 사람들만 나오는 이야기들, 세상에 그런 게 어딨어요?"

"어쨌든 책을 읽은 건 사실이네, 그렇지?"

떡볶이를 입에 넣은 남자는 맛있다는 듯 쩝쩝 소리까지 내며 그것을 씹었다.

"너, 남기는 걸 보니 이 떡볶이가 맛이 없나 보구나?"

접시에 남아 있는 마지막 한개를 젓가락으로 집어올리며 남자가 이렇게 덧붙였다.

"떡볶이 맛없다고 돈 안 내려고 그러니?"

순간 B는 잠깐이지만 남자의 동정심을 기대하고 울었던 자신이 너무나도 후회스러웠다. 한순간이나마 나쁜 사람은 아닐지도 모른다고 마음을 놓다니 얼마나 순진했던가. 남자는 시비를 가리는 게 아니라 농담을 하고 있을 뿐이었다.

더구나 그 어느 쪽이든 결과는 마찬가지였다. 남자의 존재는 움직이지 않는 산처럼 완강했고, 처음부터 정해진 어떤 지점을 향해 흘러가는 차갑고 도도한 강물 같았다. 흐름이 완만하여 자신이 거기 실려 끌려가고 있다는 걸 쉽게 느낄 수 없지만 결국 낭떠러지에 닿게 돼 있고 말이다.

자기 자신의 문제임에도 B 스스로 바꿀 수 있는 건 아무것도 없었다. 알 수 없는 흐름에 실려 그저 어디론가 떠내려갈 따름이었다. 만약 B가 아직 무언가를 할 수 있다면 그것은 물길이 바뀌어 자기가 아닌 남자 쪽으로 나쁜 시간이 흐르기를 기도하는 것, 그러니까 남자를 궁지에 빠뜨릴 미지의 경계선에 대해 필사적으로 상상하는 것뿐이었다.

화장실에 다녀오던 B는 학교 현관에서 그랬던 것처럼 날카로운 눈으로 여자화장실 문 앞을 지키고 서 있는 남자를 보았다. 문이란 문은 모조리 남자가 지키고 있었다. 그런 점에서 B에게 열려 있는 문은 하나도 없었다.

골목의 계단, 도주

남자는 정확히 거리를 지켰다. 노골적으로 가까이 붙어 걷지도 않았고 몇걸음 이상 벗어나는 일도 없었다. B의 보폭이 조금만 달라져도 어느새 눈치채고 새로운 속도에 몸을 맞췄다. 빠르면 빠른 대로 느리면 느린 대로 빈틈이 없었다. 산동네로 들어서는 기나긴 계단 입구가 나타나자 B는 초조해지기 시작했다. 오는 동안 남자에게 불운을 가져올 경계선에 대해 수많은 상상을 해봤지만 아무 조짐도 나타나지 않았던 것이다.

하수구의 맨홀은 무너지지 않았고 공사장에서 망치가 날아오지도 않았다. 발을 삔다거나 가방을 소매치기 당한다거나 『돌아온 래시』 같은 의리있는 개에게 물린다거나 하다못해 『왕자와 거지』에서처럼 하루만 왕자가 되어달라고 말을 거는 사람조차 나타나지 않았다.

B를 초조하게 만드는 것이 또 한가지 있었다. 엄마에게 돈이 없을지도 모른다는 불안이었다. 그것은 남자가 집에 들어서는 순간을 상상할 때마다 어쩔 수 없이 떠오르는 여러 가지 비극적 상황 중 가장 끔찍한 경우였다. B는 자기의 가족이 가난해졌는지도 모른다는 생각을 하기 시작했다.

그러고 보니 고향에 살 때와는 많은 것이 달랐다. 엄마는 늘 기운이 없어 보였고 이불을 둘러쓰고 누워 있는 날이 많았지만 병원에는 가지 않았다. 병원비가 없었던 것일까. 아버지와 큰오빠가 보이지 않는 것 역시 돈문제 때문인지도 모른다. 작은오빠가 걸핏하면 대학에 가지 않겠다고 엄마에게 볼멘소리를 하는 이유도 짐작할 만했다.

가난에 대한 B의 비극적 몽상은 자꾸 뻗어나가 엄마가 이사를 한 것도 이 남자를 피하기 위해서였나 하는 의심을 품기에 이르렀다. B는 또 한번 입술을 깨물었다. 안 그래도 부쩍 몸이 약해진 엄마는 남자를 보는 순간 기절하여 쓰러질지도 모른다.

가까스로 깨어난 뒤에도 상황이 나을 것은 없다. 남자의 옷깃을 붙잡고, 살던 집에서 쫓아내지만 말아달라고 울며 애걸할지도 모른다. 작은오빠는 방에서 말없이 주먹으로 눈물을 훔친 뒤 그것으로 다시 벽을 칠 것이다. B는 내심 작은오빠만 친자식일 거라고 엄마를 의심했던 사실이 후회스러웠다. 가난할수록 더욱 따뜻한 정을 나눠야 하는 것이 가족 아닌가. 친부모가 나타나도 따라가지 않을 것이며 특별한 존재로서의 신분도 얼마든지 포기할 수 있었다.

갑자기 B는 계단 위에서 발을 멈췄다.

"저, 화장실에 갔다 와도 되죠?"

"분식집에서 갔는데, 또 말이니?"

그 말을 하며 남자는 B가 서 있는 위쪽을 향해 한 계단 올라왔다. 거리 유지를 하라고 경고하듯 B도 재빨리 한 계단을 올라가 남자로부터 그만큼 멀어졌다.

"가방을 놓고 가면 되잖아요."

도망을 치려는 건 아니었으므로 B의 태도는 당당했다. 일단 자신이 먼저 집으로 뛰어가서 엄마가 이 사태에 대비할 수 있도록 준비할 시간을 확보해놓은 뒤, 다시 남자가 있는 곳으로 돌아올 생각이었다.

"갔다 와."

남자가 마지못해 대꾸했다. 화장실 용무가 있다는 여자아이를 골목 안까지 따라들어갈 수는 없는 일이다. 오히려 등을 돌리고 있어야 할 판국이었다. 보란 듯이 책가방을 남자에게 건네준 뒤 B는 급히 골목 안으로 꺾어 들어갔다. 그 골목은 다시 아까의 계단으로 연결되어 있었다. B는 남자가 서 있는 계단 입구에서는 연결된 쪽이 보이지 않을 거라고 믿었다. 그러나 위로 몇계단 올라가 사방을 살살이 살피던 남자의 눈에는 너무나 쉽게 들어오는 위치였다.

B는 있는 힘을 다해 뛰었다. 부지런히 골목을 돌아서 다시 계단 쪽으로 헉헉거리며 뛰어나온 순간 B는 두 길의 연결지점에서 미리 기다리고 서 있던 남자의 눈과 정면으로 마주쳤다. B의 온몸이 얼어붙었다.

"여기가 화장실이니?"

이번에는 남자도 무표정하지 않았다.

"너 정말 나쁜 애구나."

나쁜 애이므로 함부로 대해도 상관없다는 험악한 말투였다. 남자의 눈은 매섭게 추켜올라갔으며 입매는 잔인하게 일그러졌다. 시종 옆구리에 끼고 있던 검은 가방을 갑자기 거칠게 내려놓았는데 마치 그 안에 들어 있는 칼이라도 꺼내려는 듯 위협적인 동작이었다.

외진 골목의 계단이라서 지나가는 사람은 아무도 없었다. B는 입을 벌린 채로 어깨를 들썩이며 계속 가쁜 숨만 몰아쉬었다. 한순간 땀이 식으면서 온몸이 떨려왔다. 시선은 멍하니 남자의 등 뒤에 가닿았다. 남자는 B보다 한 계단 위에 서 있었다. 남자의 등 뒤로 끝없이 이어져 있는 가파른 계단, 그리고 그너머 그토록 가까이에 보이지만 절대로 손에 닿지는 않을 푸른 하늘을 B는 입을 벌리고 숨을 헐떡이며 멍하니 올려다보고 있는 것이었다. 다음 순간 B는 갑자기 무릎이 꺾였다.

B의 귀로

B는 유순한 표정으로 남의 집처럼 조심스럽게 대문 안에 들어섰다. B와 그 뒤를 바짝 붙어 따라 들어오는 남자만 보고도 엄마는 한눈에 상황을 파악한 듯했다.

"혹시 애한테 야단이라도 친 거예요?"

"아니죠."

고개를 크게 흔들면서 남자는 손까지 내저었다.

"다리가 아픈지 애가 오다가 좀 울더라구요. 분식집에서 떡볶이도 사줬어요."

"우선 여기 마루로 좀 앉으세요."

엄마의 권유대로 남자는 마루 끝에 엉덩이를 걸치더니 재킷을 벗어 옆에 내려놓았다. 그러고는 드디어 앉을 자리를 찾았다는 듯 여유 있는 얼굴로 바지통을 탁탁 털었다.

"집이 꽤 먼데 버스가 이리로는 안 다니더군요."

남자의 어조에서는 그 이상의 것을 알고 있다는 듯한 능청스러움이 느껴졌다.

"근데 따님이 착한가봐요. 집에 가도 돈이 없을 거라고 걱정하던데요."

"애가 별 걱정을 다하네."

"아버지가 집에 안 계시다고. 조금 전엔 빌기까지 하는데, 난처해서 혼났습니다."

"쟤가 왜 안 하던 짓을 했을까."

대수롭지 않다는 표정으로 엄마는 부엌을 향해 몸을 돌리며 물었다.

"차 한잔 드릴까요?"

"시원한 물 있으면 한잔 주세요. 곧 오월이라 그런지 한낮에는 벌써 덥네요."

엄마로서는 수금원이 반가울 턱은 없었다. 그러나 돈을 내면 그만이므로 비굴해질 필요 또한 없었다. 생각지 않았던 지출이긴 해도 이십사개월 할부 중 육개월분이 그렇게까지 큰돈은 아니었다. 무엇보다 이사올 때 책을 버리지 않고 갖고 온 것이 너무나도 다행스러웠다. 하마터면 내다버린 물건 값을 생으로 물 뻔하지 않았는가. 미수금을 많이 남긴 채 회사를 그만둔 전임자 대신 수금을 하러 다닌다는 남자의 말에 엄마는 젊은 사람이 힘들겠다는 말까지 해주었다.

물컵을 쟁반에 받쳐 갖다주는 엄마와 그것을 받아서 마루 위에 내려놓은 뒤 컵을 들어 입가에 대고 기울이는 남자, 이어서 함께 소년소녀 세계명작의 특별할인제에 대해 이야기를 나누는 두 사람의 태도에 특별한 점은 아무것도 없었다.

방문에 기대서 있던 B가 갑자기 소리 높여 깔깔 웃기 시작했다. 머리카락은 헝클어지고 무릎에는 흙이 묻은 채로 어깨를 들먹이며 정신없이 웃는 것이었다. 지금쯤이면 단체관람 영화가 끝났을 시각이었다. 그 영화도 뻔한 해피엔딩이었을 것이다. 아, 그렇게 많은 인생의 암호를 해독했음에도 이 세상에 놀랄 일이란 전혀 없는 걸까.

B의 웃음은 쉽게 멈출 것 같지 않았다. 흙 묻은 책가방을 질질 끌고 무릎을 절뚝이며 방으로 들어가면서도 웃음소리가 발작적으로 높아갔다. 눈살을 찌푸린 엄마가 남자로부터 고개를 돌려 B의 뒷모습을 바라보았다. B의 뒷목에 붉은 얼룩이 선명하게 찍혀 있었다. 누군가의 손자국이 분명했는데 소녀의 목을 한 손아귀에 휘감을 만큼 커다란 손이었다.

B는 어떻게 세상을 놀라게 했나

B는 오늘도 침대에서 일어나자 잠옷 위에 스웨터를 걸치고 맨발로 마루로 나간다. 커튼을 여는 것은 B가 매일 아침 잠에서 깨어 맨 먼저 하는 일이다. 커튼을 젖힐 때마다 B는 생각한다. 오늘은 어떤 날일까. 그런 생각을 하며 창밖을 바라보고 서 있는 짧은 시간을 B는 무척 좋아한다. 눈을 감고 하루에 대한 예감을 충분히 즐긴 뒤에야 커피를 끓이기 위해 천천히 부엌으로 가는 것이다.

정적을 깨는 전화벨도 B를 기쁘게 만든다. 어떤 뜻밖의 소식일까. 퇴근 후 우편함을 열어 편지를 꺼낸 뒤 B가 가장 먼저 뜯어보는 것은 발신인이나 내용을 한눈에 짐작할 수 없는 우편물이다. 매번 실망하지만 그것마저도 소식의 절차로 받아들여진다. B는 낯선 것에 대한 호의를 잃지 않았다.

운전 중 신호대기에 걸렸을 때 옆차선에 서 있는 차의 운전자가 누군지 바라보는 버릇, 처음 가는 술집에서 별 의미 없는 비상구 화살표를 오래오래 바라보는 버릇도 그중 한가지이다. 산행 중에는 바위 위의 낙서 앞에 한참을 서 있었고 유원지의 목책에 새겨진 사랑을 맹세한 날짜 등도 그냥 지나치지를 못한다.

휴일이면 B는 스니커즈를 신고 오래된 동네를 하릴없이 혼자 돌아다니기를 좋아한다. 그러다가 깊은 봄밤 낯선 골목 안에서 어둠 속에 스며들고 있는 녹슨 철문이라도 발견하면 발을 멈추고 그 문 뒤의 세계에 대한 깊은 상념에 잠기는 것이다. 하나둘 곁을 떠나 영원히 돌아오지 않는 가족들에 대해 생각하기도 한다.

B는 여전히 평범하게 살고 있다. 그리고 인생이란 마음 대로 되지 않는다는 걸 잘 안다. 그렇다고 해서 상상까지 하지 말란 법이 있는가. 체념한 듯 조용히 헤엄치던 수족 관의 물고기에게도 아주 가끔 온몸을 비틀어 파닥거리며

위로 뛰어오르는 짧은 순간이 있다. "온몸이 묶인 채 검은 물에 실려서 어딘지 모를 어둠 속으로 떠내려가는 것, 이런 게 사람의 인생이 아닐까." 이것은 B가 책에서 베낀 구절이다. 그러나 거대한 흐름에 실려 어딘가로 떠내려가지만 B는 한번쯤 자기를 실은 배에서 벌떡 일어나 작고 하얀 손을 높이 쳐들어서, 마치 춤을 추듯 유쾌하게 흔들어보고 싶어지는 것이다.

언젠가의 꿈속에서였던가. B는 하늘을 향해 끝없이 이어지는 기나긴 계단 위에 서서 터져나오는 웃음을 도저히 멈출 수가 없어 오래오래 웃었던 기억이 있다. 요즘도 이따금 꿈에서처럼 이유를 알 수 없는 웃음이 터져나올 때가 있는데 그때마다 주변 사람들이 놀란 눈으로 B를 바라본다.

경계

날씨가 잔뜩 흐려 아침부터 하늘이 낮게 내려앉았다. B는 전조등을 켠다.

차는 많지 않았지만 바람이 몹시 불었고 어딘가에서 화물차가 뒤집어졌는지 각색의 천과 스티로폼 조각들이 쉴 새 없이 공중에 날린다. 그런 날이 있다. 하늘은 온통 음산한 잿빛으로 뒤덮이고 가드레일이 부서져 있고 여기 저기 찢어진 타이어 조각이 뒹군다. 조금 달리다보면 검은 도로 위에 유리 파편이 흩어져 있고 그 위를 굴러다니는 정체를 알 수 없는 물건의 잔해들을 만나게 된다. 이따금 먹이를 찾는 검은 새떼처럼 어디선가 찢어진 비닐들이 날아오른다. 길 한가운데 반토막 남은 털 짐승의 납작하고 붉은 형체가 차의 속도를 줄이게 만든다. 군데군데 검은 타이어 자국이 깊은 각도로 휘어져 차선을 벗어나 있다. 오늘이 그런 날이다.

사람들이 사납게 운전을 하고 모두가 비상시처럼 전조등을 켰으며 그리고 재앙과 저주의 도시를 빠져나가려는 듯 과속으로 달려가고 있다. 까닭없이 마음이 불안하고 간밤에 꾸었던 사나운 악몽이 되살아나는 날이다. B는 생각한다. 지난밤 이 도시에 대체 무슨 일이 있었던 걸까. 지금 나는 어떤 경계에 서 있는 게 아닐까.

그 순간 비가 쏟아지기 시작한다. 건너편에서 차 한대가 중앙선을 넘어 무서운 속도로 달려오고 있다. B는 어둑어둑한 세계를 뚫고 자신을 향해 달려드는 커다란 두개의 불빛을 본다. 악령의 눈빛 같은 사악한 명멸, 파국에 대한 찰나적 예감과 숨막힐 듯 짧은 흐느낌, 무언가가 타들어가는 뜨겁고도 위험한 냄새, 금속이 부딪치는 날카로운 소리가 아프게 머리를 때린다. 자신의 전 생애를 다한 힘으로 B가 브레이크를 밟고 있다.

B의 망막에 어린 시절 폭우 속의 자신이 나타난다. 화창한 봄날 어린 B는 큰오빠의 자전거 뒷자리에 타고 신작로를 달리고 있다. 갑자기 사방이 어두워진다. B가 지금까지 본 가운데 가장 무섭고 광활한 하늘이 온통 검은 구름으로 덮이고 수상한 바람이 끈적거리며 살갗을 건드린다.

집으로 빨리 돌아가기 위해 큰오빠가 온힘을 다해 페달을 밟지만 기어이 폭우가 쏟아지기 시작한다. 순식간에 온몸이 젖고 얼굴을 때리는 빗물 때문에 앞을 똑바로 바라볼 수가 없다. 바지가 몸에 달라붙어 큰오빠는 점점 페달 밟기가 힘들다. 그대로 빗속에 아무렇게나 B를 내동댕이치고 혼자 가버릴 것만 같다. 눈 속으로 파고드는 빗물을 피하려 얼굴을 한껏 찡그리고 입술을 꾹 다문 채 필사적으로 페달을 밟고 있는 큰오빠의 속마음은 알 길이 없다. B는 한사코 큰오빠의 등에 매달린다. 마침내 큰오빠의 자전거가 가까스로 집에 닿아 때마침 열려 있는 문안으로 죽을힘을 다해 진입해 들어왔을 때, 무슨 일이 있었던가.

그곳에는 비가 내리지 않았다. 간지럼을 잘 타는 백일

홍 나무와 꽃이 다 진 장미들이 줄을 맞춰선 채 무심히 B를 바라보았으며 부엌문 앞에서 엄마가 한여름의 야들야들한 고구마순을 다듬고 있었다. 마당에는 물 한방울 떨어져 있지 않았다. 다른 세상인 것일까.

지 도 중독

1

　다섯번째 직장을 그만둔 뒤부터 B는 자신의 블로그에 거의 매일 글을 올리고 있다. 책을 뒤적거리다가 불현듯 그중 한구절을 옮겨 적는가 하면 하릴없이 동네를 한바퀴 돌던 중에 재미삼아 핸드폰에 담아본 뒷골목 풍경을 새로운 게시물로 올려놓는다. SNS에 떠돌아다니는 익살스러운 패러디물이나 엽기 시리즈 같은 것도 부지런히 퍼나른다. 하지만 가장 많은 것은 역시 자신과 친구들을 둘러싼 사소한 일화들, 그리고 그들과 나누는 안부의 글이다.

　늘 자정 넘어 퇴근하기 때문에 친구들과의 술자리에 자주 끼지 못하는 나로서는 반가운 일이 아닐 수 없다. 학원 수업을 마치고 집에 돌아와 샤워를 한 다음 맥주캔을 들고 컴퓨터 앞에 앉아 그의 글을 읽는 것이 언제부터인가 빼놓을 수 없는 일과가 되었던 것이다. 그날 새벽 새로 올라온 글 제목은 '내 친구 M은 9번 유형입니다'였다. M이라면 내 이니셜이었다.

제목/제 친구 M은 9번 유형입니다

혹시 여행을 싫어하나요? 제 친구 M과 같군요. 그는 세상에 여행처럼 귀찮은 일은 없다고 생각합니다. 흔히 자유를 찾아 여행을 떠난다고 하지만 그건 틀린 생각이라나요. 낯선 곳에서는 매사가 구속과 긴장이니까요.

원시인들처럼 음식과 잠자리를 구하기 위해 헤매야 하고 또 길을 잃지 않기 위해서는 번거로운 공부도 많이 해야 하고요. 무엇보다 일정한 틀 속에서 저절로 굴러가던 일상의 시간을 스스로의 선택으로 재편성해 운용해가야 하는데, M으로서는 내키지 않는 일이죠.

그는 모험을 두려워하고 낯가림이 심하며 술집에서 안주 고르는 것조차 쉽지 않은 '장고의 거장'이거든요. 아마 평생 자신이 앞장서서 새로운 계획을 세워본 일조차 없을 겁니다. 빙고! 그렇습니다, 전형적인 9번 유형! 자기 주관이 약한 사람이 다 그렇듯이 M은 자기합리화의 명수입니다. 그의 주장대로라면 낯선 여행지에서 겪어야 하는 파격적이고 강렬한 경험은 우리가 그럭저럭 끌고 가는 일상이라는 삶의 기본 패키지 안에 웬만큼 들어 있답니다. 그렇기 때문에 굳이 모험을 자청할 필요가 없다는 거죠.

새로운 만남이요? 어차피 사람이란 몇가지 유형 안에 속해 있기 때문에 새로운 만남이란 것도 그렇고 그런 종류의 수집 표본이 많아지는 것 이상도 이하도 아니라고 생각할걸요?

부지런히 배터리를 충전해가며 엉덩이 붙일 틈도 없이 돌아다니면서 찍은 사진들. 여행지의 분위기에 취해서 커다란 캐리어의 배가 불룩해질 정도로 사들인 조잡한 기념품들. M은 그것들이 오래 남는다는 믿음 역시 착각에 불과하다고 생각합니다. 여행에서 돌아온 뒤까지도 소중하게 취급되는 경우를 본 적이 없다는 거죠. 여행지에서의 들뜬 경험들과는 상관없이 실제로 인간이 삶을 영위하는 장소는 일상이라는 이름의 세분되고 문명화된 현재라는 울타리 안이다, 이런 주장인데요. 철저한 현대인이자 도시인, 자칭 코쿤족 중에서도 제법 확신범이죠?

잃어버린 존재의 기원이나 원시의 아름다움을 찾는다며 인도와 아프리카 같은 곳으로 떠나는 사람들을 보면 M이 뭐라고 하는지 아십니까? 첫째, 대다수의 사람들이 궁금해하지 않는 것을 왜 알아내려고 그토록 사서 고생을 하는 것이며, 둘째, 집에서 한발짝도 움직이지 않고 인터넷의 세계를 섭렵하는 자신과 정보 면에서 그다지 다를 것 없어 보이는데 무엇을 위해 그처럼 호들갑을 떠는지 의아하기만 하다, 이러는 겁니다.

텔레비전 채널을 돌리다가 '인간 한계에 도전한다' 따위의 제목이 붙은 극지 탐험 프로그램을 대하면 M은 일순 얼굴에 감동의 빛을 띠는데요. 그것은 화면 속에서 갖은 고생을 하고 있는 주인공이 자기가 아니라서 다행이라는 안도의 표정이지요.

어떤 유형인지 짐작이 가죠? 등산은 사절. 그보다는 피트니스 클럽의 러닝머신 위에서 뛰는 걸 좋아하고, 어쩌다 휴양지에 가게 되더라도 시설이 편한 콘도미니엄 밖으로는 한걸음도 안 나갈 테니 야영 같은 건 생각조차 해본 적 없구요. 또 해외여행이라고 하면 무조건 뉴욕 소호 거리를 걷거나 파리의 노천까페에서 마시는 까페오레를 떠올릴 겁니다.

자연에 대한 관심이 전혀 없겠냐구요? 개나리와 진달래조차 구별 못하면서 실내공기를 맑게 해주는 산세비에리아에 피로회복 성분이 있다는 건 잘 알지요. 더 꼽으라면 건강에 좋다는 유기농 채소, 스프링클러로 적셔지는 잘 손질된 넓은 잔디밭, 멋진 스키하우스 뒤로 펼쳐져 있는 새하얀 슬로프 정도 아닐까요. 그러면서도 도시인들에게 자연이란 다 그 정도의 판타지 아니겠냐며 자신이 결코 특이한 사람은 아니라고 주장하겠죠.

맞습니다. M은 남과 다른 것을 두려워한답니다. 다수와 분리돼 있으면 불안함을 느끼는 거예요. 왜냐하면 분리된 자아가 되는 것, 즉 다른 사람에게 대항해서 자신을 주장하는 개인이 되는 것이 9번 유형에게는 가장 두려운 일이거든요. 그래서 다른 사람 눈에 거슬릴까봐 앞에 나서지도 않고 모든 것에 이만하면 괜찮아 하는 식으로 적응하려고 애쓰죠.

삶에서 많은 것을 요구하지 않는 것처럼 보이지만 그렇다고 긍정적이라고 생각하면 그 인간 M을 잘못 본 겁니다. 이런 유형은 바쁜 일에 빠져듦으로써 자신의 불안을 해소하려고 하고 큰 프로젝트를 다루는 부담을 피하기 위해 지엽적인 일에 매달린답니다. 자신이 진정으로 원하는 것을 추구하지 못하는 데 대한 보상으로 작은 이익에 이끌리는 거지요.

또한 다른 사람의 말을 잘 따라주는 것처럼 보이지만 내면에는 고집스러움과 저항이 있어요. 다른 사람에 의해 자신의 좋은 기분을 방해받고 싶지 않기 때문에, 반응하지 않고 조용히 있음으로써 다른 사람에게 저항하는 처세법이라고나 할까요. 아, 그리고요. 자기에게 닥치는 문제에서 도피하려는 사람의 공통된 특징이니 물론 알코올과 가깝겠죠. 이봐, M. 너 지금 술 마시면서 읽고 있지?

짐작하시겠지만 M은 친구가 많진 않습니다. 하지만 운좋게도 저를 비롯해서 가까운 친구들은 대충 다 멋진 녀석들이죠. 하나같이 입심 좋고 유머 감각이 뛰어나고 또 신랄해요. 전공과 관계없는 한두가지 이상의 분야에서 전문가이구요.

인터넷 신문의 기자인 한 친구는 음악광에다 오디오 마니아이고, 문화 관련 공기업에서 일하는 한 친구는 무기와 신화에 빠져 블로그를 세개나 운영하고 있지요. 한 친구는 M처럼 수입이 변변찮은 변두리 학원 강사지만 명품, 포도주, 영화, 이 세가지에 관해서라면 모르는 게 없습니다. 우리들 술자리에 끼게 되는 여자분들이 제일 먼저 호감을 보이는 것도 바로 그 친구인데, 다른 친구들이 늘어놓는 클래식 음악이라든지 북구 신화 같은 이야기에도 조금쯤 귀를 기울여주긴 하더군요.

구석자리에서 늘 말이 별로 없는 M도 아주 인기가 없지는 않아요. 순수해 보인다는 둥 소년 같다는 둥 하는 평판이 돌아가는데 그가 국어 강사라는 걸 알고는 시를 쓰게 생겼다고 말해준 여자분도 있었답니다. 물론 M은 계속 순수한 척해야 하는 역할이 그다지 어렵지 않다고 판단했는지 히쭉 웃으며 그 여자분에게 여운을 주었지요.

어떤 사람들은 M이 늘 친구들 뒤로 자신을 숨긴다며 겸손하다고 말하지만 그 인간을 모르시는 말씀입니다. 힘 하나 안 드는 몇마디 말로 친구를 높여 자신도 덩달아 올라가면서 그것을 겸손으로까지 위장하는 대단히 약은 처세술인 거죠. 아마 주목받는 사람이 되면 감당해야 할 일이 많지만 단지 그 주변에 있다는 이유로 같은 부류로 인정받으면서 한편으로 피곤한 이미지관리 따위는 하지 않아도 되는 좋은 방법을 발견했다고 속으로 희희낙락하고 있을걸요.

친구에 의존하는 성향이 있다고 해서 그에게 의리 같은 걸 기대하면 큰 착각입니다. 항상 친구에게 물어보고 친구의 의견인 척 집행하는데, 그것이 곧 회피심리인 거죠. 잘못되더라도 친구 탓을 할 수 있으니까요.

M은 친구와 도시, 이 두가지를 떠나서는 살 수 없는 인간입니다. 도시의 어느 귀퉁이에서 야외탁자에 둘러앉아 몇 안 되는 오랜 친구들과 생맥주 잔을 기울이는 여름밤이면 M은 모든 게 만족스러워 거의 감격한답니다. 안 믿어도 상관없지만 그런 순간 불현듯 M의 눈가에 핑 도는 눈물을 본 적도 있어요. 그래도 내가 헛되게 살지는 않았구나 하는 표정이었고 말이죠. 아무리 생각해도 여행 같은 것은 절대로 떠나지 못할 친구입니다.

게다가 M은 약골이어서 물만 갈았다 하면 설사를 하거든요. 우리 친구들 사이에 통용되는 '수학여행 사진의 진실'이란 관용구가 있는데 저 역시 당시에는 사진마다 유독 새하얀 얼굴에 살짝 눈을 내리깐 고민 많은 M의 모습에 호감을 가졌다 이겁니다.

군대가기 전 M이 가장 두려워한 것이 뭔지 아세요? 구보나 기합이 아니라 전방의 재래식 화장실이랍니다. 그럼에도 부실한 순환기 때문이 아니라 태생이 귀골이라서 그렇다고 주장하는 데에 M다운 가증스러움이 엿보입니다. 요즘도 화장실을 자주 가지 않기로 유명한데 사실은 인내심이나 정력이나 방광의 용량 및 탄성과는 관계없이 단지 화장실을 가리기 때문이죠.

그런 M이 만약 만년설로 뒤덮인 북미의 침엽수림, 그러니까 로키산맥 같은 데를 간다고 상상해보세요. 비데를 갖춘 수세식 화장실을 찾지 못해 하는 수 없이 숲속의 으슥한 장소에서 바지를 내리는 순간 그 유명한 그리즐리 곰과 마주친다면 좀 난처하지 않을까 싶네요. 오만한 종(種) 우월론자이자 자칭 문명인인 M은 자기 자신이 곰과 마찬가지로 동물의 한 종류라는 생각은 전혀 해본 적 없는데다가 평소 곰과의 의사소통에 대비하기는커녕 아마 곰이라고 하면 웅녀, 웅담, 그리고 옛날에 두 친구가 산길을 가다가 곰을 만나 한명은 나무로 올라가고 한명은 죽은 척해서 살아났는데 둘 다 살아나서 다행이라고 서로 붙들고 뛰며 우정의 소중함을 깨달았다던가 하는 믿거나 말거나 식의 이야기밖에는 아무것도 아는 게 없을 테니까요.

가엾은 M! 로키산맥은 해발 삼사천 미터짜리 산봉우리들이 끝없이 이어진다니 추워서 다행히 뱀은 없겠지요? 온통 빙하로 덮여 있다는데 자칫 크레바스에 빠져 영원히 냉동 인간이 되는 건 아닐는지요. 이거 참, 제가 괜한 생각을 하고 있군요. M은 여행 따위는 절대 가지 않는 친구인데 말이죠.

메인에 소개된 제 프로필을 보시면 알겠지만 저는 M과는 정반대로 여행과 색다른 경험, 새로운 사람들과의 만남을 좋아합니다. 머릿속에 엉뚱하고 신나는 계획이 가득 차 있고 늘 흥분이 필요한 사람, 그러니까 7번 유형이지요. 좀 산만하고 돈도 많이 쓰고 싫증을 잘 내는 게 단점이지만 지루한 것은 딱 질색이에요. 저와 같은 7번, 혹은 제 친구 M과 같은 9번 유형과 자신이 비슷하다고 생각되시는 분은 답글 올려주세요.

내가 그 글을 읽어가는 동안 내장 스피커에서는 계속해서 싸이 노래의 신나는 비트가 흘러나왔다. B는 비아냥거리는 듯한 랩까지 동원해 내가 떠나게 될 여행에 대한 '분위기 띄우기'에 들어간 것이었다.

B의 말대로 북한산은커녕 구기터널 앞을 지나가는 버스 한번 타본 적 없는 내가 다음 주면 로키산맥을 누비게 된다. 열흘 내내 텐트에서 구부려 자고 야영장에서 취사를 해야 하며 최소한 하루 네다섯시간씩의 운전에다 그 이상의 산길 걷기, 결정적으로 내가 전혀 모르는 인물과 동행해야 하는 여행이었다.

당연한 일이지만 나는 자기 방식대로 걱정과 격려를 표현하고 있는 B의 글이 불쾌하지는 않았다. 오히려 그의 유쾌한 반어법은 여행에 대한 부담과 두려움을 덜어주기까지는 못해도 적어도 여행에서 돌아왔을 때의 반가움이 각별하리라는 것은 예상할 수 있게 해주었다. 돌아오는 것, 그것이 내가 이번 여행에서 기대하는 유일한 기쁨이었다.

2

떠나기 이틀 전까지는 어떻게 시간이 지났는지 모른다. 원장의 허락을 받아내는 일이 가장 어려웠다. 공식 휴가라고는 길어봐야 삼일뿐인데 이주일씩이나 휴가를 떠나겠다는 초보 강사의 등을 두드려줄 원장은 없다. 원장은 분원을 세개나 거느린 대형 입시학원의 관리부 직원으로 일하면서 학원의 생리와 시스템을 철저히 습득한 뒤 자기 학원을 차린 수완가였다. 강사 출신 원장이 후배들을 불러모아 가족적으로 경영하는 다른 소규모 학원과는 분위기가 달랐다.

자수성가형답게 원장은 소신이 지나치게 강했으며 그것을 사수하는 데 있어 사뭇 고압적이었다. 강의 중인 교실의 뒷문을 벌컥 젖히고 들어와서 자고 있는 아이들을 거칠게 깨우며 '너희들, 학교에서는 뭐 하고 학원에 와서 자는 거야!'라고 소리를 지르기 예사였다. 강사들의 기본급은 형식적인 액수였을 뿐 수당 역시 각자 맡은 학생 수에 따라 철저히 실적 위주로 배분되었다. 그런 분위기를 견디지 못해 그만두거나 원장과 싸운 뒤 짐을 싸야 했던 강사들도 있었다.

그러나 나로 말하자면 돌출행동은 하지 않는 것이 타고난 천성이었다. '우리는 삶에서 일어나는 일을 그저 받아들여야만 한다. 거기에 대해서 할 수 있는 일이 별로 없기 때문이다.' B의 인용에 따르면 그것이 바로 9번 유형이 살아가는 태도라고 한다.

나 역시 교육제도니 학원의 구조니 전혀 동의할 수 없는 것은 물론이고 때로 분노와 비애까지 치솟는 게 사실이지만 어쨌든 아이들의 점수를 일점이라도 올리는 데에 최선을 다하는 것이 내 직무였다. 미분화된 현대인의 삶이란 어차피 지엽말단적인 기능을 담당할 뿐이다. 인류의 미래 따위를 걱정하는 철학적이거나 양심적인 직업은 담당자가 따로 있다.

내가 맡아 가르치는 여학생이 학기초에 가출을 했다. 유일하게 내게만 문자메시지를 남긴 모양이었다. 연락을 받고 찾아온 어머니에게 나는 핸드폰에 들어온 메시지를 보여주었다. 선생님, 저 임신했어요. 그런데 상의할 사람이 없어요. 어디로 가야 할지 모르겠어요. 메시지를 보자마자 그 어머니는 사나운 눈길로 나를 날카롭게 쏘아보았지만 내가 수업 시간 이외에 그애를 만난 것은 딱 한번 떡볶이 파티 때였고, 그것도 쉬는 시간 학원 휴게실에서 다른 학생들과 함께였다.

그럼에도 그 어머니는 끈질기고 당당한 태도로 심문하듯 나를 추궁했다. 딸의 가출에 대해 자신보다 더 나쁜 역할을 내가 담당해줘야 자신이 덜 무책임한 사람이 된다고 생각하는지 역할 떠맡기기에 열중했다. 스스로의 힘으로는 어떻게도 해결해볼 수 없는 불행한 상황 앞에서 한없이 막막하고 고독했을 아이의 심정이나, 그 아이가 수치심을 무릅쓰고 사생활을 털어놓을 수 있는 대상이 그다지 친하다고도 할 수 없는 애송이 학원 선생뿐이라는 사실에는 아무런 안타까움도 느껴지지 않는 모양이었다.

어쨌든 아이는 무사히 돌아왔고 비밀이 지켜진 덕분에 다시 학원에 나왔다. 그 나이 특유의 의리라고 할까, 그후 꾸준히 내가 가르치는 과목을 신청하지만 그 아이의 성적은 오르지 않고 있다. 나중에 안 일이지만 그 일로 원장은 그애 어머니로부터 적지 않은 사례를 받았다. 나는 고맙다는 인사조차 받은 적 없었다. 양식과 교양을 보이려면 마땅히 고마움은 표시해야 하지만 치부를 알고 있는 사람을 찾아가 머리를 굽히기는 싫었던 모양이다.

거기 대해 B는, 학교와 학원의 역할이 뒤바뀌고 또 가정과 사회 공동체에서 해야 할 일이 담임교사도 아닌 일개 학원강사에게 떨어지듯이 좌표가 흔들리고 있기 때문에 길찾기가 쉽지 않은 세상이라고 논평했다.

다행히도 이따금 포장마차에서 술잔을 나눴던 동료 둘이 당장 코앞에 떨어진 수업을 대신 맡아주기로 했다. 그러나 돌아와서 내가 갚아야 할 수업 시간을 생각하면 백년만의 무더위가 찾아온다는 올여름은 말 그대로 내게 지옥이 될 것이다. 비행기 티켓을 사야 하는 마지막 순간까지 원장은 시원스러운 대답을 미루고 마음을 졸이게 만들었다. 그런 태도가 아랫사람을 쥐락펴락 다루는 자기만의 기술이라고 믿는 듯했다.

원장의 입에서 막상 허락이 떨어지는 순간 나는 잠시 머릿속이 멍하고 뭔가 어리둥절한 채로 가슴이 답답해왔다. 매를 맞기 위해 전속력으로 선생님 앞에 뛰쳐나간 어린애의 심정이었다. 대체 나는 왜 바라지도 않는 휴가를 얻어내려고 그토록 열심이었을까. 휴가를 얻기 어려웠다고 말하면 제아무리 특유의 추진력으로 밀어붙이던 Y라고 해도 더이상 여행을 권유할 수는 없으리라는 얄팍한 계산까지 없지 않았으면서 말이다. 길을 잃은 어린아이에게 낯선 사람이 손을 내밀면 아이는 무서워 엉엉 울면서도 그의 손을 꼭 붙잡고 필사적으로 따라간다.

또다시 '적응하는 사람'이라는 B의 유형 분류가 떠올랐다. 자신이 어떤 틀에 박힌 유형으로 살아왔다는 걸 깨달으면서 쓸쓸해하지 않을 사람은 없을 것이다. 비록 그

동안 B가 정확도 90퍼센트라며 푹 빠졌던 분류법의 기준이 혈액형, 띠, 탄생석, 탄생목, 별자리 등 족히 열가지는 넘었다고 해도 말이다.

Y의 전화를 받았을 때 나는 내 생각을 시원스레 말할 수가 없었다. 나 자신이 머릿속과 감정회로가 복잡한 사람이다보니 내 진심이 무엇인지 아직 파악하지 못한 채로 대답해야 할 순간을 맞이해버렸다는 게 적당한 표현일지도 모른다.

반면 Y의 목소리는 언제나처럼 믿기 어려운 호의와 확신에 차 있었다. 처음엔 낯선 나라에 적응하느라 힘들었지만 주변이 조금 안정되니 무엇보다 친구들이 그립더라는 그의 말에 일단 경계심을 품지 않은 건 아니었다. 그러나 그에게 말려들지 않으려는 저항은 비교적 쉽게 무너졌다. 만나서 함께 여행이나 하고 싶어서, 너라면 꼭 와줄 것 같아서 말이지. 결혼한 애들은 딸린 식구들도 있고 또 회사에 목매달고 있잖아. 그냥 몸만 와서 얼굴 좀 보여주면 돼. 야, 말 나왔을 때 확 저질러야지, 이런 거 저런 거 재다 보면 우리가 언제 만나겠어.

Y의 말을 들으며 나는 재작년 그가 고전을 면치 못하던 사업을 접고 결국 이민을 택했을 때 공항에서 작별 인사를 나누던 순간을 떠올리지 않을 수 없었다. 그때 배웅을

나갔던 친구들 모두 Y의 손을 꼭 붙잡고 자리잡히면 언제든 연락하라고, 만사 때려치우고 달려가겠노라 여러번 되풀이했던 것이다.

야, 새 등산화는 불편하니까 오기 전에 한국에서 몇번 산에 다녀봐. 그리고 여기 와서 이쪽 산하고 비교해보면 정말 잘 왔다고 실감할 거다. 이런 기회가 아무한테나 오는 게 아니다. 그리고 너, P선배라고 알던가? 우리보다 두 학번 위에, 왜 멘사 클럽에도 들고 머리는 비상한데 좀 괴팍한 선배 있잖아. 도서관에서 갑자기 일어나 고함지르고 책상도 몇개 부수고, 소문 안 들어봤어? 여기 와서 우연히 만났거든. 이번에 같이 가기로 했는데, 여행을 많이 한 사람이라 도움이 될 거야. 너야 성격이 원만하니까 잘 어울리겠지만 그래도 불편할 것 같으면 얘기해. 지금이라도 빠지라고 말하면 그만이니까.

흥분한 목소리로 말을 쏟아내는 Y의 기세에 눌려 나는 가까스로 대답했다. 그럴 필요까지 뭐 있어. 우리 선배라면서…… 그렇지? 너는 정말 변한 게 하나도 없구나.

전화를 끊기 전에 Y는 네가 이렇게까지 좋아할 줄은 몰랐어,라고 뿌듯한 목소리로 말했다. 며칠 지난 후 내 쪽에서 전화를 걸어 다리가 부러졌다든가 어머니가 입원했다든가 식의 핑계를 댈 생각을 하며 건성으로 듣고 있던 나의 눈앞으로 갑자기 Y의 부리부리한 눈이 아주 또렷이 다가드는 순간이었다.

3

　밤에 일하는 사람의 가장 큰 어려움은 대다수의 다른 사람과 생활 리듬이 다르다는 점이다. 다수에 속하지 않는다는 사실 자체가 얼마나 커다란 불편인가는 겪어보지 않으면 알 수 없다. 시간을 공유할 수 없는 탓에 익숙했던 많은 것들과 멀어지는 일 정도는 이내 담담하게 받아들이는 단계에 이른다. 그러다가 참으로 오랜만에 일요일이 아닌 평일 낮 거리를 돌아다니게 되면 내가 거기 속해 있다는 사실만으로 안심이 되긴 하지만 한편으로는 스스로가 이방인처럼 느껴지기도 한다.

　다른 날 같으면 깊이 잠들었을 오전에 일어나 나는 간단히 집 안을 정리했다. 공과금을 모두 내고 재킷과 셔츠 몇 벌을 세탁소에 맡긴 뒤 며칠 동안 출퇴근길에 눈여겨보았던 지하철역 근처의 등산용품점을 찾아 들어갔다.

　검게 그은 얼굴에다 자랑스럽게 눌러쓴 등산모가 첫눈에도 산꾼이 틀림없는 주인은 어디로 보나 산과는 거리가 멀어 보이는 나를 시큰둥하게 훑어보았다. 내가 등산화를 찾자 하던 일을 계속하며 던지는 대꾸 역시 시원찮았다. 등산화도 천차만별이죠. 어디 가시는데요? 나는 캐나디안 로키라고 무심코 말했는데 그 말이 산꾼들에게 일으킬 어떤 종류의 파장에 대해서 완전 무지한 탓이었다.

그때부터 거의 한시간 동안 다른 손님이 들어오든 나가든 눈길 한번 주는 일 없이 주인은 내 곁을 떠나지 않았다. 물론 쉴새없이 산에 대한 정보를 전해주면서 말이다. 산꾼들의 일반적인 성향인지는 몰라도 물건을 파는 것보다는 자신의 견문을 전파하는 데에 훨씬 더 호의적이고 헌신적이었다. 시에라 컵의 유래에서부터 이식할 장기를 운반하는 데 쓰일 정도로 밀봉이 잘 되는 날진통의 다양한 쓰임새 등 용품에 대한 소개는 그렇다 쳐도 찢어진 텐트를 수리하는 법, 고산병에 대한 대처법, 조난시 구조요청법, 독충에 물렸을 때 상처를 소독하기 위해 등산칼로 열십자 내는 법, 오줌으로 식수 만드는 요령까지 늘어놓는 데에야 피곤하지 않을 수 없었다.

B와 함께 오지 않은 것이 후회막급이었다. 비록 등산에 경험이 많지는 않지만 잡학에 능통하고 아는 체하는 데에 일가견이 있는 B라면 십분도 안 돼 오히려 주인을 한수 가르치기 시작했을 것이다.

정작 주인이 골라준 기본 장비는 의외로 간단했다. 배낭과 등산화와 침낭, 작은 개인 컵과 수저 세트, 한국인의 힘의 원천인 김치통만 있으면 충분하다는 것이었다. 등산이란 직접 몸으로 부딪치는 거지 곰살맞은 장비 같은 건 다 필요없어요, 하면서 극한상황에서도 첨단 장비 따위에 의존하지 않고 배짱과 기지로 목적을 달성하고야 마는 한국 남아의 기개에 대한 여러 예화를 들려주었다.

나는 그가 공수부대나 해병대 출신인지도 모른다고 생각했다. 산꾼은 아닐 수도 있었다. B의 분류법에 따르면 '자신에게는 약한 부분이 없다고 믿는 환상 때문에 간혹 스스로와 다른 사람을 위험에 빠뜨릴 수도 있는' '전근대적 한국형 아저씨 타입' 중 하나가 분명했다.

계산을 마치자 주인이 쇼핑백 두개를 건네주며 결정적인 충고를 해주었다. 혹시 곰을 만나거든 바로 태권도 자세를 취하는 거 잊지 마세요. 그런 맹수일수록 기싸움이 중요하거든요. 먼저 겁을 줘서 기를 꺾어놓아야 공격을 못하지요. 두고봐요, 제 말이 틀림없을 테니. 두고보고 싶지 않은데,라고 나는 속으로 생각했다.

집에 돌아온 뒤 짐을 꾸리기 시작했다. 설사약을 포함한 구급약 몇가지와 두툼한 오리털파카를 집어넣고 배낭을 메어보았다. 등산화는 출발 때부터 신고 갈 작정이었다. 장도에 오르게 된 걸 축하한다며 B가 인터넷 서점을 통해 보내준 빌 브라이슨의 여행기는 비행기 안에서 볼 작정으로 숄더백 안에 챙겼다.

공항까지는 B가 태워다주기로 했다. 내가 없는 동안 핸드폰을 맡아달라고 말하자 B는 보험증서와 통장을 모두 맡기고 유서도 써놓고 가라며 놀려댔다. 나는 가출했던 여자아이의 경우처럼 그사이 누군가 내게 문자메시지를 보낼 수도 있고 또 어디선가 중요한 연락이 올지도 모른다고 변명했다. 몸은 떠나지만 어떻게 해서든지 나의 현재와 연결된 가느다란 끈만이라도 그대로 살려놓음으로써 지금 이곳에 존재를 남기려는 나는 내가 생각해도 준비되지 않은 여행객이었다.

부모님에게는 아무 연락도 하지 않았다. 이주일쯤 소식이 없다고 해서 궁금해하지는 않을 것이다. 혹시라도 부모님 집에서 전화가 걸려오면 그것만은 받아달라고 부탁해야 하므로 B에게 충전기를 맡겨야 했다. 그것 말고 또 받아줄 전화는 없는 거지? B의 물음에 나는 고개를 끄덕였다. 혹시 나 없는 사이 취직되면 바로 내 핸드폰으로 알려줘라. 내가 농담하자 B는 응, 곰한테 시킬게,라고 대답했다.

떠나는 날 아침 마지막으로 메일을 열었다. 스팸메일이

두통, 보험회사의 웹진 소식, 그리고 B의 메일이 들어 있었다. 제목은 '회피, 즉 적응하는 사람을 위한 충고'였다.

> 대부분의 사람들은 평화란 나쁜 일이 일어나지 않는 상태, 혹은 많은 일이 일어나지 않는 상태를 의미한다고 생각한다. 그러나 평화가 우리를 안정시켜주고 행복하게 해주는 거라면 뭔가 좋은 일이 일어나는 상태여야 한다.
>
> ──E. B. 화이트

집을 나서기 직전 다시 한번 확인해 봤지만 더이상은 아무 메일도 도착하지 않았다.

4

1983년 7월 세 명의 지도교사가 이끄는 어린이 야영단이 캐나다의 한 주립공원에 텐트를 쳤다. 밤에 181킬로그램의 흑곰이 나타나 나무에 매단 음식물 주머니를 찾아냈고 가지를 부러뜨리는 방법으로 그 주머니를 땅에 떨어뜨렸다. 그것을 먹어치운 뒤에는 스니커즈 초코바와 햄버거 냄새를 좇아 텐트를 습격했다. 잠자던 소년들은 극심한 공포 속에서 외마디 비명과 함께 숨이 끊어졌다.

알래스카의 한 사냥꾼은 며칠 동안 곰의 뒤를 쫓다가 드디어 심장을 맞히는 데 성공했다. 총을 나무에 기대어 세워놓고 가까이 간 순간 쓰러져 있던 곰은 그를 발톱으로 후려쳤으며 사냥꾼의 얼굴은 대번에 갈가리 찢어졌다.

미국의 옐로우스톤으로 캠핑을 갔던 십대 소년 둘은 뜻하지 않게 어미곰과 새끼곰 사이를 지나치게 되었다. 새끼를 갈라놓는 것처럼 어미곰을 자극하는 일은 없다. 어미곰은 소년들을 뒤쫓아 터벅터벅 걸어왔는데 시속 56킬로미터의 속도였다. 소년들은 죽을힘을 다해 달아나다가 나무 위로 올라갔지만 나무타기 선수인 곰은 손쉽게 따라올라와 그들을 바닥으로 내팽개쳤다. 죽은 체해봤자 소용없는 일이다. 곰은 제풀에 그만두고 싶을 때까지 물어뜯는다.

캐나다 항공의 로고가 새겨진 기내식 카트가 다가오고 있었으므로 나는 책을 덮었다. B가 비아냥대든 말든 지금까지 나는 곰을 만나면 나무에 올라가거나 죽은 체해야 한다고 믿고 있었다. 등산용품점 주인의 충고대로 먼저 공격태세를 취하는 쪽으로 생각을 바꿔야 할 모양이었다. 제아무리 위급한 상황이라 한들 내가 과연 곰이 겁을 집어먹을 만큼 공격적인 동작을 취할 수 있을는지는 확신할 수 없지만 말이다.

기내식 카트는 내 좌석 바로 옆까지 와 있었다. 생선과 고기 중에 생선을 고르면서 나는 곰이라면 무엇을 선택했을까 생각했다.

5

지도로 보면 Y는 로키산맥이 지나가는 루트의 바로 옆 도시에 살고 있었다. 그러나 실제 거리는 쉬지 않고 운전해도 꼬박 하루가 걸리는 먼 거리였다.

Y는 자신이 사는 곳이 한국 같은 반도가 아니라 북아메리카 대륙임을 강조했다. "무엇보다도 애들을 보면 여기 오기를 백번 잘했다는 생각이 절로 들어." 다음 순간 내가 한국의 과열 경쟁 시스템에 빌붙어 있는 학원강사란 데 생각이 미쳤는지 곧바로 어조를 바꾸었다. "하긴 스트레스가 별로 없다보니 몇년 안 가서 애들 눈이 전부 흐리멍텅, 긴장이 풀려버리긴 하더라. 왜, 한국 애들은 눈빛이 꼿꼿하니 군기가 들어 있잖아."

만나는 순간부터 Y의 입에서는 이민 성공담이 시도때

도없이 풀려나왔고 말끝마다 선진국에서 살아가는 사람들의 삶의 질에 대한 홍보가 이어졌다. 그러나 도시 외곽의 공동주택에 사는 그의 형편이 그다지 좋아 보이지는 않았다.

Y가 내게 국제운전면허증을 만들어오라고 여러번 당부한 데에는 이유가 있었다. 오른손에 붕대를 감고 있었던 것이다. "어떻게 된 거야?" "술자리에서 싸움을 말리다가 좀 다쳤어." 운전과 설거지를 하지 못할 뿐 여행에는 아무 지장이 없다며 그는 왼손으로 기세좋게 내 등을 쳤다.

P선배는 우리와 합류하기 위해 아침 일찍 출발했다고 했다. 과연 대륙인들답게 이웃 사이라도 기차를 타고 오는 모양이었다. 기차역까지 마중을 나가야 한다며 Y가 자동차 키를 내게 쥐여줄 때 나는 물어보지 않을 수 없었다. "그 선배는 차를 안 갖고 오냐?" "원래 운전 안 해. 좀 괴짜라고 했잖아."

나는 시차 때문에 머리가 멍했고 배앓이가 시작되는 기미마저 있었다. 그러나 운전대를 잡고 영문 표지판을 익히느라 눈을 부릅떠야 했다. 마일 단위를 쓰는 미국과 달라 킬로미터를 쓰니 운전하기 얼마나 편하냐며 Y가 다시 한번 내 등을 두드려주었다.

"P선배 말이야, 약간 독특하거든. 이상한 점이 있어도

네가 이해해라."“어떻게 이상한데?”“한마디로 사회부적
응자라고 해야 하나. 하는 일마다 실패했고 가족들도 다
떠났어. 대인기피증인가 뭔가 정신과 치료도 좀 받았을
걸. 특히 술 취하면 사람이 난폭해져. 같이 술 먹지 마라.”
나는 Y의 손에 감긴 붕대를 눈짓으로 가리켰다. “너도 그
러다가 다친 거 아냐?” 내 물음에는 대답을 피한 채 Y가
혼잣말처럼 중얼거렸다. “그 선배, 서류나 장부 같은 건
보는 즉시 외워버려. 매뉴얼, 연산, 뭐 그런 거는 정말 끝
내주는데…… 불우한 수재지 뭐. 어쨌든 한국 같은 사회
에서는 못 살 사람이야.”

Y의 사전 교육 때문인지 P선배의 첫인상은 완강하면서
어딘지 음울하게 느껴졌다. 90킬로그램은 너끈히 넘어 보
일 만큼 덩치가 컸는데, 마치 그 몸이 둘로 나뉘어서 한쪽
에서는 불길이 이글이글 타오르고 다른 한쪽에서는 검은
물이 깊이 고여 흐르는 듯한 분위기를 풍겼다.

이 여행의 모든 코스와 일정을 계획한 리더가 P선배라
는 것, 그리고 애초에는 Y와 P선배 둘만 떠나기로 되어 있
었다는 것은 그가 첫대면부터 나의 존재를 철저히 묵살하
는 데에서 확연히 나타났다.

첫번째 목적지는 로키산맥 중에도 오지에 해당하는 제
스퍼였다. 거기에서 험준한 산맥의 정수를 둘러보고 난

다음 일반 관광객이 다니는 밴프로 내려오면서 빙하와 호수와 온천과 침엽수림 따위를 구경하고, 마지막에 국경 가까이의 작은 도시에 이르러 끝나는 여정이란 것은 이미 Y에게서 들어 알고 있었다. 어쨌거나 상관없는 일이었다. 나는 단지 이 여행을 떠난 지 하루밖에 지나지 않았다는 사실에만 관심이 있을 따름이었다.

차가 출발하자 뒷자리의 Y는 조수석에 앉은 P선배를 상대로 떠들어대기 시작했다. 한국에 있는 B와 짜기라도 했는지 주로 곰과 관련된 내용이었다.

곰사냥은 내리막길에서 해야 한다. 만약 올라가는 길에서 곰을 잡으면 무거워서 가져올 수가 없다. 그러므로 전문 사냥꾼들은 대개 그 자리에서 곰을 고기와 뼈와 내장과 기타 등등으로 분해하는 기술을 습득하고 있다. Y 자신이 총을 들고 직접 곰사냥에 따라나선 경험도 있었다. 거칠고 스릴 넘치는 활극을 기대했지만 나무 뒤에 숨어 몇시간 동안 숨소리도 내지 않고 부동자세로 곰을 기다리는 일이 듣기와는 달리 무척 정적이고 심오한 작업이었다. 자연 상태의 맹수를 만나는 게 아무에게나 일어나는 행운은 아니라는 사실을 절실히 깨달았다. 이번 여행에서는 곰을 만나는 것과 만나지 않는 것 둘 다를 몹시 기대하고 있다. 만나기는 반드시 만나되 안전한 거리 밖이어야 한다는 뜻이다.

어느 국립공원에선가는 자동차 트렁크에 결혼 케이크를 싣고 온 신혼부부 때문에 곰이 캠프장 안에 들어와 자동차를 서른여섯대나 부쉈다고 한다. 곰은 달콤한 냄새는 물론이지만 화장품 냄새도 좋아한다. 1킬로미터 밖의 먹이도 알아차릴 만큼 후각이 발달된 점을 이용해서 곰이 싫어하는 냄새를 풍기는 곰 퇴치용 스프레이도 개발되었다. 그러나 안전성은 확신할 수 없다. 호기심 많은 곰이 '어디서 이렇게 내가 싫어하는 냄새가 나는 거지?'라며 오히려 뒤따라올 수도 있는 일이다.

Y는 곰발바닥 요리 중에 오른쪽 발이 맛있는 이유에 대해서도 설명했다. 곰이 벌집을 딸 때 오른발을 먼저 쓰는데 벌떼들이 그쪽 발에 집중적으로 몰려 침을 박기 때문에 왼발보다 육질이 훌륭하다는 것이다.

P선배는 거의 대꾸를 하지 않았다. 옆눈으로 흘끗 보니 고개를 약간 숙이고 눈을 내리깐 품이 졸고 있는 것처럼 보였다. 조는 사람 치고는 머리통에 빳빳이 힘이 들어가 있다 싶었는데, 운전대를 꼭 붙든 채로 여러번 흘끔거린 뒤에야 비로소 그가 무엇을 하고 있는지 알아차릴 수 있었다. 지도를 보고 있는 것이었다.

그의 무릎 위에 놓인 두툼한 지도책은 종이가 죄다 들

뜨고 귀퉁이 역시 심하게 닳아 있었다. 그것은 길잡이의 연륜을 말해준다기보다 이상성격의 주인에게 들볶인 애완물처럼 보였다. 아마 그렇게 지도를 뚫어지게 보고 있으면서 한번도 경로에 대해 지시를 내린 적이 없기 때문인지도 모른다. 지도를 자주 보아야 할 만큼 복잡한 길도 아니었다. 오히려 몇시간 동안 차선 하나 바꿀 필요 없이 텅 빈 고속도로만을 따라가는 지루한 루트였다. 지도에서 눈을 떼지 않는 게 차라리 이상했다. 지도 중독이란 것도 있군. 나는 생각했다.

펼쳐진 페이지 속의 길을 거의 외웠을 만큼의 시간이 지나자 P선배는 지도의 뒷장과 앞장을 이리저리 뒤적거리기 시작했다. 지금까지 왔던 길을 머릿속에서 완벽하게 복기하는 데에 그치지 않고 현재 위치에서 적어도 사방 2천 킬로미터 안에 해당하는 지리를 모조리 익혀놓을 작정인 듯했다.

바깥 풍경은 전혀 보지 않았다. 오직 지도 위에서 자신의 현재 위치를 가늠하는 데에 신경을 집중할 뿐이었다. 자신의 현재 좌표를 확인하는 일에 비한다면 어디를 향해 가는지 목적지 따위는 차라리 중요하지 않아 보였다. B라면 몇번 유형으로 분류했을까. 제아무리 남과 다른 독특한 사람이라고 해도 B는 P선배를 가둘 수 있는 틀을 발견하고야 말 것이다.

제스퍼로 들어가기 전 마지막 마을에 닿은 것은 다음 날 오전이었다. 고속도로를 벗어나자마자 눈앞에 수려한 설산이 끝도 없이 이어졌다. 검은 바위산의 단면에 가로 줄 무늬처럼 흰눈이 촘촘히 덧입혀진 풍경을 몇시간 동안이나 보고 온 뒤였으므로 나는 굳이 목적지까지 갈 것도 없이 로키라면 이미 싫도록 구경했다는 생각을 하고 있었다. 운전이라면 신물이 났고 말이다.

잡화점 앞에 차를 세우게 한 뒤 Y가 장작과 물과 캔 맥주를 사러 들어갔다. 나는 가게 앞의 야외 테이블에 앉아 담배에 불을 붙였다. 카운터 옆의 진열대에서 여러 가지 지도를 뒤적이는 P선배의 모습이 눈에 들어왔다. 날씨는 무척 청명했다. 색채가 선명한 한 컷의 그림엽서 속에 들어와 앉아 있는 기분이 들 정도였다. 깨끗한 공기 속에서 모처럼 느긋하게 피우는 담배 맛도 나쁘지 않았다.

꽁초를 버리려고 두리번거리는데 Y가 다가와 독특한 고리가 달린 쓰레기통을 가리켰다. "곰이 열지 못하도록 저렇게 만든 거야. 곰은 발톱을 안으로 구부릴 수가 없으니까 저런 식으로 고리를 뚜껑 안쪽에 붙이는 거지." 배낭 안에서 곰 퇴치용 방울을 꺼내 자신의 점퍼 지퍼에 매다는 Y의 표정은 흥분돼 있었다.

긴 끈에 매달린 작은 호루라기를 내 목에 걸어주며 그는 큰 소리로 노래를 부르는 것도 곰을 쫓는 한가지 방법이라고 제법 비장하게 말해주었다. "만약 곰을 만나면 못 본 체 시침 뚝 떼고 가만히 있는 게 최고야. 곰도 그걸 원할걸. 자극을 하지 않으면 공격은 안 한다니까. 멋모르고 태권도 자세 같은 거 취했다가는 그 자리에서 곰발바닥에 깔린 도토리묵 돼."

나는 Y의 말을 흘려들으며 그가 주머니 안에서 휴대전화를 꺼내는 것을 유심히 바라보았다. 그리고 신호가 안 잡힌다며 마침내 Y가 전원을 꺼버릴 때는 어쩔 수 없이 착잡한 감정에 사로잡히고 말았다. 익숙한 세계를 향해 그나마 조금 열려 있던 문이 눈앞에서 완전히 닫혀버리는 기분이었다.

지난밤 한국에 전화했을 때 B는 내 휴대전화가 아직 한 번도 울리지 않았다고 전해주었다. "너 여행 떠난 거 다들 알고 있잖아." 그러나 B의 말이 그다지 위로가 되지는 않았다. B와의 통화를 옆에서 듣고 있던 Y가 비꼬듯이 한마디 던졌다. "너, 요즘도 무슨 일 생겼다 하면 B한테 전화부터 거는 모양이구나?"

Y는 B의 전화를 바꿔달라고 하지는 않았다. B와 Y와 나,

우리 셋은 한때 열심히 붙어다녔지만 언제부터인가 Y가 혼자 떨어져나갔다. 아마 한 인터넷 문학 사이트의 시숍이었던 B를 좇아 내가 운영진으로 활동하게 된 이후였을 것이다. 나는 그때 Y보다는 B를 내 좌표로 택했던 것 같다.

6

많은 사람이 도시의 편리함을 선호한다. 그렇다고 해서 자연에 거부감을 갖는다는 말은 들어본 적이 없다. 인간이란 좋아하든 싫어하든 본능적으로 생명체에 반응하며 자연에 대한 친화감을 갖고 있다. 누구나 돈을 벌면 정원이 넓은 전망 좋은 집에서 꽃과 나무, 물을 바라보며 살고 싶어한다. 자연 자체가 고통스럽게 느껴지는 상황을 나는 단 한번도 상상해본 적이 없다. 제스퍼의 산들을 보기 전까지는 말이다.

그것은 그림엽서 속의 풍경이 결코 아니었다. 엄청나게 큰 시멘트 벽처럼 하늘을 뒤덮은 황폐한 회색 바위산들은 웅장하다기보다 섬뜩한 공포를 불러일으켰다. 태양은 막 태중에서 빠져나온 원시의 핏덩어리처럼 눈이 아프도록 선명했으며 길이 구부러지는 곳마다 불쑥불쑥 나타나는 물줄기 속에 죽은 짐승떼의 뼈처럼 잠겨 쓰러져 있는 나무둥치들, 그것은 어느 저주받은 태초의 시간을 암시하는 듯했다.

자연이라는 말에서 연상되는 모성도 친연함도 조화로움도 전혀 없었다. 내 느낌대로라면 그것은 우리가 흔히 자연이라고 이름 붙이는 것 이전의 상태가 틀림없었다.

P선배가 예약해둔 야영장은 사람의 발길이 뜸한 제스퍼에서도 가장 안쪽에 자리잡은 외진 곳이었다. 마을에서부터 한시간 가까이 들어오는 동안 마주오는 차는 단 한대도 없었다. 빽빽한 숲을 이리저리 둘러가며 개미굴 모양으로 꽤 많은 캠프사이트가 조성돼 있었지만 캠핑객은 우리뿐이었다.

P선배가 화장실에 간 사이 차 트렁크에서 짐을 내리고 있는 나를 왼손 하나로 적당히 거들며 Y가 말했다. "코스를 이렇게 잡는 것도 P선배 스타일이야. 밴프 관광지를 거친 다음에 제스퍼로 올라오는 게 일반적인 코스거든. 근데 우리는 거꾸로 제스퍼에서 시작해 밴프로 내려가는 거야. 점점 강도를 높여가며 비스듬히 올라가서 정상에 닿는 게 아니라 평지에서 극점으로 가파르게 도약한 다음, 그때부터 천천히 내려오는 스타일 말이야." "도대체 그게 무슨 스타일인데?" 내가 볼멘소리로 대꾸했다. P선

배가 제스퍼 입구의 안내소에서 나눠주는 지도를 보느라 정신이 팔려 하마터면 주차증을 받지 않고 지나쳐올 뻔했던 것이다.

짐을 풀고 텐트를 치자마자 곧바로 주변 트레킹이 예정돼 있었다. 그것 또한 P선배의 스타일인 모양이었다.

수목한계선을 넘어선 높은 산은 경사가 완만하여 생각만큼 힘들지는 않았다. 그러나 예상하지 못한 공포가 있었다. 바로 침묵이었다. 온갖 생명체로 가득 차 있는 사방 몇십 킬로미터의 자연계 안에 같은 종인 인간이 전혀 없다는 것, 그것이 그처럼 엄혹하고 두렵고 고독하다는 사실 역시 한번도 상상해본 적이 없었다. 어디를 둘러봐도 시간과 공간의 막막한 단절감, 그리고 정적뿐이었다. 이따금 나무 사이로 검은 그림자가 스윽 지나가는 듯한 서늘한 느낌에 몇번씩이나 걸음이 얼어붙었다.

뒤는 염려말라며 등뒤에서 나를 따라오던 Y가 이윽고 박수를 치기 시작했다. 거기 더해 호루라기까지 불어댔는데 그러고도 안심이 되지 않는지 P선배 쪽으로 바짝 붙어 걸으며 말을 건네기 시작했다. "설마 곰이 우리처럼 등산로를 이용하지는 않겠지요?" P선배는 무덤덤하게 대꾸했다. "이 길이 숲길보다 걷기 편하다는 걸 곰들이라고 모르지 않겠지."

잠시의 침묵 뒤에 Y가 다시 입을 열었다. "올해 딸기가 많이 열렸나요?" "그건 왜?" "곰은 딸기가 많이 열리지 않은 이듬해에 특히 자주 출몰한다던데요." 어느 사이 나 역시 Y의 뒤를 바짝 쫓아 걷고 있었고 어쩔 수 없이 P선배의 대답을 기다리고 있었다. "유월이면 도시는 여름이지만 이 산맥으로 치면 엊그제 눈이 녹고 이제 겨우 봄이 시작되는 때야. 동면에서 깨어난 곰이 몸속의 숙변을 내보내려고 주로 풀을 먹는 시기거든. 몸에 좋은 약초가 이렇게 많은데 뭣 때문에 위에 부담스러운 고기들을 거들떠보겠어." 그제야 약간 긴장이 풀린 Y가 짐짓 농담으로 받았다. "이거 원, 말이라도 통해야 내가 질기고 밥맛없는 인간이란 걸 알려줄 거 아냐."

그런 Y를 P선배가 대수롭지 않다는 듯 흘끗 돌아보며 대꾸했다. "36억년 전에는 가능했겠지. 그때는 곰하고 인간이 같은 개체였으니까. 진핵생물은 하나의 조상개체군에서 유래했거든. 까마득한 옛날에는 현화식물, 곤충, 인간이 모두 하나의 개체였어." "아, 그랬나요." Y는 재빨리 대답한 뒤 내게 눈짓을 보냈다. 거기서부터는 들을 필요 없다는 신호 같았다. 36억년이라니, 아닌 게 아니라 1백년도 살지 못하는 인간이 상상할 수 있는 시간은 아니었다. 그러나 P선배는 남의 눈치 따위는 전혀 상관하지 않았다.

그의 입에서 태고의 시간단위가 쏟아져내리기 시작했다.

빙하기의 증거는 '최근' 2백만년 동안 나타난다. 가장 오래된 빙하기는 5억 7천만년 전이다. 지난 42만년 동안 지구에는 네차례의 빙하기와 간빙기가 반복되었으며 대빙하기는 250만년 전에 시작되어 1만년 전에 끝났다. 로키 산맥은 고생대 중에서도 쥐라기 후기에 마그마가 선캄브리아 시대의 지각 사이로 깊이 스며들어가 만들어졌다. 이때 바다의 생물이 산으로 올라가 화석이 되었다. 지금 우리가 딛고 선 것은 11억년에서 27억년 전의 암석들이다.

기회를 엿보던 Y가 드디어 P선배의 말을 끊고 들어갔다. "거 참, 이태리 가니까 건물이든 동상이든 시간단위가 기원전으로 가서 기가 팍 죽었는데, 여기 오니까 또 모조리 억 아니면 만년이네요." "그래? 사실 네 몸속의 유전자도 1만년 된 거야"라고 말하며 P선배가 손에 들고 있던 지도로 앞질러가려던 Y를 제지했다.

따로 설명이 없었지만 P선배는 취사 담당이었고 Y는 장작불을 다루었다. 인적이 드문 캠프장 안의 공동개수대에서 혼자 설거지를 하는 일은 내 몫이었다. 그밖의 자질구레한 허드렛일 역시 내 차지였다. 내가 없었다면 Y가 해야 할 일이었을 것이다.

설거지를 마친 뒤 나는 남은 음식을 테이블이나 텐트 안에 두지 말라는 곰 경고 안내문에 따라 김치통과 코펠과 비상식량을 캠프장의 공동 식료품보관함에 가져다 넣었다. 쇠사슬로 꽁꽁 묶어놓은 보관함은 이중의 잠금장치가 무색하게도 텅 비어 있었다.

금방이라도 검은 그림자가 화장실 문을 열고 들어올까 봐 마음을 졸이면서 대충 세수를 마치고 텐트로 돌아와보니 P선배 혼자 타오르는 장작불 앞에 앉아 캔 맥주를 마시고 있었다. P선배의 손이 워낙 커다랗고 투박한 탓인지 은색으로 반짝이는 맥주 캔은 아주 작아 보였다. 그 지방의 스몰 브루어리에서 생산되는 '와일드 로즈'라는 상표였다. 몹시 피곤해서 맥주가 당기지 않은 건 아니었지만 나는 Y의 충고가 기억나 그냥 텐트 안으로 기어들어갔다. 침낭 안에서 Y는 이미 깊이 잠들어 있었다.

잠결에 얼핏 눈을 떠 시계를 보았을 때는 야광 바늘이 열한시를 가리키고 있었다. 이상한 기분이 들어 텐트의 방충망 한쪽을 들추고 밖을 내다보았는데 믿을 수 없게도 마치 아침이 된 듯이 주변이 환한 것이었다. 오후 늦게 들어온 다른 야영팀이 몇 있었지만 캠프장은 누군가 나의 양쪽 귀를 틀어막고 있기라도 하듯 무섭도록 조용했다. P선배는 그때까지도 같은 자세로 술을 마시고 있었다. 무릎 위에 지도가 놓인 채였다. 뮤트 버튼을 누른 화면 같다고나 할까. 한 손에 캔을 들고 말없이 앉아 있는 P선배의 커다란 등이나 그 곁에서 활활 타오르는 불길이 모두 꿈속의 한 장면처럼 느껴졌다. P선배의 발밑에는 '와일드 로즈' 캔이 수없이 나뒹굴고 있었다. 나는 쓰러지듯 다시 침낭 속으로 몸을 접었다.

왜 다시 눈을 떴는지 확실히는 알 수 없다. 발소리 때문이었던 것 같다. 분명 무언가 텐트를 향해 다가오는 기척이 느껴졌다. 어떻게든 대비를 해야 한다고 머릿속이 바쁘게 움직였지만 숨을 죽이는 것 말고는 이상하게도 꼼짝할 수가 없었다. Y의 낮은 신음 소리를 들은 듯도 싶었다. 온몸이 딱딱하게 굳은 채 침낭 안에서 식은땀을 흘리며 묵직하고 둔탁한 정체 모를 발소리가 가까이 다가오기를 기다리는 공포의 시간. 모든 감각이 일제히 귀로 집중되었고 심장박동 소리는 고통스러울 만큼 빨라져갔다. 나는 필사적으로 눈을 꾹 감았다. 그러나 발소리는 텐트 앞에서 멈추는가 싶은 순간 지나쳐가더니 점점 멀어졌다. 희미해져가는 발소리를 확인한 뒤에도 나는 한참을 그대로 어둠과 침묵 속에 얼어붙어 있었다.

얼마쯤 지났을까. 멀리도 가까이도 아닌 곳에서 짐승의 소리가 아니고는 그 무엇이라고도 말할 수 없는 울부짖는 소리가 길게 들려왔다. 곰이었나? 내가 중얼거리자 어둠 저편에서 Y가 부스럭대며 나지막하게 대답했다. P선배야. 돌아눕는 소리가 들린 지 얼마 안돼 Y는 다시 코를 골았다.

나는 잠시 더 바깥의 기척에 귀를 기울였다. 생각해보니 열한시 넘어까지 밖이 환했던 것은 위도가 높기 때문이었다. 지구 어딘가에서 누군가 백야의 날들 속에 잠들지 못하고 깨어 있을 것이다. 나는 지금 이 시각 깨어 있는 모든 존재들에 대해 불현듯 막연한 애틋함을 느꼈다. 무엇이 됐든 무리에 속하고 싶었다. 또 한번 짐승의 소리 같은 울부짖음이 정적을 찢고 지나갔다.

7

매일 몇시간씩 운전을 하고 또 쉴 틈 없이 산길을 걷는데도 웬일인지 별로 피곤하지가 않았다. 새 등산화 때문에 살갗이 벗겨진 뒤꿈치도 밴드를 붙인 채로 그럭저럭 익숙해졌다. 직접 음식을 만들어먹는 덕분인지 걱정했던 것에 비하면 배 속도 조용한 편이었다.

한번은 차 안에서 비를 만난 적이 있었다. 주먹만한 빗

방울들이 차창에 부딪치며 파팟 소리와 함께 폭죽처럼 연달아 터져대는 순간 나는 얼굴을 보호하기 위해 반사적으로 팔을 쳐들었다. 그러나 비는 순식간에 개었다.

텐트를 걷을 때마다 그 밑에서 나의 체온을 나눠가지려고 모여 꾸물대고 있던 벌레들을 봐야 하는 것이 쉬운 일은 아니었다. 식사를 마친 뒤 느긋하게 커피를 마시기는커녕 포만감을 즐기기도 전에 매번 설거지를 하러 일어나야 하는 것 역시 짜증스러운 노릇이었다. 그것들 역시 날이 갈수록 점점 심상해졌다. 먹고 이동하고 걷고 다시 먹고 잠자는 단순함 속에 깃든 표현할 수 없는 삶의 위엄 탓이었는지도 모른다.

P선배는 모든 일을 자기 방식대로 철저히 혼자서 하기를 원했다. 행선지에 대한 다른 의견을 내거나 방위에 대해 아는 척하거나 심지어 찌개를 끓일 때 옆에서 파를 썰어주는 것조차 싫어했다. 자신의 머릿속 지도대로만 움직이는 사람이었다.

그렇다고 한치의 오차 없이 정확하게 정해진 길로만 간다는 뜻은 아니었다. 오히려 누구나 알 수 있는 상식에 대해서 어이가 없을 정도로 무지했으며 전혀 예측할 수 없는 까다로운 방식으로 문제에 접근하곤 했다. 마치 옆집에 가기 위해서 먼저 '옆'과 '집'의 정확한 의미가 무엇인지 『브리태니커 백과사전』과 『옥스퍼드 어휘사전』과 『조선왕조실록』을 찾아보는 식이었다.

일반적 기준으로 볼 때는 사고의 방향 또한 전혀 일관성이 없어 그다음 생각이나 행동이 무엇이 될지 파악하기가 어려웠다. 그러나 P선배는 자신이 가장 명쾌하고 간단한 길로 가고 있다는 데 전혀 의심이 없었다. 그런 일이 가능하리란 생각은 들지 않지만 만약 누군가 P선배를 추종하고 싶어한다 해도 머릿속을 종잡을 수 없는 그에게 아부하기란 쉬운 일이 아니었을 것이다.

노숙에 가까운 비박 또한 P선배의 남다른 취향이 아닐 수 없었다. 그는 텐트 안에서 자지 않고 맨땅에 누워 하늘을 보며 잠들기를 좋아했다. 별을 볼 수 있고 특히 잠결에 얼굴 위로 바람이 지나가는 걸 느낄 수 있어 좋다는 것이다. 옷을 다 벗고 알몸으로 침낭에 들어 있는 그는 영락없이 제 털을 입고 있는 들짐승의 모습이었다.

어느 밤인가 나는 꿈속에서 곰인지 P선배인지 모를 커다란 그림자에 쫓겨다니다가 잠에서 깨어난 적이 있었다. 더럭 이상한 기분이 들어 텐트 밖으로 나가보니 침낭을 뒤집어쓰고 누워 있어야 할 P선배의 모습이 보이지 않았다. 두꺼비가 왕자로 변하듯 혹시 밤이 깊으면 그리즐리곰이 되는 건 아닐까.

그러나 새벽안개 저편의 숲속에서 비틀거리며 걸어나오는 P선배는 아무데서나 오줌을 누고 그 자리에 쓰러져 잠들었다가 찬 기운에 깨어나 집으로 돌아오는 취객의 모습에 지나지 않았다. 구겨진 옷 대신 침낭을 두르고 돌아다니는 것이 다를 뿐이었다. 얼굴의 긁힌 자국이나 핏자국은 발을 헛디뎌 나무 따위에 부딪힌 게 분명했다. 그런 식으로 자신이 상처를 입기는 했지만 P선배에게 폭력적인 면은 전혀 없었다. 술버릇에 대한 경고는 Y의 허풍이었는지도 모른다.

며칠 사이 나는 내가 고독하고 그리고 조금 강해진 듯이 생각되었다. 랜턴도 없이 어두운 숲을 가로질러 화장실에 갔고 옆 칸에서 부스럭 소리라도 나면 흠칫 놀라는 건 여전했지만 다음 순간 마음이 담담해지곤 했다. 화장실 문 밑으로 보이는 발이 곰의 것이라거나 곰이 화장지를 나눠 쓰자고 말을 건네고 뜨거운 물이 안 나와 불편하다며 투덜거린다 해도 놀라 기절할 정도는 아닐 것 같았다.

나는 거의 습관적으로 혹은 중독처럼 곰에 대해 생각했다. 비가 쏟아지던 계곡을 오리털파카 차림으로 걷던 나는 결국 그것을 벗어버리고 말았는데, 나처럼 비옷을 준비 못해 비를 맞고 어슬렁거릴 곰을 생각하자 그지없는 시원함을 느낄 수 있었다. 설상차를 타고 빙하의 꼭대기에 올라갔을 때는 얼음 녹은 물에 곰과 함께 발을 담그는 상상을 했다. 생선이나 고기를 나눠먹을 수도 있을 것 같았다.

제스퍼는 관광객이 많은 곳이 아니었다. 그러므로 길가에 자동차들이 늘어서 있다면 그것은 야생동물을 구경하느라 모든 차들이 멈춰선 것이었다. 순록이나 엘크는 지겨울 정도였고 간혹 코요테와도 마주쳤다. 한번은 눈쌓인 고산에서 벼랑 끝에 위태롭게 서 있는 로키 산양을 만났다. 먼 데를 바라보는 묵묵한 눈길과 휘날리는 흰 수염. 극지에 사는 존재답게 수도자나 철학자처럼 숭고해 보였다. 하지만 곰은 좀처럼 만날 수 없었다. Y는 줄곧 투덜거렸지만 점점 곰에 관해서는 잊어가는 것 같았다.

마지막 날은 Y와 P선배, 나 모두가 장작불이 사월 때까지 술을 마셨다. 어느 자리든 엉덩이를 붙이면 으레 가장 먼저 P선배의 무릎 위에 놓이는 낡은 지도도 함께였다. "그렇게 끼고 다니면서 아직 다 못 외웠어요?" Y의 농담에 P선배는 "볼 때마다 다르거든" 하며 멋쩍게 웃었다. "상처에 염증 생길 텐데 술 마셔도 되겠어?" 내가 Y에게 물었다. "다 나았는데 뭐." Y는 호기로운 태도로 거추장스럽던 붕대마저 풀어버렸다.

Y가 P선배에게 사업과 관련된 모종의 용건을 갖고 있

다는 것은 여행을 시작한 지 얼마 안돼 이미 눈치챈 일이 었다. 오래전 B가 친구들에게 붙인 '거장'시리즈 별명이 있었다. Y의 것은 '잔머리의 거장'이었다. B라면 Y가 이 번 여행에서 내게 했을지도 모를 얄팍한 거짓말들을 판별 해낼 수 있었을 것이다.

오른손으로 가볍게 캔 맥주의 마개를 젖히면서 Y가 내 게 말했다. "우리 내기하자. 곰이 캔 맥주 마개를 딸 수 있 을까 없을까." 그때 장작이 겹쳐놓인 부분에서 불꽃이 갑 자기 소리를 내며 솟구쳐오르더니 P선배의 한쪽 뺨을 향 해 확 타올랐다. 불길이 닿으면 다음 순간 지도 중독자에 서 곰으로 변신하는 게 아닐까. 나 역시 곰에 대해 마지막 상상을 해보는 중이었다. 여행이 끝나가고 있었다. 이 여 행에서 맛볼 수 있는 유일한 기쁨이 눈앞에 다가오고 있 는 것이었다.

8

제목/로키 통신

오랫동안 기다리셨습니다. 세상에서 가장 즐거운 여행을 떠났던 제 친구 M의 소식입니다. 그가 제게 휴대전화를 맡겨놓고 떠난 것은 다들 알고 계시죠? 어제 메시지가 한통 도착했지 뭡니까. 부리나케 열어보니 신용카드 회사에서 결제 사실을 통보하는 내용이 아니겠어요? 그렇지요. M이 캐나다에서 신용카드를 사용했다는 뜻입니다. 85달러라, 분명 술값이겠죠? 기뻐해주십시오. 드디어 그가 우리의 문명사회로 나왔군요.

그런데 약간 이상한데요. 아직까지 전화가 없으니 말입니다. 숲에서 무슨 일이 있었던 걸까요. 친구를 급히 찾지 않는 걸 보니 곰한테 장가라도 들었는지 모르겠군요.

제목/O를 원점으로 하는 P의 좌표

내 친구 M은 달라진 게 전혀 없습니다. 돌아오자마자 즉시 다음 날 도시와 친구들에게 복귀해서 새벽까지 생맥주를 마셨고요. 휴대전화를 돌려주자마자 부재중전화, 메시지, 뭐 그런 걸 검색해보더군요. 기다리는 전화라도 있었어? 그렇게 물으면 절대로 아니라고 시치미를 뗄걸요.

실은 옛날 애인들로부터 잘못을 비는 연락이라도 오면 용서해주려고 기다리고 있는 건지도 모르죠. 인간이 줏대가 없다보니 늘 용서 전문이거든요. 그동안 어머니한테서 전화가 걸려왔다고 전했더니 그건 그다지 반가워하는 것 같지 않던데요. M이

휴가를 얻어 곰하고 함께 안면도에 놀러갔다고, 제 성격으로는 하기 힘든 거짓말까지 해주었는데 말이죠.

나 없는 동안 아무 일도 일어나지 않은 거야? M은 그것만이 궁금한 모양입니다. 자기가 없어 허전했다는 대답을 들으려는 속셈인데 우리 친구들 중에 그 유치한 꿍꿍이를 모를 사람이 누가 있겠어요. 가엾은 M. 로키에 끌려가 죽도록 고생만 했을 뿐 그걸 계기로 친구들의 우정을 확인하지는 못했군. M이 같은 질문을 세번이나 되풀이했기 때문에 한 친구가 이렇게 말해주긴 했습니다. 너 없는 동안 뉴욕에서 사상 최악의 정전사태가 일어났어. 그건 작년 뉴스잖아. M은 하는 수 없다는 듯 웃고 말더군요. 어쨌거나 뉴욕 사람들은 생애 처음으로 많은 별을 보았다죠. 우리의 M처럼 말이에요.

M의 한가지 변화라면 에니어그램 분류법에 잘 들어맞지 않게 된 겁니다. 이제 보니 치밀하고 부지런한 9번 유형 치고는 부주의한 구석이 많고 또 얼마간은 느긋하기도 하더라구요. 로키에서 별을 하도 많이 보고 돌아와 성격이 바뀐 것일까요? 이거 원, 아무래도 별자리 분류법이 더 신빙성이 높다는 쪽으로 제 생각도 바뀌는 중입니다. 별이야말로 인류의 가장 오래된 좌표이니까요.

좌표의 정의에 대해서는 다들 기억하시죠? '직선 위의 한 점 O를 원점으로 한, 임의의 점 P의 위치를 나타내는 수나 수의 쌍.' 수학 시간에 배웠잖아요. 즉 'O를 원점으로 한 P의 좌표' 말입니다. M은 언제나 좌표를 필요로 하는 타입이니 로키에서는 궁한 나머지 곰을 좌표로 삼지나 않았는지 모르겠네요. 하지만 좌표를 과신하지는 마세요. 역사 이래 인류의 좌표는 끊임없이 변화해왔으니까요.

인류는 3조년에 걸친 진화의 정점에 있대요. 우리 조상들의 군체가 10킬로그램을 넘은 중생대 백악기 이후 우리는 빠르게 진화하여 지금처럼 커다란 두뇌를 갖게 되었다죠. 그리고 자연계에서는 종이 다르면 다를수록 다른 생물의 영역을 침범하지 않기 때문에 살아남을 확률이 높다고 합니다.

새의 예를 들어볼까요. 어떤 새는 포식자이고 어떤 새는 이빨 청소부죠. 곤충을 잡아먹는 부리가 있는가 하면 씨앗을 먹는 부리도 있고 꽃의 꿀을 빨게 돼 있는 벌새의 부리도 있어요. 육지와 바다 속을 번갈아다니며 사는 펭귄, 육지와 물과 공중을 두루 돌아다니는 오리류도 부딪칠 일이 별로 없죠. 서로 원하는 게 다르니까요. 다양화는 경쟁을 감소시키고 많은 종들이 공존하도록 만드는 자연의 생존 방법이랍니다.

그런데 말이죠. 군대개미는 다른 집단의 개미를 먹고 대왕뱀 역시 다른 뱀을 잡아먹지요. 황소상어는 작은 상어를 먹고 뱀상어나 귀상어류도 잔인한 방법으로 동료들을 잡아먹구요. 무슨 뜻이냐구요? 같은 종이나 같은 집단의 구성원들이 서로를 동료로 보지 않고 먹을 수 있는 상황이 다양화의 완성 단계라는 거죠. 자연계에서 살아남는 강자가 되려면 같은 종, 즉 친구마저도 타인으로 보아야 한다, 심지어 잡아먹을 수 있을 정도로…… 조금 으스스하죠? 냉혹하고 또 비극적으로 들리겠지만 어차피 삶이란 살아남기 위한 개체의 전략적 본능에 지나지 않으니까요.

M에게 나를 먹으라고 한번 던져줘보면 어떨까요. 친구를 잡아먹는 법이 어디 있냐며 눈에 불을 켜고 저를 잡아먹으려고 하겠죠. 할 수 없네요. M에게 다른 좌표를 찾아줘야 할 것 같아요. 상투적인 말이긴 해도 어쨌든 인생이란 길 찾기이니까요. 그것도 혼자서 말이에요. 늘 붙어다니는 친구들이 있다는 건 또다른 친구의 접근을 어렵게 만들죠. 그리고 늘 가는 길로만 간다면 우리의 역사적 사명인 진화는 언제 하냐구요.

오늘 제가 좀 수다스러웠나요? 사실 이제부터는 자주 글을 올리지 못할 것 같습니다. 그동안 잘 놀았고 돈도 대충 다 썼으니 다시 직장으로 기어들어갈 때가 된 거죠. 그리고 뜨거운 여름이 지나고 이제 머리가 차가워지는 가을이 되었으니까요. 지겹고 무더운 열대야가 연일 계속되다가 어느 새벽인가 문득 서늘한 바람을 느끼고 이불을 끌어당기는 순간 우리는 갑자기 가을이 왔다는 걸 깨닫게 됩니다. 혹시 바로 그 순간 이렇게 중얼거리지 않았나요? 아, 서른이 올 때처럼 가을도 갑자기 오는구나.

지금까지, 친사회적이고 낙천적인 4번 유형 B였습니다.

9

B에게도 들려주지 않은 이야기가 하나 있다.

Y가 몸이 좋지 않다며 캠프사이트에 남아 있겠다고 한 날이었다. P선배와 단둘이 간다는 게 내키지 않았지만 등산로 입구까지 운전을 해야 하기 때문에 피할 길이 없었다. P선배는 어김없이 지도를 들고 앞장섰다.

얼음 호수를 세개쯤 거쳐 목적지에 도착한 것은 정오가 막 지난 때였다. 사람의 발길이 뜸한 등산로여서 그런지 빽빽한 침엽수림 사이로 맑은 얼음 물길이 유난히 고즈넉해 보이는 아름다운 숲이었다. 곧게 뻗은 가지 사이로 쏟아져내리는 햇빛이 그대로 허공의 거미줄에 반사되어서 마치 나뭇가지 위마다 자전거 바퀴가 은빛 살을 반짝이며 굴러다니는 것 같았다. 온몸에 점점 서늘한 녹색 물이 배어드는 듯한 기분이었다.

말없이 P선배를 따라가던 나는 언제부터인가 그가 지도를 보지 않고 있다는 걸 깨달았다. 지도상으로는 이미 길이 끊어졌다는 뜻이었다. 그러고 보니 내가 밟고 있는 것은 캐나다 국립공원에서 조성해놓은 길이 아니라 야생의 흙이었다.

"지도에도 없는 길이면 등산로가 아니잖아요. 그만 돌아가죠."

"나는 남이 안 가본 길을 가는 재미로 살아."

P선배는 빙긋 웃기까지 했다. 경치에 홀려 너무 깊이 들어와버렸다는 생각과 함께 더럭 불안을 느끼며 나는 뒤를 돌아보았다. 대낮이긴 했지만 길에서 조금 벗어나기만 하면 그 안에 무엇이 들어 있는지 모를 그늘진 검은 숲이 사방에 펼쳐져 있었다. 하는 수 없이 여행 첫날 Y가 그랬던 것처럼 P선배를 바짝 따라 걷기 시작했다.

"곰은 없겠죠?"

"야생동물한테 먹이를 주면 안 돼. 스스로 먹이를 찾지 않고 점점 남의 것을 뺏으려 하거든. 아니면 구걸을 하거나. 훈련된 곰을 야생에 풀어놔봐. 적응을 못하고 먹이를 얻기 위해서 등산객 뒤를 졸졸 따라다니는 놈이 반드시 나오지. 인간이든 곰이든 마찬가지야. 친구가 되려고 하면 안 돼. 타인으로 대하는 게 서로 살아남는 길이야."

"선배는 산에 자주 간다면서요?"

"난 야생이 좋아. 뭐가 들어 있는지 알 수 없는 세계거든. 인간이라는 종만으로는 세상이 너무 뻔하잖아. 인간은 적응을 너무 잘해서 재미가 없어. 적응만 하면 진화를 할 수가 없지."

"반항아가 진화에 유리하다는 건가요?"

"열대우림에는 전혀 알려지지 않은 절지동물이 수백만 수천만이고, 깊은 바다에는 수백만 종의 무척추동물이 있지. 그것들도 그곳에서 우리처럼 진화하고 있는 중이라고."

나는 P선배가 대화에 그다지 익숙하지 않다는 느낌을 받았다. 일방적으로 자기의 말을 하고 있을 뿐이었다. 그렇다고 남의 말을 무시하는 것 같지는 않았다. 여전히 숲은 한낮의 정적에 싸여 있었지만 지나치게 서늘한 것도 사실이었다. 깊은 숲 뒤쪽으로 검은 그림자가 스윽 지나가는 듯한 환영이 잊을 만하면 한번씩 눈앞을 스쳐갔다. 나는 애써 대화를 이어갔다.

"선배가 생각하는 진화란 게 뭐예요?"

"모두들 다른 존재가 되는 것, 그것이 진화야. 인간들은 다르다는 것에 불안을 느끼고 자기와 다른 인간을 배척하게 돼 있어. 하지만 야생에서는 달라야만 서로 존중을 받지. 거기에서는 다르다는 것이 살아남는 방법이야. 사는 곳도 다르고 먹이도 다르고 천적도 다르고, 서로 다른 존재들만이 평화롭게 공존하는 거야."

"왜 그렇게 지도를 열심히 보세요?"

갑작스러운 나의 질문에 P선배는 피식 웃었다.

"좌표가 있으니까. 지도는 내가 풀어본 중에 가장 쉬운 2차방정식이야. 원점 O가 확실하면 P의 위치는 구할 수 있는 법이거든."

"P의 위치가 구해지면 가야 할 방향이 보이겠죠?"

"아니."

다음 순간 P선배의 얼굴에서 웃음이 걷혔다. 내 등 너머 어딘가에 초점을 맞추고 있었다.

"올바른 길이란 건 없어. 인간은 그저 찾아다녀야 할 뿐이야."

나의 등 뒤 쪽에 계속 시선을 붙박은 채로 P선배가 천천히 손가락으로 무언가를 가리켰으므로 나는 그제야 뒤를 돌아보았다.

침엽수의 잎들은 녹색으로 반짝였고 빽빽이 서 있는 나무둥치 아래 카펫 같은 풀밭 위로는 검은 나무그림자들이 길게 길게 늘어졌다. 그 안에서 길고 아름다운 갈색 털이 천천히 움직이고 있었다. 눈가가 검었고 주둥이는 길었으며 얼굴은 우리 쪽을 향해 있었다. 무언가를 발견했는지 곰이 걸음을 멈추고 시선을 집중했다. 숨이 막힐 듯했지만 나는 눈을 뗄 수가 없었다. 노란 민들레 앞에 멈춰 선 곰은 냄새라도 맡듯이 조용히 고개를 내밀어 무심한 표정으로 그것을 꺾었다. 나는 전율을 느꼈다. 자연 상태로의 존재, 그 아름다움과 천연함, 그리고 위엄에 압도되었다.

10

휴가를 마치고 사람들이 도시로 돌아왔다. 다시 도시가 북적이기 시작했고 밤늦게까지 술집 간판의 불이 꺼지지 않았다.

로키에서 돌아온 뒤 한동안은 정말 모든 게 나를 가만 놔두지 않았다. 방학은 학원가의 대목이었다. 게다가 내가 일하는 신도시의 학원은 강남 학원들과는 달리 종합반 위주였다. 학원을 옮겨가며 자신에게 필요한 단과반 강의만 듣는 편이 하나의 종합반에 매여 있는 것보다 훨씬 능률적이라는 건 누구나 알았다. 그러기 위해서는 학생을 차에 태워 이 학원 저 학원 이동을 시켜야 하는데, 부모가 여유가 있는 강남에서나 가능한 일이었다. 안타까운 마음이 들어도 할 수 없었다. 환경이란 어쩔 수 없이 다르게 주어지는 것이다.

학원 수업을 마치고 나오는데 지난 학기에 가출한 적이 있는 여학생이 나를 기다리고 서 있었다. "성적이 안

올라서 고민이니?" "그게 아니고요." 여학생은 나를 빤히 올려다보았다. "선생님, 저 오늘 어디로 가야 할지 모르겠어요. 떡볶이 말고 술 사주시면 안 돼요?"

나는 약간 망설이다가 B의 블로그 주소를 알려주었다. "거기 들어가보면 어디로 가야 할지 알 수 있을지도 몰라. 내 친구가 올리는 글들이 일종의 지도라고 할 수 있거든." "집에서는 컴퓨터 못해요. 엄마가 인터넷 끊어놨어요." "그럼 엄마한테 술 사달라고 해." 여학생이 얼굴을 찡그렸다. "정말 어떻게 살아야 할지 모르겠단 말이에요." 나는 아무 대꾸도 하지 않고 혼자 걸음을 옮기기 시작했다. 좀 걷고 싶은 날씨였다. 날카롭게 쏘아볼 뿐 여학생도 따라오지는 않았다.

늦은 밤 도시의 거리에는 텅 빈 채로 가을이 시작되고 있었다. 어떻게 살아야 할지 모르겠다고? 서른이 넘었는데, 나도 아직 어떻게 살아야 하는지 몰라. 바람이 서늘하고 간간이 별도 보였다.

얼마 전 캐나다의 베이커 레이크 리조트라는 야영지에서 일어났던 일이다. 아름다운 갈색 털을 가진 커다란 곰이 만취한 채 발견되었다. 주변에는 서른여섯개의 빈 맥주 캔이 널려 있었다. 관리인들은 곰이 야영객들의 공동 식품보관함을 부순 뒤 발톱과 이빨로 캔을 땄을 것이라고 추정했다. 빈 맥주 캔의 상표는 모두 다 '와일드 로즈'라는 그 지방 에일 맥주였다.

관리인들이 깨워서 쫓아버렸지만 술이 깬 곰은 그날 밤 다시 돌아와 맥주를 찾았다. 도넛과 벌꿀로 유인하는 건 아무 소용이 없었다. 결국 '와일드 로즈' 두 캔을 놓고 덫을 쳐서야 잡을 수 있었다. 아주 먼 숲으로 추방되고만 그 곰에게는 '세련된 음주자'라는 별명이 붙여졌다. 보관함에 들어 있던 다른 상표의 맥주는 마시지 않았던 것이다. 하지만 주량은 알 수 없는 것이 보관함 속에 와일드 로즈 비어가 서른여섯개뿐이었기 때문이다.

야외 테이블을 둘러싸고 사람들이 모여앉아 있는 편의점 앞을 혼자 지나가며 나는 중얼거렸다. 아, 이런 밤은, 친구들은 모두 잠들어 있고 텅 빈 거리를 혼자 걷는 이런 밤, 별이 보이고 바람이 선선한 가을밤은, 곰하고 한잔하고 싶다.

고
독
의 발
견

1

어린 시절 거짓말을 할 때마다 코가 길어지는 아이의 이야기를 읽은 적이 있다. 이야기를 다 믿은 건 아니지만 그때 이후로 어쩐지 거짓말을 할 수 없게 돼버렸다. 요즘은 가끔 그런 생각이 든다. 만약 그 이야기가 거짓말을 할 때마다 코가 길어지는 게 아니라 몸이 허공으로 떠오르는 아이의 이야기였다면 어떻게 되었을까. 나는 거짓말도 잘할 수 있을 것이고, 그리고 지금보다 훨씬 가볍게 살고 있지 않을까. 공중에 떠 있으니 훨씬 더 많은 것을 보았을 테고 말이다.

어쩌면 누군가 그런 이야기를 실제로 썼을지도 모른다. 세상에는 이야기가 너무도 많으며 누구도 그것을 다 읽을 수는 없는 일이니까. 어쨌든 나는 세상의 다양한 이야기를 그다지 많이 알지 못한 채로 서른여덟살이 되었다.

생일이라고 해서 특별할 것은 없었다. 나는 구석진 찻집에 앉아 몇시간째 혼자 시간을 보내고 있었다. 카모마일 차에 뜨거운 물을 서너번쯤은 새로 부어 마셨을 것이다. 화장실에 들락거릴 때를 빼고는 줄곧 소파 깊숙이 몸을 묻은 채 꼼짝도 하지 않았다. 탁자 위의 책은 처음 펼쳐놓은 그대로였다. 만날 사람도 없고 할일도 없었으며, 무엇보다 그 시각 나를 생각하는 사람이 세상에 단 한 사람도 없다는 사실이 마음 편했다.

마지막으로 집에 들렀을 때 아버지는 애써 온화한 표정으로 나를 맞았다. 늦기 전에 다른 길을 찾아보라는 말 따위는 더이상 하지 않았다. 학창 시절 내내 개근상과 우등상을 받은 뒤 좋은 성적으로 명문대에 합격했을 때까지만 해도 아버지는 늘 나를 칭찬했다. 결과적으로 나는 공부 외에는 할 줄 아는 일이 아무것도 없게 되었다. 공부에서 실패하면 그것으로 끝이라는 뜻이다. 그 사실을 아버지도 이제 어느정도 받아들인 모양이었다.

누구에게도 잘못은 없었다. 그러나 분명 무언가 잘못된 건 사실이었다. S는 늘 내가 세상을 너무 모른다며 답답해하곤 했는데, 바로 그런 것이 그녀가 말하던 세상일까.

며칠 후에 다시 고시원으로 돌아왔지만 나는 책상 앞

에 앉지 않았다. 때때로 나도 모르게 습관적으로 핸드폰을 켠다는 걸 깨닫고는 그것을 곧바로 해지해버렸다. S가 떠난 뒤로 거의 울리지 않았으므로 그 전화는 단지 아버지가 어디냐고 물을 때에 고시원이에요,라고 대답하기 위해서 갖고 있었다고 할 수 있다. 밖에 있다가도 그 대답을 하기 위해 서둘러 고시원으로 들어오는 일도 많았다. 머릿속에 거짓말을 해도 된다는 생각이 떠오르지 않았던 것이다.

찻집 실내는 훈훈하고 고즈넉했다. 이월의 햇살이 비껴든 마룻바닥에는 마치 촘촘한 빛의 칸살처럼 블라인드의 그림자가 가로로 길게 드리워져 있었다. 손님은 나뿐이었다. 카운터의 커피머신 뒤에서 초록색 에이프런을 두른 아르바이트 여학생이 핸드폰을 들여다보며 규칙적으로 발을 까닥였다.

나는 잠시 눈을 감았다. 오랫동안 음악을 듣지 않은 내 귀에 드물게도 익숙한 노래가 흘러나오고 있었다. No one remembers your name. When you're strange, when you're strange, when you're strange…… 같은 문장을 반복하는 몽환적인 목소리는 마치 누군가 먼 곳에서 내 이름을 부르는 듯 귀를 간질였다. 나른한 오후의 햇살을 받으며 나는 깜빡 잠이 들고 말았다.

다시 눈을 뜬 것은 문을 여닫을 때마다 울리는 작은 종소리 때문이었을 것이다. 막 실내로 들어서는 검은 코트 차림의 키 큰 남자가 눈에 들어왔다. 그 남자는 내 자리를 향해 천천히 다가오고 있었다. 나와 약속이 되어 있기라도 하듯 자연스러운 동작이었는데 나로서는 전혀 모르는 남자였다.

남자는 어느 틈에 내 앞에 다가와 서 있었다.

"K 아닌가?"

나는 고개를 끄덕였다. 내가 바로 K라는 뜻이었다. 그러자 남자는 고맙네, 하면서 내 앞자리에 앉았다. 그것은 마치 방금 그가 앉아도 되냐고 물었고 거기에 대한 대답으로 내가 고개를 끄덕였다고 믿는 듯한 행동이었다. 나는 남자가 주머니에서 담배 한개비를 꺼내 불을 붙이는 모습을 물끄러미 바라보았다. 담배를 깊이 빨아 연기를 내뿜은 뒤 남자는 불현듯 십오년 전의 나에 대해 말하기 시작했다.

"일곱명의 하숙생 중에서 K는 가장 모범적이었지. 손톱과 머리카락 발가락은 늘 청결했고, 하숙비도 밀리는 법이 없었어. 물론 학기마다 장학금을 받았고."

K는 밤늦게 벌어지는 술자리나 고스톱 판에 끼지 않을 뿐 아니라 여자를 데려와 자는 짓은 결코 하지 않았다. 일

요일마다 빨래를 했기 때문에 서랍 안에는 늘 깨끗한 속옷과 양말이 들어 있었으며 갑자기 부모가 들이닥쳐도 급히 치울 필요가 없는 것은 하숙방 가운데에 K의 방뿐이었다. 또한 K는 하숙집에서 지내는 대부분의 시간을 책상 앞에서 보냈다. 주인아주머니의 신뢰가 두터웠던만큼 어쩌다 나오는 특식은 반드시 K 앞에 놓였는데 K는 언제나 그것을 식탁 가운데로 옮겨놓곤 했다. K가 건실하고 예의 바른 청년이며 그에게 안정된 미래가 기다리고 있으리란 건 누구라도 첫눈에 알아볼 수 있었다.

남자를 만나기 전까지 나는 그 시절에 대해 생각해본 적이 거의 없었다. 그다지 기억도 나지 않았다. 그럼에도 남자의 말이 계속될수록 그 얘기 속의 K가 나인 것은 분명하다고 여겨졌다. 십오년 전엔 하숙집이었던 장소가 고시원이 되고 그때는 하숙집 아줌마까지도 나를 신뢰했지만 이젠 가족들 모두 넌더리를 내고 있다는 점이 달라졌을 뿐 나는 지겹도록 하나의 삶을 살아온 것이다.

그때 갑자기 입구 쪽 자리에서 종업원을 부르는 날카로운 여자의 목소리가 들려왔으므로 나는 깜짝 놀랐다. 잠든 사이에 다른 손님이 들어왔던 모양이다. 그때는 작은 종소리가 울리지 않았던 걸까. 여자는 이마를 찌푸린 채 한 손으로 차양을 만들어 햇빛을 가리고 있었다. 초록색 에이프런을 두른 아르바이트 여학생의 발걸음 소리가 들리더니 이내 블라인드가 닫혔다. 순간 마루 위에 길게 드리웠던 빛의 칸살이 사라져버렸다. 그와 함께 남자의 얼굴에 두드러지던 짙은 음영이 사라지면서 더욱 표정을 알 수 없게 되었다.

남자는 내 쪽으로 몸을 숙이며 마치 출소하여 옛 동업자를 찾아온 은행털이처럼 은밀한 목소리로 물었다.

"그런데, 요즘도 그것을 계속 연구하고 있나?"

그러고는 내가 어리둥절해하자 눈에 띄게 실망한 표정으로 일깨워주는 것이었다.

"몸을 가볍게 하는 연구 말일세."

남자의 말이 이어졌다.

"우리 모두 K가 해낼 거라고 믿었지. 우리와는 좀 다른 점이 있었거든."

남자에 따르면 하숙집은 이층 양옥인데 모두 여섯개의 방이 있었다. 아래층에는 안방을 빼고 하숙방이 두개였다. 하나는 둘 다 의대에 다니는 사이좋은 형제 하숙생의 방이었다. 다른 하나는 매사에 불만투성이던 법대생과 옷이 계절별로 한벌씩밖에 없는 경영학도가 같이 썼다. 이층의 방 셋은 모두 독방이었다. 부잣집 외아들에다 기타를 잘 치던 영문과생, 외박이 잦아 얼굴 보기 힘들던 미남 공대생, 그리고 K. 의대 본과에 다니는 형을 빼고는 공교롭게도 여섯 명이 모두 동급생이었다. 하숙생들은 똑같이 생긴 방문에다 '정숙' '노크해주세요' 따위의 글귀를 써 붙이기도 했는데 그중 'DOORS'라고 적혀 있는 이층 두 번째 방이 K의 것이었다.

하숙집 동네는 산을 끼고 언덕 위에 자리잡은 곳이라서 늘 바람이 드셌다. 하숙생들은 뒷산에 '바람산'이라는 이름을 붙였다. 바람산으로 데이트하러 가는 연인들이 창밖을 지나갈 때면 길게 휘파람을 불며 짓궂은 환호를 보내곤 했다.

K는 휘파람은 불지 않았지만 창가에서 밖을 바라보는 것을 아주 좋아했다. 밤늦게 귀가하는 하숙생들이 바람소리를 뚫고 언덕을 올라오다보면 불 켜진 창에 서 있는 K의 모습을 자주 볼 수 있었다. 그때마다 하숙생들은 그를 향해 크게 손을 흔들곤 했는데 K의 실루엣은 그러고도 한참이 지난 후에야 가만히 한손을 들어 보이는 것이었다. 뭔가 깊은 생각에 잠겨 있는 게 틀림없었지,라고 남자가 덧붙였다. K는 하숙집에서 일어나는 모든 일을 알고 있었어.

아무리 생각해봐도 나는 그런 K는 기억해낼 수 없었다. 창가에 서 있는 버릇이라면 지금도 그다지 달라지지 않았다. 밤에 창밖을 바라보곤 하지만 그때마다 뭔가가 내 눈앞을 캄캄하게 가로막는 느낌이라는 점도 그 시절과 비슷했다. 하지만 그것은 책 보는 게 지겨워서이지 몸이 가벼워지는 방법 따위를 연구하고 있었던 건 아니었다. 더욱이 남의 일에 그다지 관심이 없는 나에게 하숙생들의 귀가를 지켜보기 위해 창가에 서 있는 모습은 도무지 어울리지 않는 일이었다. K에 관한 남자의 이야기를 믿을 수 없게 되면서 나는 점점 흥미를 잃기 시작했다.

"바람이 특히 거센 날은 바람산에서 짐승 울음 같은 게 섞여 들려오곤 했어. 우리는 모두 K가 그곳에서 몸이 가벼워지는 실험을 하고 있다고 생각했지."

즐거운 기억이라도 떠올랐는지 남자의 입가에 빙그레 웃음이 떠올랐다.

"우리 모두 섬에 갔던 때가 생각나는군. 추운 날인데도 다행히 강이 얼지 않아 배를 타고 들어갈 수 있었어. 섬 한가운데에 절이 있었는데……"

절 이름은 기억나지 않는다며 안타까운 듯 남자는 이마에 주름을 만들었다.

"그날 밤 우리는 K가 그동안 연구한 것을 보여줄 거라고 믿었지. 그 사고로 배가 뒤집혔을 때에도 K는 물속에 가라앉지 않을 줄 알았으니까. 그 절 옆의 민박집에서 몸을 말리던 일이 생각나는군. 한밤중에 대웅전에 몰래 들어가 나란히 드러누웠던 일도 그렇고, 참 잊지 못할 즐거운 추억이었지. 안 그런가."

"하숙생들이 사이가 좋았던 모양이지?"

"모두 다 K를 좋아했지."

고개를 몇번 끄덕인 다음 남자는 이제 내가 말할 차례라는 듯이 나를 똑바로 바라보았다.

"그래 요즘은 어떻게 지내나, K?"

웬일인지 내 머릿속에는 이제 곧 지긋지긋한 책들을 쌓아놓고 고시원에 불을 지를 계획이란 대답이 떠올랐다. 딱 한번 실제로 그런 생각을 한 적이 있었다. 불을 지르겠다는 생각이 아니라 거짓말을 하겠다는 생각 말이다.

그날 S는 짜증도 내지 않았고 공격을 퍼붓지도 않았다. 나를 자극하는 일에 희망과 흥미를 잃었다는 듯 시종 담담했다. 결심하기가 어렵지 별로 어려운 일도 아니네. 이런 걸 뭘 십년이나 끌었을까. 버스 정류장 앞에 이르렀을 때는 약간 냉소적이었다. 붙잡지도 않는구나. 그럴 줄 알았어. 넌 언제나 같은 자리에 있으니 떠나든 말든 선택은 내 몫이라는 거지? 그래, 네 말이 맞아. 아무 약속도 해줄 수 없겠지. 너는 늘 너만 옳으니까. 잘 가라.

그녀가 떠난 뒤 혼자 버스를 타고 돌아오는 내내 나는

그녀가 내게 원했던 것이 무엇인지 곰곰이 생각해보았다. 그녀는 거짓말해주기를 원했을지도 모른다는 생각이 들었다.

나는 남자의 눈을 똑바로 바라보며 무덤덤하게 대답했다.

"그동안 계속 외국에 있었어. 너무 바쁘게 살았던 것 같아. 이젠 좀 다른 인생을 살아볼까 싶어 이런저런 궁리를 하고 있어."

"그랬군."

"조용한 지방에라도 내려가 살까 싶고."

"그래?"

남자는 뭔가 생각에 잠긴 듯 시선을 내려뜨린 채 잠시 침묵을 지켰다. 그러더니 다시 내게 물었다.

"혹시 J라고, 기억나나?"

남자가 하숙집 아주머니의 외아들이라고 말해주어서야 내 머릿속에 키작은 중학생이 떠올랐다. 무섭도록 말이 없던 소년이었다. 남자는 지금도 J와 연락을 하고 지내며 최근에도 만난 적이 있다고 말했다. 어른이 된 J는 여전히 키가 중학생처럼 작지만 술은 제법 잘 마신다는 것이다.

"J가 어머니 여관을 맡아줄 사람을 찾고 있어."

"여관?"

"기억 안 나나? 주인아주머니는 여관을 하기 위해서 하숙을 그만뒀지. 그래서 우리는 정든 하숙집을 떠나 뿔뿔이 흩어져야 했던 거고."

'정든'이라는 말을 할 때 남자는 콧등을 약간 찡그렸다.

하숙업을 그만둔 아주머니는 몇년 동안 대학가 뒷골목에서 작은 여관을 운영했다. 그러다가 J가 스무살이 될 무렵 고향인 W시로 내려갔는데 거기에서 다시 여관을 인수했다. 장사는 그럭저럭 꾸려갈 만했다. 그러나 작년말 식도암 말기라는 판정을 받은 지 두달 만에 세상을 떠나고 말았다. 장례를 치른 이후 지금까지 여관은 문을 닫은 상태였다.

J는 여관을 운영할 마음이 없었다. 다만 비워두면 제값을 받지 못하기 때문에 당분간이라도 그곳에서 살아줄 사람을 찾았지만 적당한 사람이 없어 고민 중이라는 것이었다.

남자는 검은 코트 주머니에서 천천히 수첩과 펜을 꺼내더니 내 주소를 물었다. 아무것도 적혀 있지 않은 깨끗한 새 수첩에다, 펜도 새것으로 보였다. 글씨체는 뒤늦게 문맹을 탈피한 노파의 것처럼 유치하고 조악했다. 그때 갑자기 나는 나를 뺀 하숙생 여섯명 중에서 그가 누군지 아직까지 모르고 있다는 걸 깨달았다. 내가 묻자 남자는 그 질문이 재미있다는 듯 검은 코트 속에 목을 깊게 파묻고는 씨익 웃었다.

"옷이 계절별로 한벌씩밖에 없는 경영학도지 누구겠나. 바로 K가 붙여준 별명 아닌가."

작별 인사를 하고 자리에서 일어난 뒤 남자는 곧바로 문 쪽으로 걸어갔다. 그러고는 그대로 밖으로 나가버렸다. 검은 코트 자락은 금세 내 눈앞에서 사라졌다. 나는 찻잔을 천천히 들어 입술에 댔다. 바닥에 고여 있던 한방울의 물이 흘러내리다가 멈출 뿐 찻잔은 싸늘하게 식어 있었다.

남자가 떠난 뒤로도 나는 한참 더 그 찻집에서 시간을 보냈다. 마침내 계산을 하고 찻집 문을 나서는데 이상하게도 몸이 가벼워진 기분이 들었다.

2

삼월이 끝나갈 무렵 퀵서비스 회사의 오토바이 배달원이 고시원으로 와서 내게 서류봉투를 전해주었다. 열쇠꾸러미와 약도가 들어 있었다. 봉투 안을 들여다보고 또 털어보기도 했지만 그것 말고는 아무것도 없었다.

J가 나에 대한 하숙집 아주머니의 신뢰를 기억하고 선뜻 여관을 맡기기로 했다거나 공과금 청구서는 어떻게 처리하라거나 전기와 난방은 연결이 돼 있다거나 하는 쪽지 한장 없었다. 봄이 다 갈 때까지는 거기 있어도 된다든가 연락할 일이 생기면 언제든지 이 번호로 전화하라는 따위의 메모도 보이지 않았다.

봉투 겉봉에는 내 이름만 적혀 있었는데 그 유치하고 조악한 글씨체는 대번에 기억이 났다. 약도 맨 위쪽에 쓰여 있는 여관의 주소도 같은 글씨체였다.

W시라면 산이 많은 동쪽 지방의 도시였다. 약도를 다시 집어넣으려다보니 봉투는 아래쪽 귀퉁이가 닳아서 찢어지기 직전이었다. 튀어나온 열쇠꾸러미에 쓸린 모양이었다. 그것을 보는 순간 내 머릿속에 W시에 대한 한가지 기억이 떠올랐다.

언젠가 여행길에 들렀던 고판화 박물관에서였다. 벽에 걸린 옛 지도의 가운뎃부분에 작은 구멍이 나 있었다. 지도란 접어서 갖고 다니는 물건이지요. 안내인이 설명했다. 바로 지도의 한가운데 지점이기 때문에 접힌 부분이 가장 많이 닳아서 구멍이 난 겁니다. 그 구멍 자리가 W시였다.

그럼 구멍난 곳이 중심이고, 또 원점이란 뜻이네요? S
의 질문이 떠올랐다. S와 헤어지기 전 마지막으로 함께 떠
났던 여행이었다. 원점이라는 말에 이끌려 나는 전혀 관
심이 없던 고지도를 다시 한번 물끄러미 올려다보았다.
너무 오랫동안 간직하고 다닌 탓에 닳고 해어져서 검은
구멍 안으로 사라져버린 중심, 그곳이 W시였다.

며칠 뒤 나는 서점에 가서 W시의 지도를 찾아보았다.
지도는 아주 허술했다.

"이것뿐인가요?"

"그것뿐이에요."

다행히 서점 직원은 더 상세한 지도를 파는 곳을 알고
있었다. 중심가의 이면도로에 자리잡은 작은 전문서점이
라고 했다.

그러나 서점 직원의 간략한 설명만큼 찾아가는 길은
간단하지 않았다. 같은 장소를 수없이 오르락내리락한 끝
에 가까스로 길 건너 모퉁이에 있는 그 서점을 발견했다.
차량 통행이 많지 않은 한적한 뒷길이었지만 나는 횡단보
도를 찾아서 조금 전 지나왔던 길을 다시 거슬러올라가기
시작했다.

S의 말이 귀에 들리는 듯했다. 고지식하긴. 세상의 규
칙 자체가 잘못돼 있는데, 그것을 잘 지킨다고 질서가 잡

힐 것 같아? 그녀는 떠난 뒤에 더욱 나를 잘 감시하게 해
달라고 어느 교회에서 기도라도 하고 있는 것일까.

돋보기를 쓴 주인은 카운터 뒤에서 나를 맞았다. 수없
이 많은 작은 네모칸 안에 각종 크기로 둘둘 말린 지도가
빼곡하게 들어 있는 커다란 서고가 눈앞을 가로막았다.
내가 W시의 지도를 찾는다고 하자 영문과 한자와 한글
중 어떤 것을 원하는지 물었다.

"한글로 주세요."

내 말이 끝나기도 전에, 자판기 단추라도 누른 것처럼
카운터 위에는 둘둘 말린 지도 한장이 놓여 있었다. 나는
그것을 천천히 펼쳤는데 무슨 까닭에서인지 가장 먼저 대
학 캠퍼스가 눈에 들어왔다. 내가 졸업한 학교의 지방 캠
퍼스라서 이름이 눈에 익었거나 아니면 호수 옆에 자리잡
아서 그랬는지도 모른다. 지도에서 산과 물은 가장 먼저
눈에 띄게 마련이다.

약도의 주소를 맞춰보니 J의 여관은 대학 캠퍼스에서
그리 멀지 않은 곳이었다. 호수가 끝나는 곳에 대학이 있
고 대학을 지나 4킬로미터쯤 가면 가파른 고개가 나왔는
데, 그 고개 양쪽으로 등산로가 시작되었다. 여관은 고갯
마루에 있었다. 등산객들이 아침 산행을 하기 위해 묵어
가는 장소로 적당한 위치였다. 그렇다면 근처에 식당도

있을 것 같았다.

돈을 받은 뒤 주인이 돋보기를 벗으며 말했다.

"거긴 아직 추울 거요. 땅이 습하고, 특히 골짜기가 깊어 음기(淫氣)로 둘러싸인 지형이거든."

"바람도 많이 부나요?"

"고갯마루인데 바람이 왜 없겠소."

서점을 나온 뒤에야 나는 내 목적지가 고갯마루에 있다는 걸 주인이 어떻게 알았을까 하는 생각이 들었지만 길을 건너는 동안 잊어버렸다. 어쩐지 몸이 점점 가벼워지는 것 같았다.

3

동네에서 한참 떨어진 외딴 곳에 주유소와 식당이 있었다. 거기에서부터 가파른 고개가 시작되었고 그 고갯마루에 홀로 서 있는 낡은 삼층 건물이 J의 여관이었다. 짐작대로 칠이 벗겨진 간판이며 굳게 닫힌 창과 더러운 외벽이 황량하다 못해 음산한 분위기를 내뿜고 있었다. 텅 빈 뒷마당에 털털거리는 내 중고차를 세웠을 때는 늦은 오후였다. 숲의 그늘이 드리워져 주변은 이미 어둑해지고 있었다.

열쇠꾸러미에서 현관 열쇠를 찾아 문을 열었다. 빈 건물 안으로 발을 내딛자마자 여관 특유의 곰팡이와 살균제 냄새가 코를 자극했다. 실내는 밖에서 보기보다 깨끗했고 환한 편이었다. 일층에는 내실과 부엌과 창고 따위의 부속시설이, 그리고 이층과 삼층에 객실이 있었다.

가방을 들고 이층 객실로 올라간 나는 복도 한가운데에 잠시 선 채로 방을 골랐다. 첫번째 방을 지나쳐 두번째 방으로 들어갔다. 203호였다. 창문을 열자 곧바로 언덕 아래가 내려다보였다. 구불구불한 길이 급경사를 이루며 펼쳐졌고 멀리에 대학 캠퍼스와 호수가 산으로 둘러싸여 있었다.

방 안은 내가 상상하던 그대로였다. 침대 위에 두개의 베개가 놓였고 그 옆의 작은 탁자 위에 컵과 미니 정수기가 비치돼 있었다. 리놀륨 바닥에는 담뱃불 자국이 몇개 났고 벽에는 옷걸이 두개가 못에 걸려 있을 뿐 아무것도 없었다.

나는 재킷을 벗어 그중 한개의 옷걸이에 걸었다. 그런 다음 아무 할일이 생각나지 않아 침대의 이불 위에 벌렁 드러누웠다. 고개 밑으로 두 팔을 깍지낀 채 한참 동안 벽에 걸린 내 옷을 물끄러미 쳐다보았다. 검은 코트 남자에 대해 한가지 기억이 떠올랐다.

한때 하숙생들은 밤마다 화투를 쳤다. 얼굴 보기 힘든 미남 공대생과 의대생 형을 뺀 나머지 네 사람이 주된 멤버였다. 동생 의대생, 불평꾼 법대생, 계절별로 옷이 한벌씩밖에 없는 경영학도, 기타 잘 치는 영문과생. 장소는 거의 내 방이었다. 내가 주인 아주머니의 총애를 받기 때문에 눈치가 덜 보인다거나 방이 가장 깨끗하다거나 하는 핑계를 대며 모두 내 방으로 몰려왔던 것 같다. 처음에 나는 화투판을 등지고 책상 앞에 앉아 있었지만 떠들썩한 게임에 말려들어 결국은 구경꾼이 되곤 했다.

언제나 먼저 돈을 따기 시작하는 건 법대생이었다. 그러나 시간이 지날수록 의대생과 영문과생이 조금씩 세를 확장해갔고 자정을 넘을 무렵에는 서로 잃고 딴 돈에 큰 차이가 나지 않았다. 그때쯤이면 의대생 형이 방문을 열고 들어와 동생에게 그만하라는 첫번째 경고를 하고 나갔다. 경고는 그뒤로도 한번이나 두번쯤 더 이어졌다. 동생 의대생은 바람산에서 바람 소리가 들릴 때마다 계단을 올라오는 형의 발소리인 줄 알고 급히 아랫목의 내 이불 속으로 들어가 자는 척하기를 여러번 되풀이할 뿐 화투를 그만두지는 않았다.

돈이 나가는 순간순간 초조하게 일그러지던 법대생의

얼굴은 본전을 분기점으로 해서 눈에 핏발이 섰다. 조급한 마음에 실수를 범할 때도 적지 않았다. 조목조목 차분한 나의 훈수도 아무 소용이 없었다. 판돈이 넉넉한 덕분인지 영문과생은 게임을 하는 태도에도 여유가 있었다. 눈에 안 띄게 야금야금 점수를 쌓아가다가 결정적인 순간 번번이 법대생을 제압해버리곤 했다. 그는 게임뿐 아니라 법대생의 일희일비를 일부러 조절해가며 은근히 그 장악력을 즐기는 게 틀림없었다.

새벽녘엔 모두 집중력이 떨어지면서 신경이 날카로워졌다. 점점 말수가 적어졌고 적막을 가르며 떨어지는 화투장 소리에만 팽팽한 긴장이 감돌았다. 그때 불현듯 능숙하게 수를 읽어 몇판 안 가 한꺼번에 판돈을 쓸어가버리는 것이 바로 계절별로 옷이 한벌씩밖에 없는 경영학도였다.

그는 늘 양복 재킷을 입고 화투를 쳤다. 새벽녘 재킷 차림으로 정좌해 있는 창백한 옆얼굴은 저승사자처럼 섬뜩했다. 모두들 게임을 빨리 끝내고 싶었지만 어쩐지 저항할 수 없는 무력감 속에 눈을 껌벅이며 기계적으로 패를 돌리게 되는 것이었다.

그는 봄 가을과 여름에 모두 한가지 재킷을 입었고 겨울에는 그 위에 역시 한벌뿐인 코트를 겹쳐 입었다. 화투판의 판돈을 모두 긁어가면서 그 돈으로 깨끗한 옷을 사입을 마음 같은 건 없냐고 내가 묻자 옷이 여러벌이면 빨래를 해야 하기 때문에 그것이 귀찮아서 옷을 사지 않을뿐이라며 씨익 웃었다.

그러고 보니 또 한번 그가 그런 표정으로 웃은 적이 있었다. 섬으로 가는 배에서였다. 역시 검은 코트 차림으로 뱃머리에 기대서 있던 그의 모습이 어렴풋이 떠올랐다. 그때 나는 그의 옆에 서서 함께 흘러가는 강물을 내려다보고 있었다. 그가 내 쪽으로 고개를 돌리더니 내 등뒤의 무언가에 시선을 주었다. 그리고는 씨익 웃는 것이었다. 추운 날씨여서 입김이 허옇게 흩날렸다. 내 등뒤의 무엇이 그를 웃게 만든 것일까.

그동안 방 안이 완전히 어두워진 것을 깨닫고 나는 J의 여관 침대에서 몸을 일으켰다.

4

대학가라는 이름을 붙이기에는 터무니없이 쓸쓸한 변두리 동네였다. 원룸 주택과 미니 편의점과 당구장과 식당 몇개가 군데군데 흩어져 있을 뿐이었다. 몇발짝만 벗어나면 뒤편으로는 어두운 밭, 공터, 그리고 불빛이 드문 드문 보이는 농가가 나타났다. 지나다니는 사람도 거의 없었다. 술집 간판이 눈에 들어오자 나는 저녁 대신 맥주를 마시기로 마음먹고 차를 세웠다.

부동산 사무실이 있는 조그만 이층 건물의 지하 호프집이었다. 간판에는 불이 들어와 있었지만 어두컴컴한 계단을 몇개 내려가기도 전에 아래로부터 썰렁한 기운이 올라왔다. 층계참을 돌아가자 계단이 끝나는 곳쯤에 누군가 쪼그리고 앉아 있는 게 보였다.

나는 걸음을 멈추었다. 발소리를 들었는지 상대가 내쪽으로 고개를 돌렸다. 긴 파마머리를 어깨까지 내려뜨린 젊은 여자였다.

"시험기간이라 닫았나봐요. 여긴 학생들 말고는 손님이 없거든요."

여자는 그 술집의 아르바이트생이라고 자신을 소개했다.

"주인이 문 닫는다는 연락을 미리 안 해줘요. 벌써 두번째예요."

모르는 남자에 대한 경계심이나 긴장이 거의 느껴지지 않는 여자의 태도는 어쩐지 불편함을 느끼게 했다. 가볍게 고개를 끄덕여 보인 뒤 나는 도로 계단을 올라가기 시작했다. 등뒤로 다시 여자의 상냥한 목소리가 들려왔다.

"잠깐만요. 제가 다른 술집을 알려드릴게요."

그 말과 함께 여자는 이미 몸을 일으키고 있었다.

처음에 나는 여자가 일어나려다가 도로 앉아버린 줄 알았다. 아무리 몇계단 아래에 있다지만 여자는 놀랄 만큼 작은 키였던 것이다. 나의 반응에는 아랑곳없이 작은 여자는 마치 안내인이라도 되는 듯이 친절한 태도로 내 곁을 지나쳐 먼저 계단을 올라가기 시작했다.

팔다리가 짧은 통통한 몸집, 머리에 맨 헝겊 리본, 치맛단에 프릴이 달린 폭넓은 원피스, 한뼘가량이나 되는 빨간색의 통굽 구두. 나는 어리둥절해서 잠시 멍하니 서 있다가 여자의 뒤를 따라갔다.

예상대로 술집은 한산했다. 생맥주 맛이 좋진 않았지만 몹시 차가워서 맛을 느끼기도 전에 술술 넘어갔다.

여자는 J의 여관을 알고 있었다. 내가 당분간 그곳에서 지낼 거라고 말하자 나를 빤히 바라보며 물었다.

"오늘밤 거기서 자도 되죠?"

낯선 남자에 대한 경계심은 그만두고 타인에 대한 거리감조차 별로 없는 여자였다. 맥주를 한모금 마신 다음 나는 가까스로 대답할 말을 찾아냈다.

"오래 비워둔 외딴 건물이라 좀 무서울 텐데, 괜찮겠어요?"

"전에도 여러번 간 적이 있는걸요."

아무렇지도 않게 여자가 대꾸했다. 어쩐지 나는 더이상
은 물을 수가 없었다. 막연하나마 뭔가 불길한 것을 알게
될 것만 같은 기분이 들었던 것이다.

"혹시 방을 여러개 써도 되나요?"

데려올 친구라도 있냐고 묻자 여자는 고개를 흔들었다.

"어릴 때부터 방이 많은 집에서 살고 싶었어요. 방마다
환하게 불이 켜진 그런 집 말이에요. 우리집은 방이 두개
밖에 안되었는데도 어머니는 언제나 방을 나갈 때는 불을
끄라고 말했죠. 어릴 때 나는 불을 꺼버리면 그 방에 남아
있는 것들이 무서워할 거라고 생각했어요."

"뭐가 남아 있었는데요?"

"그게 말인데요. 나는 좀 공상이 많은 애였어요. 혼자
있을 때에도 늘 방에 누군가와 함께 있다고 생각했어요.
아마 혼자 있는 게 싫었나봐요. 어머니는 또 문을 꼭꼭 닫
고 다니라고 일렀는데, 당연히 나는 말을 안 들었어요. 내
뒤에 따라오는 것들이 아직 나오는 중인데 나만 밖으로
나갔다고 문을 닫아버릴 수는 없다며 고집을 부렸죠. 근
데 다른 아이들은 그런 공상을 전혀 하지 않나요?"

나는 책에서 읽은 대로의 공상을 했었다. 이를테면 거

짓말을 하면 코가 길어진다거나 거지를 돕지 않으면 말을
할 때마다 입에서 개구리가 튀어나온다거나.

여자가 말을 이었다.

"그리고 공중에 뜨는 공상도 많이 했어요. 몸이 가벼워
지면 뜰 수 있다고 믿었죠."

"어떻게 하면 가벼워지는데요?"

"나를 여러개로 나눠야 해요. 그래서 방이 많았으면 좋
겠다고 생각한 거구요. 나는 내가 여러개로 나뉘어져 자
라기 때문에 키가 크지 않는다고 생각했거든요."

"지금도 그런 생각을 해요?"

"아니요. 이제 어른이니까요. 하지만 이상한 일이 한번
있었어요."

도시 한가운데의 지하주차장 정산소에서 일한 적이 있
어요. 고층 건물이 밀집해 있고 팔차로를 꽉 채운 자동차
들이 매일같이 경적을 울리며 매연을 뿜어대는 곳이었죠.
거리의 사람들은 어깨를 부딪치며 버스정류장을 향해 뛰
어가고 온몸을 친친 감은 꼬마전구들 때문에 가로수들이
몸살을 앓는 그런 거리 말이에요.

하지만 지하로 내려오면 그곳은 전혀 다른 세계예요.
어두침침하고 축축한 정적 속에 수없이 많은 자동차들이
말없이 줄을 맞춰 엎드려 있는 거예요. 오만하고 배타적

으로 보이는 눈알을 내리깔고 각자 서로를 견제하듯 잔뜩 웅크린 모습은 화장 순서를 기다리는 시체 같기도 해요. 그들을 둘러싼 것은 짙은 회색 벽과 칸막이, 규칙을 가진 검은 숫자들, 그리고 어쩐지 몸이 오싹하여 얼른 벗어나고 싶어지는 냉기와 정적뿐이죠. 지하실 특유의 퀴퀴함에 시멘트와 배기가스 냄새가 섞여서 들어서자마자 호흡이 곤란해지는 느낌이 들구요.

바로 그런 지하주차장 입구의 좁은 부스 안에서 하루 종일 자동차가 드나들기를 기다리며 물끄러미 안전바를 바라보고 앉아 있는 것이 나였어요. 마치 누군가 유리문 안에 처박아놓고 잊어버린 부서진 인형처럼 말이죠.

내가 일하는 곳은 그 부근에서 가장 낡은 건물이었어요. 장마철에는 배관이 드러난 낮은 시멘트 천장 여기저기에서 빗물이 줄줄 흘러내렸죠. 자동차들만 죽은 듯 줄을 맞춰 웅크려 있는 어둡고 음산한 주차장의 좁은 부스에 앉아 나는 온종일 내 몸 곳곳에서 차가운 물이 새어나오는 기분이었어요.

그런 날 중의 어느 하루였어요. 비에 흠뻑 젖은 검은 자동차 한대가 들어왔어요. 운전석의 남자가 스쳐가며 나를 흘낏 보더니 주차장 안쪽으로 들어가지 않고 차를 돌려 다시 내 쪽으로 오는 거예요. 나는 짐짓 상냥하게 웃음을 지었지만 그것이 남자를 더욱 기분 나쁘게 만드는 것 같았어요. 이상한데, 아가씨. 남자는 흰자위를 많이 드러낸 채 거칠게 말했어요. 조금 전 교외의 꽃집에 있지 않았어? 분명 우산도 없이 비를 맞으며 화분을 안으로 들여놓는 걸 내가 봤는데 어느새 여기 와 앉아 있는 거지?

그날 이후 그런 일은 또 일어났어요. 교대를 하러 온 동료가 호들갑스럽게 말했지요. 정말 너였대. 일층 매점 아줌마가 병문안 갔다가 병원에서 틀림없이 널 봤다는 거야. 침대에 누워 수술실로 실려가는 걸 보고 깜짝 놀랐다고 하던데? 너는 특징이 있어서 눈에 잘 띄고 보통은 헷갈리지 않잖아. 근무시간인데 내가 가긴 어딜 가. 그리고 병원 같은 데 누워 있을 만큼 아픈 적도 없어. 내가 대답했고 동료는 그럼 뭐야, 네가 여러개 있다는 거야?라며 깔깔 웃었어요. 난쟁이들은 다 똑같이 보여서 그런가? 하면서요.

한달쯤 뒤에 나는 해고됐어요. 부스 안에 꼼짝 않고 앉아 있는 난쟁이의 모습이 기분 나쁘다고 관리소장에게 말한 사람이 꽤 여럿이었나봐요.

그때부터 나의 공상이 다시 시작됐어요. 가령 이런 거예요.

이 세상에 나는 여러개로 흩어져 각기 다른 시간과 공

간에 살고 있어요. 그것들은 서로 몹시 달라요. 화를 잘 내는 나도 있고 수줍은 나도 있고 말 잘하는 나도, 어리석은 나도, 그리고 아름다운 나도 혐오스러운 나도 다 있어요. 그것들은 흩어져 존재하지만 어느 한순간 모두가 같은 생각을 하면 갑자기 사람들의 눈에 띄게 돼요. 외롭다는 생각 같은 것 말이에요.

그러면 사람들은 내게 와서 말하죠. 어제 시장에서 욕설을 퍼부으며 물건값을 깎고 있는 천박한 너를 보았어. 어제 극장의 로얄석에서 눈물을 흘리며 오페라를 감상하는 우아한 너를 보았어. 비닐하우스 안에서 허리를 구부리고 오이를 따는 늙은 너를 보았어. 챙 넓은 모자를 쓰고 공원 벤치에서 책을 읽는 평화로운 너를 보았어. 남자에게 맞아 피투성이가 된 채 울며 뒤쫓아가는 미친 너를 보았어.

그러나 사람들은 그런 일을 곧 잊어요. 세상에는 닮은 사람들이 많은 법이고 그리고 한사람이 동시에 여러 장소에 나타나는 일은 절대로 있을 수 없다고 믿기 때문이죠.

"그럼 공상이 아니라는 말인가요?"

"아니요. 거기까지가 바로 나의 공상인걸요. 당신이 방을 여러개 빌려주면 오늘밤은 방마다 여러개의 나를 데려다놓고 나는 아주 가벼운 몸으로 잠들 수 있을 것 같아요.”

“황당하군요.”

“공상이니까요. 어쨌든 그 일이 있은 뒤부터 종종 그런 생각이 들어요. 사람의 삶에는 나를 여러개로 나누는 어린 시절의 놀이가 언제까지나 계속되고 있는 게 아닐까 하는.”

긴 이야기를 마친 뒤 여자는 눈을 내리뜨고 맥주잔을 천천히 입술로 가져갔다.

마치 어른이란 걸 증명하기라도 하듯 공들여 화장을 했지만 여자의 얼굴은 인형에 짙은 분장을 해놓은 것처럼 부자연스러웠다. 붉게 칠한 두 뺨이 도드라져서인지 눈은 깊이 들어가 있었고 또 놀랄 만큼 반짝였다. 어린애처럼 통통하고 짧은 손가락을 구부려 생맥주가 가득 든 잔을 거뜬히 드는 품이 뜻밖에도 힘은 센 모양이었다.

“사람들은 난쟁이들이 특별한 재주를 갖고 있다고 생각해요. 신체적 결함 때문에 때로는 세상의 규칙에서 벗어난 존재로 보는 것 같아요. 하지만 그냥 키가 자라지 않았을 뿐이에요. 친척 중에도 사촌 오빠만 빼고는 다들 그다지 작지 않아요.”

여자는 W시가 고향이지만 스무살이 되기 전부터 여러 곳을 떠돌아다녔다고 말했다. 서울의 한 대학가에서 친척이 하는 여관 일을 돕기도 했고 기술을 배우기 위해 몇군데인가의 학원에 다닌 적도 있었다. 전화를 받거나 계산대에서 일하는 아르바이트도 했다.

"특별히 잘하는 게 없었어요. 금방 해고되곤 했거든요."

"나도 딱 한번 일자리를 얻은 적이 있는데 육개월 만에 잘렸어요."

내 말에 여자는 위로하듯 탁자 위의 내 손등에 살짝 손바닥을 갖다 댔는데 그것은 기대 이상의 상냥함이었다. 여자가 말을 계속했다.

"그래도 나한테 재주 같은 게 있다면…… 이상하게도 오래 이야기를 하고 있으면 상대의 생각을 조금은 읽게 돼요. 당신이 W시에 온 것은 누굴 만나기 위해서인가요?"

나는 아니라고 대답했다.

"기분전환이라고나 할까. 일종의 소풍이죠. 혹시 배를 타고 가는 절에 대해 들어본 적 있어요? 이 근처잖아요. 내일은 거기 한번 가보려고 해요."

같이 가겠냐고 묻자 여자는 가볍게 고개를 끄덕였다. 나는 이유 모를 안도감을 느꼈고 머리에 떠오르는 대로 오래전 이야기를 늘어놓기 시작했다.

"십오년 전 겨울에 한번 가본 적이 있어요. 일행이 일곱명이었는데 출발할 때부터 들떠 있었고, 강바람이 매서웠지만 배에서 소주를 마신 덕에 다들 기분이 좋았죠."

하숙집 아주머니가 골목 안의 작은 여관을 꾸릴 때였다. 각기 흩어져 있던 하숙생들이 겨울방학이 시작될 무렵 오랜만에 인사라도 할 겸 아주머니를 방문하기로 했다. 손님에게 열쇠를 내주는 손바닥만한 창이 하나 있을 뿐 어두침침하고 또 야릇한 냄새를 풍기는 낡은 여관 내실에 일곱명이 빠짐없이 모여앉았다.

다들 다른 하숙집을 구했지만 계절별로 옷이 한벌씩밖에 없는 경영학도는 아주머니의 여관에서 J와 같은 방을 쓰고 있었다. 그가 면접시험을 치른 이야기를 해주었다. 한벌밖에 없는 재킷을 다림질하다가 잘못해서 그만 소매에 구멍이 나버린 것, 결국은 재킷을 잘 개켜서 팔에 걸치고 시험장에 들어갔다는 것, 면접관들이 땀을 많이 흘리는 체질이냐며 긴장하지 말라고 호의적인 격려를 보내주더라는 것 등등. 결국 그는 졸업을 앞둔 여섯명의 동급생 가운데 취직이 결정된 유일한 사람이 되었다.

누군가 당연히 내가 가장 먼저일 줄 알았다고 말하자 이상하게도 나를 빼고 모두가 마구 웃어대기 시작했다. 다른 누군가는 내가 그와 같은 학과 동급생에다가 학점으로 치면 언제나 앞서지 않았냐고 덧붙였다. 웃음소리는 아주머니가 쟁반을 들고 방으로 들어올 때까지 그칠 줄을 몰랐다. 이제 취직이 되었으니 구멍난 옷 따위는 버리고 새 계절이 오는 순서대로 차례차례 옷을 장만해나가면 되겠다는 내 말은 웃음소리에 묻혀버렸다.

아주머니의 쟁반에 담겨 있는 것은 과일이나 차가 아니라 손목시계와 학생증, 반지, 주민등록증 따위였다. 풀어놓은 뒤 잊고 간 듯한 목걸이에서 머리핀과 단추까지 있었다. 마음에 드는 게 있으면 골라봐. 아주머니는 하룻밤 여관비 대신 맡기고 찾아가지 않은 것들이라 물건이 신통찮다며 마치 대접이 소홀해 미안하다는 어조로 말했다.

어디 아는 놈 학생증이라도 있나 찾아볼까. 누군가 농담을 하며 그것들을 헤쳐보더니 큰 소리로 말했다. 야, K! 여기 너하고 똑같은 이름 있다. 어라, 주민등록번호 보니 나이도 같네? 혹시 너 진짜로 신분증 맡기고 하룻밤 묵었던 거 아냐? 그때 아주머니가 끼어들며 신분증으로는 방을 내준 적이 없다고 못박았다.

누군가 배를 타고 가는 절로 떠날 때 장난삼아 남의 신분증을 하나씩 지참하면 어떻겠냐고 농담을 던졌다. 다들 웃으며 자신과 가장 비슷한 나이와 이름의 신분증을 고르기 시작했다. 그 여행 계획에 대해 나만 빼고 모두가 이미 알고 있었던 것이다. 언제부터 그랬던 걸까. 그때 비로소 나는 깨달았다. 언제부터인가 내 곁에서 나만 모르는 일들이 진행되고 있었다. 언제부터일까. 나는 언제부터 이들 사이에서 제외되어 있었을까.

"정말로 그 신분증을 갖고 배를 탔어요?"

"나는 그랬죠."

"왜요?"

"모르겠어요. 그냥 배에서 그것을 버리고 싶었어요. 마치 강물에 나를 버리는 것처럼. 나 자신이 좀 지겨웠나봐요."

"그래봤자 남의 신분증이잖아요."

"맞아요. 근데 물에 둥둥 떠내려가는 신분증을 보니 이상하게도 내 몸이 가벼워지는 기분이 들었어요."

나는 여자의 뒤쪽 벽을 물끄러미 바라보았다.

"그러고는 곧바로 강물 속으로 뛰어들었던 것 같아요."

나를 건너다보는 여자의 눈빛이 술집의 불빛 아래에서 물결처럼 조용히 동요했다.

"배에 탄 사람들은 내가 신분증을 빠뜨려서 건지려고 하는 줄 알았나봐요. 우리 일행은 모두 뱃전에서 강물을 내려다보고 있었는데, 다른 하숙생들은 내 왼쪽이었고 재킷 위에 검은 코트를 입은 경영학도만 오른쪽이었죠. 그가 내 이름을 불렀기 때문에 나는 고개를 돌려 그를 바라보았어요. 내 등뒤에는 다섯명의 하숙생이 있었고, 그가 씨익 웃는 순간 나는 물로 뛰어들었죠. 마치 신호라도 되는 것처럼 말이에요."

"맥주를 더 시키는 게 어떨까요."

여자의 말투는 어린애를 달래는 것처럼 다정했다. 웬일인지 나는 식은땀을 흘리고 있었다. 쫓기듯 다급한 어조로 내가 대꾸했다.

"그래요. 이번엔 당신 이야기를 더 해봐요. 그런 거 있잖아요. 좋아했던 남자 이야기 같은 것."

여자가 빙긋 웃었다.

"전에 나를 '젤소미나'라고 부르던 남자가 있었어요. 젤소미나는 영화에 나오는 차력사의 애처로운 난쟁이 아내라고 알려주더군요. 그 남자는 기타 연주자였어요. 두툼한 기타 케이스를 들고 밤늦게 내가 아르바이트하는 레스토랑에 커피를 마시러 왔죠. 자기 나이의 남자가 밤늦게 악기를 들고 피곤한 얼굴로 커피를 마시러 오면 모두가 가난하고 재능이 없으며 곧 해고될 노동자이니 커피를 되도록 뜨겁게 만들어주라고 당부하곤 했어요. 내가 가진 가장 깨끗하고 예쁜 웃음을 주면 더 좋다고도 했죠. 내일이 없는 남자에게 상냥하고 따뜻한 여자의 존재만큼 위로가 되는 건 세상에 아무것도 없다고 말하더군요.

나는 지금 당신에게처럼 그의 앞에 앉아 이야기를 들

려주곤 했어요. 내 키가 자라지 않은 것은 내가 여러개로 나뉘어서 자랐기 때문이라고 알려주었지요. 세상에는 다른 나들이 많이 있어 외롭지 않다고, 그리고 외로움이란 어쩌면 다른 나에 대한 그리움 같은 걸지도 모른다고 말이죠. 나는 언제나 남자의 커피 값을 내주었어요. 이상해요. 내게 뭔가를 원하는 사람에게 나는 늘 약해져요.

내 이야기를 듣는지 안 듣는지 기타 연주자는 항상 마지막에 이렇게 말했죠. 너는 정말 슬픈 젤소미나를 닮았어. 그렇다면 나는 쇠사슬로 너를 때리는 난폭한 잠파노야. 어젯밤 꿈에서 정말로 나는 너를 때렸어. 미안해. 그는 내 어깨에 얼굴을 파묻고 '미안해. 난 쓸모없는 놈이야'라고 중얼거리며 계속해서 흐느꼈어요. 얼마 후부터 기타 연주자는 커피를 마시러 오지 않았어요. 드디어 해고된 걸까요."

"글쎄요. 사람들은 순종적인 대상에게 오히려 가학적이 되기도 하니까요. 잘해주면 짓밟고 싶어질 때가 있죠. 상대가 무슨 말을 듣기 원하는 줄 너무나 잘 알면서도 끝까지 그 말만은 하기 싫은 어긋남 같은 거요."

내가 그 점에 대해서라면 잘 아는 것 처럼 대꾸하자 여자는 무슨 뜻인지 모르겠다는 듯 눈을 동그랗게 떴다. 나는 맥주잔을 단숨에 비웠다. 몸이 앞뒤로 흔들리고 눈앞의 풍경이 명확하지가 않았다.

"그 사람이 기타 치는 걸 들어봤어요?"

"레스토랑이 문을 닫은 다음에요. 사람들은 모두가 낯선 존재이다, 그런 뜻이 담긴 노래라고 하더군요."

네가 이방인일 때 사람들은 낯선 존재가 된다.
네가 혼자일 때 타인의 얼굴은 모두 추악해 보인다.
네가 힘들 때는 걷는 거리조차 울퉁불퉁하다.
아무도 네 이름을 기억하지 못한다.
*네가 낯선 존재일 때, 네가 낯선 존재일 때는.**

"그 노래는 사촌 오빠가 좋아하던 노래라 오래전부터 알고 있었어요."

"키가 작다는 오빠 말인가요?"

"도시에서 사업을 하다가 그만두고 작년에 고향으로 돌아왔어요. 주유소 옆에서 식당을 하고 있어요."

J의 여관으로 가는 비탈길 입구에 있던 식당이라는 생각이 내 머릿속에 자연스럽게 떠올랐다.

"사실은 사업이 아니라 감옥에 갔던 거죠. 중학생때 퇴

---

* 도어즈(The Doors), 'People Are Strange'

학당한 이후로 여러번 있었던 일이에요. 그 무렵 대학가에서 살았는데 그때 어떤 대학생에게서 배운 노래래요."

"왜 퇴학을 당했는데요?"

"밤에 골목 안 공터에서 친구들과 본드를 하다가 불을 냈대요. 경찰이 하숙생 중에서 목격자를 찾아냈기 때문에 학교에 알려질 수밖에 없었나봐요. 더이상 그 동네에서 살 수 없게 되었구요."

여자의 말이 끝나기도 전에 나는 화제를 바꾸었다.

"혹시 늘 검은 코트를 입고 다니는 키 큰 남자를 알아요?"

갑작스러운 내 질문에 여자는 눈을 크게 뜬 채 고개를 저었다.

나는 길게 하품을 했다. 갑자기 졸음이 몰려왔다.

"오래전 같은 집에 살던 남자가 있어요. 우연히 찻집에서 그 남자를 만났는데 내게 열쇠를 보냈어요. 그래서 나는 지도를 사러 갔구요. 횡단보도를 찾아서 건너다가 여자 친구가 늘 나한테 하던 말이 떠올랐어요. 나는 나 혼자 옳다는 것 한가지만을 밑천삼아 이 세상을 살아가려는 사람이라고, 세상을 너무 모른다구요."

"그게 무슨 뜻이에요?"

"나도 모르죠."

자꾸 눈이 감겨와서 나는 겨우 대답했다.

5

밤새 창문이 덜컹거려 깊은 잠을 이룰 수가 없었다. 바람소리는 채찍을 휘두르는 소리 같기도 했고 울음소리가 섞여 있는 것 같기도 했으며 불현듯 여러 사람의 발소리처럼 들리기도 했다. 여러 사람에게 끌려가 얻어맞는 꿈을 꾼 것은 그 때문이었을 것이다.

악몽에서 깨어난 나는 그곳이 어디인지 금방 알아차리지 못한 채 한참 동안 꼼짝 않고 천장을 올려다보았다. 온몸이 땀으로 흠뻑 젖어 있었다. 누워 있는 방향에서부터 내 몸을 둘러싼 냄새, 침구의 감촉, 텁텁하고 야릇한 온기, 물속 같은 정적, 그것들이 낯설어서가 아니었다. 꿈에서처럼 무조건 항복해야 한다는 다급한 절망과 무기력함에 깊이 빠져 손가락 하나 움직일 수 없었다.

서른다섯살에 처음 취직을 했다. 변호사 사무실의 사무장 보조였다. 짧은 직장 생활 끝에 남은 것은 거저 줘도 가져가지 않는 중고차 한대와 조직에 적응하지 못한다는 주변의 인성판정뿐이었다. 회사를 그만두었다는 걸 알자

S는 눈물을 글썽였다. 어떻게 그렇게 네 생각만 하니, 하며 이기적이라는 판정 하나를 더 보탰다.

그때까지 나는 내가 남의 눈에 어떤 사람으로 비칠는지 깊이 생각해본 적이 없었다. 내가 누구인가 따위의 질문은 일종의 사춘기적인 잡념이라고 치부해왔고 아니면 흥밋거리로 만든 성격테스트 문항 정도로만 여겼다.

S의 눈물에 마음이 아팠던 것은 그녀를 실망시켜서가 아니었다. 내가 남의 눈에 비친 바로 그대로의 사람이라는 사실과 그렇게 정해진 대로 거기에서 벗어날 길이 없다는 사실을 비로소 깨달았기 때문이었다. 악몽을 자주 꾸게 된 건 그 무렵부터였던 것 같다.

지난밤 어떻게 J의 여관으로 돌아왔는지 기억이 잘 나지 않았다. 여자가 아래위층을 오르내리며 낡은 여관을 작동해나가던 것은 생각이 났다. 난방을 틀고 변기의 물을 내려보고 온수가 나오는지 확인하더니 손전등과 간단한 공구를 찾아낸 다음 수건과 휴지 등도 새로 갖다놓았다. 마치 자신을 여러개로 나누는 분신술을 익힌 심부름꾼 요정처럼 바지런히 오가며 여러 가지 일을 한꺼번에 해치우는 것이었다.

여자는 어떤 정황에서든 자신의 역할을 찾아내려 애쓰고 또한 스스로를 필요한 사람으로 인식시키는 재능에 있어 비범한 데가 있었다. 그러나 댓가를 지불하지 않고 소비해도 될 것 같은 일종의 가벼움이 여자를 서글픈 존재로 만드는 것도 사실이었다. 몇개로 나뉜 여자의 존재를 모두 합쳐도 온전한 키는 되지 못할 것 같았다.

그러고 보니 지난밤 술집에서 취중에 여자의 분신술을 본 것도 같았다. 어느 순간 내 앞에는 두명의 난쟁이가 앉아 있었다. 그중 하나가 내게 이렇게 말했다. 오랜만이군. 다른 뜻은 없었어. K를 우연히 만났다는 말을 전해듣자, 나도 그냥 꼭 한번 만나보고 싶더군. 어떻게 사는지 늘 궁금했거든.

그 말을 듣자마자 나는 탁자에 엎드려버렸던 것같다.

날이 밝기를 기다려 뒷마당에 나가보니 자동차가 흙탕물 속에서 뒹군 것처럼 온통 먼지로 얼룩진 채 혼자 서 있었다. 시야가 흐렸고 하늘과 숲과 허공이 모조리 붉은 먼지로 덮여 있었다. 황사가 몰려왔던 것이다.

여자가 곁에 와 서는 기척이 느껴졌다.

"간밤에 내가 운전을 했나요?"

"사촌 오빠가요. 여긴 동네가 빤하니까요. 당신하고 아는 사이인가봐요? 아침에 오빠 식당으로 밥먹으러 가겠다고 했잖아요."

나는 밥 생각이 전혀 없다고 대꾸했다.

6

마침내 여자와 내가 선착장에 닿았을 때는 정오가 가까워져 있었다. 아무도 없어 썰렁하기 짝이 없었다. 시간표를 확인하니 배는 하루에 두번밖에 운항하지 않았다. 사람의 기척을 듣고 간이매점 안에서 노파가 고개를 내밀었다. 노파의 말투는 퉁명스러웠다. 자동차로 들어갈 수 있도록 길이 난 다음부터는 배를 타는 사람이 거의 없다고 말하면서 한쪽 손으로는 금방이라도 문을 닫아버릴 듯 문고리를 붙잡고 있었다.

"자동차로 간다구요? 섬이 아니었나요?"

"섬이라니. 산길로 가면 길이 머니까 강을 질러갔던 거지."

"절까지는 얼마나 걸릴까요?"

노파는 나를 빤히 바라보았다.

"절은 없고 절터만 있지. 몰랐나?"

"절이 헐렸어요?"

"원래부터 없었는데. 아니야, 몇백년 전까지는 있었다고 하던가."

"하지만 지도에는 절 이름이 적혀 있던데요. 팻말도 있고."

"이름이 있다고 해서 그 절이 꼭 있으란 법 있나. 절터라고 안 써놨을 뿐이겠지. 그리고 지도야 틀릴 수도 있는거고. 다 사람이 하는 일인데."

"그 생각은 못했어요."

노파는 표를 안 살 거냐고 묻더니 내가 그렇다고 대답하자 매점 문을 닫아버렸다.

나는 터덜터덜 차로 돌아와 여자에게 그만 돌아가자고 말했다. 한밤중에 몰래 숨어들어갔던 대웅전 마루의 뼈가 시릴 듯이 차가운 감촉은 어쩌면 다른 절에서의 기억일지도 모른다고 생각했다. 대웅전으로 들어간 것이 나 혼자였던 것 같고 그렇다면 기억 전체가 잘못된 것일 수도 있었다.

그러나 여자는 여기까지 와서 강을 보지 않고 갈 수 없다며 굳이 차에서 내렸다. 또다시 친절한 안내인처럼 앞장서 걷기 시작했다. 여자의 걸음은 놀랄 만큼 빨랐다. 긴 파마머리를 묶은 붉은 리본과 폭넓은 치맛자락이 바람에 날리는가 싶더니 내가 어정쩡하게 뒤따라가는 사이 벌써 강가의 솔밭길로 접어들고 있었다. 그곳까지 뒤쫓아온 황사가 온 세상을 뿌옇게 만들고 있었다. 여자가 높은 바위 위에 가서 걸터앉는 게 보였다.

"나는 가벼워지는 방법 같은 건 연구하지 않았던 것 같아요."

헐레벌떡 뛰어간 내가 숨을 헐떡거리며 여자에게 말했다.

"그들이 나를 밀어 강으로 빠뜨렸을 때 잠깐 그런 상상을 했을 뿐이에요. 내 몸이 가벼워져서 날아오르면 좋겠다구요."

하숙생들은 모두 나를 싫어했고 악의적인 장난으로 괴롭히곤 했다. 의대생 형은 평소에 나와 단 한마디도 이야기를 나눈 적이 없었다. 딱 한번 그가 내 방에 찾아온 적이 있었다. 동생이 내 방에서 화투를 쳤는지 아랫목에서 잠만 잤는지 물었고 나는 거짓말 같은 건 하지 못했다. 이후로 화투판은 깨졌다.

화투판이 아니고도 불평꾼 법대생은 내게서 자주 돈을 빌려갔다. 그는 내가 빌려줄 돈이 없다고 시침을 떼지도 못하며, 또한 그가 갚을 돈이 없다고 말할 때 거짓말이지? 하고 추궁하지 못한다는 사실을 알고 있었다. 그것은 미남 공대생에게도 마찬가지였다. 여자를 데려와 주인아주머니 몰래 내 방에 숨겨달라고 할 때 나는 거짓 핑계를 댈 수는 없었다.

또한 나는 어두운 밤 J가 친구들과 함께 비닐에 든 본드와 소주병을 끼고 막다른 골목으로 들어가는 것을 가끔 보았지만 일부러 뒤쫓은 것은 아니었다. 누구든 창문에 서 있다보면 자연스레 시야에 들어오는 장면이었을 뿐이다.

기타를 잘 치던 영문과생은 내가 짐 모리슨을 좋아한다고 하자 내 방문에 'DOORS'이라고 써붙였다. 이걸 왜 붙이는데? 내가 물었다. 문을 문이라고 말하는 것이야말로 네 성격에 어울리잖아. 그러나 나는 그의 책상 앞에 붙어 있던 영시 구절을 알고 있었다. 이런 글귀였다. *알려진 것과 알려지지 않은 것 사이에 문이 있다* — *윌리엄 블레이크.*

파마머리에 붉은 리본, 프릴이 달린 폭넓은 원피스. 먼저 도착한 여자는 높은 바위에 혼자 앉혀놓은 어린애처럼 두 발을 번갈아 흔들며 강물을 바라보고 있었다. 짧은 다리가 허공에서 가볍게 교차하기를 반복했다.

나는 갑자기 생각했다. 어쩌면 나는 S에게 상처를 주었을지도 모른다. 그리고 이 여자에게도, 가족들과 그리고 어쩌면 세상 모두에. 나는 또 무엇을 잘못했던 것일까.

"우는 거예요?"

"황사 때문에요. 이러다 눈병에 걸릴 것 같아요."

"거짓말!"

여자가 고개를 젖히고 깔깔 웃었다.

"나는 물에 빠졌었어요. 남의 신분증을 가진 채로. 절

옆의 민박집에서 몸을 말렸구요."

"다 거짓말이에요."

그때였다. 깔깔거리는 웃음소리와 함께 여자의 몸이 허공으로 날아올랐다. 나는 여자의 치맛자락을 붙들었고 그 순간 내 몸도 함께 붕 떠오르는 걸 느꼈다. 붉은 먼지로 감싸인 채 멀리 강이 보였으며 배에 가득 찬 손님들, 검은 외투의 남자, 그리고 흰 입김을 날리며 뭔가 망설이는 표정으로 주머니에 두 손을 넣은 채 강을 내려다보는 젊은 날 K의 모습도 보였다. 그렇구나. 나는 중얼거렸다. 몸을 가볍게 만드는 연구가 드디어 완성되었어.

7

그날은 S의 생일이었다. 나는 그녀를 '루비 튜스데이'라는 패밀리 레스토랑에 데려갔다. 왜 하필 패밀리 레스토랑이야. 이런 곳에서 왕관을 쓰고 케이크의 초를 불어 끌 나이는 지났어. S는 투덜거렸지만 고시원 근처에 양식집은 그곳뿐이었다. 곳곳에서 아이들이 떠들어댔다. 알프스 소녀 같은 차림의 종업원이 나타나 무릎을 구부리고 사뿐 절을 한 다음 우리에게 금연석을 원하느냐고 물었다. 네. 좀 조용한 자리로 주세요. 시끄러운 아이들을 날카롭게 쏘아본 다음 불만을 억누른 목소리로 S가 말했다.

조용한 자리라면 이곳뿐인데 괜찮으시겠어요. 종업원이 안내한 자리는 창가이고 구석자리였다. 어떻게 해서 이런 호젓한 자리가 남아 있을까. 나는 조금 안심이 되었다.

먼저 내가 안쪽으로 들어가 앉았다. 테이블과 의자 사이의 공간이 너무 좁아 나는 테이블을 맞은편으로 조금 밀었다. 그다음 S가 반대편 자리로 들어와서 앉으려 했다. 그러나 테이블이 그쪽으로 너무 가까이 밀려 있어 몸이 들어가지 않았다. S는 신경질적으로 테이블을 다시 내 쪽으로 민 다음 확보된 공간 안으로 몸을 들여놓았다. 말하나마나 나는 테이블이 거의 가슴에 닿았고 S의 히스테릭한 얼굴로부터도 그리 멀리 있지 않았다.

결국 우리는 그 자리에 들어갔던 때와 반대 순서를 밟아 번갈아 한사람씩 의자에서 빠져나왔고 훨씬 나빠진 기분으로 끊임없이 떠들어대는 아이들의 옆자리로 안내되었다. 왜 손님이 앉지도 못할 좁은 자리를 만들어놓은 거죠? S의 질문에 종업원은 준비된 대답을 했다. 설계가 잘못되었나봐요. 그래도 그 자리에 앉으시는 손님들도 가끔 있거든요.

스테이크를 먹고 맥주를 마시는 동안 S와 나는 거의 말을 나누지 않았다. 십년을 만난 사이이니 할말이 많은 것은 아니었지만 그보다는 입을 열기 시작하면 자칫 지겹다거나 헤어지자는 말이 나올지도 모른다는 것을 서로 알고 있기 때문이기도 했다. 우리는 그날 늦은 시간까지 맥주를 마셨다. 손님들이 대부분 돌아간 시간이라 비로소 S가 원하는 조용한 분위기가 되어 있었다.

나는 S와 내가 앉으려다 실패했던 좁은 자리로 안내받아 오는 남자를 보았다. 커다란 악기케이스를 들고 희끗희끗한 머리에 피곤해 보이는 남자였다. 남자를 안내하는 여자 종업원은 난쟁이처럼 키가 작았다. 흥미로운 이벤트를 기획하는 패밀리 레스토랑이니 이상해 보이지는 않았다.

남자에게 커피를 갖다준 다음 작은 여자 종업원은 그 앞자리에 앉더니 얘기를 나누기 시작했다. 그녀에게 그 자리는 전혀 좁아 보이지 않고 꼭 맞았다. 남자는 눈을 내리깐 채 아무 말 없이 커피를 마시고, 여자는 상냥한 눈빛으로 허공을 보며 웃다가 찡그리다가 마치 마임을 하듯이 혼자 얘기하고 있었다. 여자가 움직일 때마다 구석에 세워둔 악기케이스가 부분조명을 받아 얼굴에 커다란 그림자가 드리워졌다.

조금 후 남자가 자리에서 일어나더니 테이블을 벽 쪽

으로 밀어붙이고 맞은편 여자의 옆자리에 들어가 앉았다. 앉자마자 남자의 머리는 난쟁이 여자 쪽으로 기울어졌다. 여자의 어깨에 기댄 채 흐느끼는 남자를 나는 물끄러미 바라보고 있었다.

S가 갑자기 앗, 하고 낮게 소리쳤다. 아까는 저 간판이 왼쪽에 있었는데 지금은 오른쪽으로 갔어. 분명해. 분명 저쪽이었다구! 나는 천천히 맥주잔을 입에 가져가 거품을 마시며 대답했다. 이 집은 회전 좌석이야. 조금씩 돌아서 한시간에 한번씩 제자리로 돌아와. 뭐야, 그럼 진작 말해줄 것이지! S의 눈에 눈물이 비쳤다. 넌 뭐든 이런 식이야. 그래, 식당 좌석이 돌아가는 게 네 잘못이냐고 말하고 싶지? 너는 언제나 네가 옳다고 생각하는 방식만을 따르고, 결과적으로 아무 잘못도 없는 거잖아. 그렇지?

S의 목소리가 약간 컸는지 맞은편 자리의 악기 연주자와 난쟁이 여자가 우리 자리로 시선을 돌렸다. 그때 나는 분명 그녀와 눈이 마주쳤다는 걸 알 수 있었다. 프릴이 달린 폭넓은 스커트 아래 가지런히 모은 그녀의 짧은 두 발이 허공에서 대롱거리고 있었다.

그리고 그때 나는 분명히 느꼈다. 나로부터 나누어진 내 몸의 일부가 가볍게 허공을 날아올라 악기 연주자에게 옮겨가고 있다는 것을. 난쟁이 여자의 옆자리에 가서 앉

은 나는 여자의 어깨에 얼굴을 파묻고 흐느끼기 시작했
다. 미안해. 나는 계속해서 중얼거렸다. 미안해, 난 쓸모없
는 놈이야. 미안해. 눈물은 쉽게 그칠 것 같지 않았다.

유리 가가린의 푸른 별 ─

1

예전에는 아침에 눈을 뜨자마자 서둘러 침대에서 일어나곤 했다. 그대로 누운 채 커튼을 통해 들어오는 아침 빛을 물끄러미 바라본다든가 베개에 깊숙이 얼굴을 묻고 이리저리 몸을 뒤척이는 일은 없었다. 벽에 걸린 가족사진 액자에 오래 시선을 두지도 않았다. 그러나 요즘은 잠에서 깨어나면 사이드테이블 위의 시계가 겨우 여섯시를 가리킨다. 서두르지 않아도 출근 전까지 피트니스클럽에서 새벽 운동을 마치고 커피와 샐러드를 곁들여 간단한 아침 식사를 할 시간은 충분했다. 꼭 필요한 일만 하면서 살면 확실히 일과가 규칙적이 된다.

팔년 전 아이들 교육을 위해 아내가 두 아들을 데리고 미국으로 떠난 뒤 한동안은 매일 밤 폭음을 했다. 회사가 한창 몸집을 불려갈 시기여서 밤마다 약속이 많을 수밖에 없었다. 그럼에도 다음 날 반드시 제시간에 출근할 만큼 몸도 욕망도 성했다. 요즘은 술을 많이 마시지 않는다. 건강관리를 할 나이가 되기도 했지만 그보다는 술자리가 식상해서라는 게 더 정확한 이유일 것이다.

새로운 사람들을 만나 익숙해지기까지의 절차가 갈수록 귀찮아지는 데 비한다면 거기에서 얻게 되는 신선함이나 정보는 점점 적어졌다. 서로의 머릿속을 속속들이 파악하고 있는 오랜 친구들끼리 앉아서 주고받는 시효 짧은 화제 또한 시들하기는 마찬가지였다.

젊은 여성들이 무조건 예뻐 보이던 때만 해도 욕망과 그것을 소비할 방향성을 갖고 있었던 듯싶다. 그 시기가 지나간 뒤 어린 여자들과 노닥거려야 하는 룸살롱 출입이 피곤해지기 시작하더니 소음에 예민해지고 아예 남의 목소리 자체가 싫어지면서 혼자 있는 시간이 편하게 느껴지는 단계에 접어들었다.

잠이 오지 않는 밤에는 샤워를 한 뒤 혼자서 얼음을 넣은 위스키를 한두잔 마셨다. 다음 날 아침 탁자 위에서 어중간한 색깔의 물을 담고 있는 유리잔을 발견하는 일도 종종 있었다. 술을 따라놓은 뒤 잊어버리고 그냥 잠든 것이다. 벽시계가 십분씩 늦게 가는데도 시간을 맞추지 않고 그만큼 빼가면서 시계를 본 지 몇달째이다.

세상이 그다지 놀랍지 않게 생각된 것이 언제부터인지 모르겠다. 요즘은 무슨 사건이 일어나든 언젠가 겪어본 일처럼 여겨진다. 뉴스도 그렇고 주변의 살아가는 이야기도 다 그런 식이다. 회사일 역시 마찬가지여서 업무를 처리하는 데에 별로 무리할 일이 없다. 잘되든 안되든 결과 또한 예상을 크게 벗어나지 않는다.

일뿐 아니라 사람도 그렇다. 처음 보는 사람이라고 해도 살아오면서 만난 적 있는 비슷한 누군가와 얼굴이 겹쳐지게 마련이고, 그러면서 사람을 판단하는 일이 쉬워졌다.

세상 사는 일에 익숙해진다는 것이 어쩌면 틀을 갖는다는 뜻일지도 모른다. 일종의 삶의 매뉴얼 말이다. 아무리 복잡한 일도 틀에 집어넣으면 단순해져버린다. 시간도 마찬가지여서 날짜와 빈칸만으로 이루어진 새 플래너수첩을 펼쳤을 때는 내 앞에 많은 미지의 시간이 있는 것처럼 느껴진다. 그러나 몇개의 스케줄을 적어넣으면 그것은 조각조각 나뉘고 그다음부터는 익히 아는 일상의 시간이 되어버리는 것이다.

그것을 경륜이라고 좋게 보든 보수화되었다고 비난하든 상관없다. 분명한 것은 세상일이 놀랍지 않게 생각되면서 동시에 어느정도 무기력해진다는 사실이다.

내 삶의 많은 부분은 이미 결정돼버렸다. 회사든 가정이든 이제 내 인생에 변수는 거의 없다. 파산이나 이혼이 결코 일어나지 않는다는 뜻이 아니라 그런 일이 생겨도 나라는 사람이 크게 변하지는 않는다는 의미이다. 더이상 다른 사람이 될 수 없을 바에야 모험심과 열정 따위는 필요없게 되며 따라서 현상유지 이상의 에너지가 분비되지 않는다.

어느정도 정점에 이른 사람은 완성도를 높일 수 있을지 몰라도 더이상 자신의 속에서 미지와 신비를 끌어낼 수는 없을 것이다. 두려움도 없지만 설렘 또한 없다. 행복하지 않은 것도 아니며 또한 행복한 것도 아니다.

2

공항은 떠나거나 돌아오는 사람들로 가득 차 있다. 갖가지 동선을 그으며 시간순으로 교차하는 소음과 움직임 속에 서 있다보면, 마치 지구가 자전하듯 삶이란 정해진 궤도를 따라 굴러갈 뿐이라는 느낌을 받는다. 오늘 이 자리에 나와서 J를 배웅하는 일조차 오래전부터 예정돼 있던 일처럼 여겨지는 것이다.

면 재킷과 포켓이 많은 카메라가방, 윗주머니에 꽂힌 만년필의 하얀 만년설 심벌까지 J는 평소 사무실에서의 모습 그대로였다. 그러나 어쩔 수 없이 낯빛이 창백했고 튀어나온 눈썹뼈 밑의 두 눈에 유난히 깊은 그늘이 드리워져 있었다. 회복기에 있는 환자처럼 입술도 까칠했다. 출국 수속 카운터 앞에서 기다리고 있던 나와 눈이 마주치자 그는 손가락으로 흡연실 쪽을 가리켰다. 그곳에는 유리벽 뒤에서 몇몇 사내들이 체념한 표정으로 묵묵히 연기를 뿜어내고 있었다.

함께 담배를 피운 뒤 J가 재킷 주머니에서 천천히 보딩패스와 여권을 꺼냈다. 줄을 서서 출국장 안으로 들어가는 동안 한번도 뒤돌아보지 않았는데 걸음걸이는 끝내 무겁고 어색했다. 그의 모습이 눈앞에서 완전히 사라지고 난 뒤에도 나는 한동안 그대로 서 있었다.

공항 고속도로 이용료를 내고 톨게이트를 빠져나오자 얼마 안 가 다리가 나타났다. 갓길에 차를 세운 뒤 나는 비상등을 켰다. 자동차들이 빠르게 옆을 지나쳐갔다. 다리 아래로는 바닷물이 교각 주변에 잔무늬를 만들며 조금씩 흔들리고 있었다. 주머니 안에서 J의 담뱃갑과 라이터를 꺼냈다. 이거 선배 가져가. 왜? 담배도 끊어버리고 떠나려고. J의 결연한 태도와는 상관없이 담배는 한개비밖에 남아 있지 않았다.

불을 붙이고 나서 차문을 열고 밖으로 나가는데 봄바람이 재빨리 연기를 흩으며 손가락 사이를 지나갔다. 그때 하늘 저 멀리로부터 내 머리 위를 향해 날아오는 커다란 물체가 눈에 들어왔다. 식인 상어처럼 둔중한 은색의 배와 위협적으로 번쩍이는 날개. 초월적 존재의 냉담한 위엄 같은 것조차 느껴졌다. 하늘을 날고 있는 비행기를 그렇게 가까이에서 본 것은 처음이었다.

징제불딩의 날카로운 광선에라도 쏘인 듯이 나는 가볍게 몸을 떨었다. 바람 때문이었다. 바람은 또 재로 변한 J의 담배를 한순간 흔적도 없이 허공으로 흩어버렸다.

점심시간이라서 사무실 안에 빈 의자가 많이 눈에 띄었다. 사람들이 빠져나간 뒤의 실내에는 서늘한 기운이 감돌았고 컴퓨터의 모니터들은 푸르스름한 빛을 담은 채 의미없이 흔들리고 있었다. 나는 규칙적으로 배열된 간유리 칸막이들을 지나쳐 사장실로 들어갔다. 재킷을 벗어 옷걸이에 건 뒤 여러개의 서류파일이 기다리고 있는 책상 앞에 앉았다. 신입 편집사원 연수 기안과 국제도서전 홍보물 문건. 그리고 맨 아래의 파일에는 신간의 신문광고 스크랩, 2차 광고 시안, 광고비 조견표가 일목요연하게 정리되어 있었다.

　그것들을 검토하는 데는 십분도 걸리지 않았다. 인터폰을 받고 편집장이 내 방에 들어왔다. 회색 슈트 안에 무채색의 블라우스를 받쳐입은 그녀는 오랜 세월 사무직으로 일해온 사람들 특유의 건조하고 방어적인 표정을 짓고 있었다.

　주간님은 잘 떠나셨어요? 응. 가족들 아무도 안 나왔죠? 합의하고 수속 다 끝냈는데 가족이 어딨어. 그럼 연수기간 끝나도 영원히 안 돌아오시는 거 아녜요? 영원히? 나는 이맛살을 찌푸렸다. 잠깐 쉬는 것뿐이야. 휴가도 없이 십년 넘었잖아. 그건 사장님이 더한데, 이럴 땐 오너가 안 좋네요. 그렇게 되나? 이번에 들어온 신입들요, 부서장들 아침 회의 때 인사 다 했거든요. 점심 하고 들어오면 사장님께도 인사시켜야 할 것 같은데 시간 괜찮으시죠?

　스케줄표를 확인해보니 회의가 두건에다 외부 미팅이 있었고 저녁 약속도 잡혀 있었다. 반드시 내가 참석할 필요는 없는 일들이었다. 회사는 이제 경영자의 개인적 역량과 의욕이 아니라 시스템에 의해 안정적으로 굴러갔다. 지난 십년 동안 나는 거의 공격적이라 할 만큼 과감하게 회사를 경영했다. 출간 여부를 결정짓는 원고검토에서부터 작가 에이전시에 이르기까지 모든 실무는 J에게 일임했다.

출판사 가운데에는 간혹 문화사업이라는 명분 아래 수단껏 세금을 면제받아 노골적으로 땅투기를 하는 곳도 있었다. 베스트셀러를 한종이라도 내고 나면 그뒤부터 출판에는 더이상 투자하지 않고 수익성 있는 주변 사업에만 열을 올리는 경우도 적지 않았다. 정부나 자치단체의 예산, 이권이 걸린 단체장 자리를 기웃거리느라 정작 책은 관심 밖인 출판사도 이따금 보아왔다. 영세한 업계 형편으로서는 그것도 일종의 생존 방편이라고 할 수 있을 것이다.

그런 흐름 안에서 명분보다는 실리를 택하는 것이 내 스타일이었다. 그러나 좋은 책에 거의 강박적으로 집착하는 J의 충고를 따르지 않은 적은 거의 없었다. 내가 회사의 규모를 키웠다면 J는 그것을 질적으로 성장시켰다.

처음 출발할 때 나는 언론사에 소속된 출판사업부의 경력사원에 지나지 않았다. 삼년 후에는 편집장이 되었고, 다시 이년 후 수익성이 없다는 이유로 회사가 단행본 출판부를 없애려고 할 때 그것을 인수해 연간 매출액 삼백억인 지금에 이르렀다. 해외출판 에이전시에다 해외 문화프로그램 전문여행사와 출판 컨설팅, 문화투자 파이낸싱까지 영역을 넓힐 수 있었던 것은 걷잡을 수 없이 확산되던 벤처 바람도 한몫했다. 몇몇 문화재단과 관계 부처로부터 표창도 받았다.

그러기까지 내게는 언제나 면도날 혹은 시베리아 따위의 별명이 따라다녔다. 그야말로 곱슬머리에게 라면, 성씨가 송이어서 송아지 하는 식의 상상력 부족한 작명이 아닐 수 없지만 합리적이고 현실적인 캐릭터에는 그만큼 변주의 여지가 없는 것도 사실이다. 친구들도 나를 이름이 아닌 직함으로 부른다. 물론 K나 M 같은 젊은날의 친구가 아니라 일을 통해 가까워진 사람들이다.

파일들 밑에 깔려 있던 원고 뭉치를 발견한 것은 편집장이 나간 뒤였다. 원고검토는 J와 편집위원들 소관이었으므로 내 책상 위에 소설 원고가 놓이는 것은 좀처럼 드문 일이었다. 표지 귀퉁이에 J의 필체로, 검토요망이라고 쓰여 있었다. 나는 무심코 제목을 읽었다. '1991년의 코스모나츠' 작가의 이름은 낯설었다. 어차피 필명일 것이 분명했다. 코스모나츠는 러시아의 우주비행사들을 가리키는 말이다. 그렇다면 1991년이 소비에트연방의 붕괴를 의미하리라는 것은 짐작하기 어렵지 않았다.

1시 20분쯤 신입사원들이 인사를 하러 들어왔다. 방안이 답답하고 공기가 탁해지는 기분이었다. 한꺼번에 많은 사람이 들어왔기 때문이겠지만 각자의 젊음으로부터 뿜어져나오는 두서없는 에너지와 욕망 또한 만만찮게 방안을 휘젓고 다녔다.

나는 젊은이들을 그리 부러워하지 않는다. 젊은이들은 아는 것도 별로 없고 그리고 돈도, 능력 있는 친구도 갖고 있지 못하다. 뇌와 근육에 신선한 피가 흐르고 거기에 열정과 시간까지 넉넉하므로 그들 앞에는 수없이 많은 가능성이 열려 있다. 나의 경우 그 과정을 거쳐 도달한 곳이 지금의 이 자리이다. 젊음으로 되돌아가서 그 힘든 과정을 되풀이해 다시 이곳으로 오는 것보다는 이 지점에서 내가 가진 것을 충분히 누리는 편이 낫다고 생각한다.

자신의 나이를 받아들이지 못한 채 늙어가는 사람들은 자기연민이 많고 따라서 점점 고독해질 수밖에 없다. 거기에 비하면 나는 무척 현실적인 사람이다.

출근하기 전 거울 속의 내 얼굴을 한참 동안 바라볼 때가 있다. 밤새 베개에 눌린 자국이 두어시간 뒤까지도 그대로 뺨에 남아 있는 것이다. 처진 눈시울과 입 주위의 미세한 주름에서는 어린 나를 곁에 앉히고 흰머리를 뽑게 하던 아버지의 모습이 연상된다. 그러나 나이가 들면서 통장에 어느정도의 잔액을 유지할 수 있게 된 것처럼 피부의 탄력이 줄어드는 것도 똑같이 시간의 산물이다.

노안이 찾아온 뒤부터 나는 고급 음식점에서 메뉴판의

잔글씨 읽는 것을 포기하고 짐짓 세련된 태도라는 듯 웨이터를 불러 적당한 음식을 추천받곤 한다. 단골 와인바에 가서도 더이상 새로 수입된 와인의 라벨을 읽지 못한다. 하지만 시력이 좋았던 시절의 대부분 나는 그런 고급 와인의 라벨은커녕 병을 구경할 기회조차 없었다. 그런 식으로 사람의 인생은 요철 부분이 조금씩 옮겨지면서 일정한 도형을 유지하는 게 아닌가. 나에게 있어 젊음은 치기와 가난으로만 기억된다.

신입사원들이 나간 뒤 나는 잠시 창가에 서 있다가 책상 앞으로 가서 앉았다. 한켠으로 밀쳐놓았던 '1991년의 코스모나트'가 다시 눈에 들어왔다. 인터폰을 해봤지만 편집장은 자리에 없었다. 나는 별생각 없이 원고를 끌어당겨 한장씩 넘기기 시작했다.

짧은 알람음과 함께 모니터에 새 메일 도착 메시지가 뜬 것은 그로부터 한시간쯤 지난 2시 30분경이었다. 읽던 원고를 덮고 편지함을 열었다. 메일 제목이 '우리 약속 잊지 않았죠?'였다. 비슷한 제목의 스팸메일을 열었다가 좀처럼 브라우저 창이 사라지지 않아 애를 먹은 기억이 났다. 게다가 처음 보는 아이디였지만 그냥 제목을 클릭했다. 뭔가 먹으러 나가봐야겠다는 생각이 들었기 때문에 나는 약간 서두르고 있었다.

메일은 단 세줄이었다. 오늘이 약속한 날이네요. 리버 쎄느에서 여덟시에 기다립니다. 은숙.

삭제 버튼을 누른 뒤 자리에서 일어났을 때 창밖에는 부옇게 황사가 일고 있었다. 마치 붉은빛이 도는 회색 필터를 끼운 것 같았다. 입자가 거친 낡은 다큐멘터리 화면처럼 도시의 풍경이 비현실적으로 느껴졌다. 엘리베이터에서 내려 건물 밖으로 나가자마자 기다렸다는 듯이 바람이 얼굴을 지나쳐갔다.

분명 어디선가 읽어본 적이 있는 원고 같았지만 기억이 나지 않았다. 편집장 시절에 읽었던 원고라면 J도 모를 리 없을 텐데 퇴짜맞은 원고를 새삼 내 책상에 놓아둘 이유가 없다.

대학 졸업 후 좀처럼 취직이 안 돼 가는 곳마다 거절을 당하던 무렵이 떠올랐다. 사장과 경리 직원뿐인 선배의 출판사에서 교정 아르바이트를 하던 그때에 시간이 남아 돌다보니 굴러다니는 원고를 꽤나 읽었다. 그러나 십몇년 전에 읽은 원고의 내용이 머리에 남아 있을 리는 없었다.

더구나 그 시절의 일이라면 나는 이상할 만큼 거의 아무것도 기억하지 못했다. 삐걱대는 목조건물의 계단을 올라가면 석유난로와 철제책상 뒤편에 작은 칠판이 걸려 있던 군색한 사무실 풍경 정도가 떠오를 뿐이다. 밤새 집까지 걸어갈 작정으로 버스비까지 모두 털어 소주를 마시면서 '우리 모두 불가능한 꿈을 꾸자'고 외치던 시절이었다. 요즘도 가끔 낯모르는 사람이 내게 알은척을 해오면 나는 그 시기에 나를 알았던 사람인가보군 하고 짐작한다. 가장 초라한 시절의 나를 기억하는 사람이니 물론 전혀 반갑지 않다.

기억하고 싶지 않다고 생각하면 인간은 어느정도 기억을 잃어버리는 기술이 있다고, 그렇기 때문에 오류투성이에다 순수함 따위는 없는 존재라고 처음 내게 말해주었던 것이 K였던 것 같다. 늘 진지하고 현학적이었던 K는 약을 삼키며 유서에도 그렇게 썼다. '선택적 기억상실'이 일어나서 곧 나를 잊게 될 거야. 그의 말대로 나는 K를 떠올리는 일이 거의 없다.

독일에서 십오년째 돌아오지 않고 있는 M도 마찬가지이다. 그 둘까지 빼고 나면 정말로 기억할 필요가 없는 너절한 시절인 것이다.

입맛이 없었으므로 낙지볶음 같은 자극적인 음식을 먹고 싶었지만 그냥 혼자 앉아 있기 편한 파스타 집을 택했다. 식사 시간이 지났기 때문에 창가에 빈자리가 남아 있었다.

얼마 전까지만 해도 밖에서 통유리 안의 실내가 환히 비치는 음식점에 오면 구경거리가 되는 기분이 들어 창가 자리를 피하곤 했다. 그러나 혼자 밥먹는 일이 많아지면서 깨닫게 된 사실이지만 거리를 지나가는 사람들이 실내를 들여다보는 일은 의외로 드물었다. 그들이 보는 것은 유리에 비친 자신의 모습이었다.

스캄피 파스타를 기다리며 나는 내가 아는 은숙이란 이름을 머릿속에 떠오르는 대로 헤아려보았다. 여섯을 넘어가자 그 일에 흥미가 사라졌다. 은숙은 흔한 이름이었고 당장 기억나기로 회사 직원 중에도 두명이 있다. 몇년 전까지 자주 갔던 지하 까페 여주인도 은숙이고 지금 살고 있는 주상복합빌라를 소개한 부동산업자도 은숙이다. 처음 느낌대로 역시 장난 메일이 분명했다.

그러나 종업원이 추천하는 신맛이 강한 콜롬비아산 커피를 한모금 마시면서 내 머릿속에 불현듯 새로운 은숙이 떠올랐다. 눈이 크고 웃을 때 뾰족한 송곳니가 드러나는 약간 창백한 얼굴, 연기 자욱한 줄담배, 그리고 숄더백 안에 가득하던 복사 자료.

음악 좋아하세요? 어느날 그녀가 내게 물었다. 글쎄. 근데 왜요? 나는 어리벙벙한 표정을 지었다. 그녀는 내 티셔츠를 손가락으로 가리키며 빙긋 웃었다. 바랜 겨자색 바탕에 온통 높은음자리표가 어지럽게 그려진 그 티셔츠는 내가 늦잠을 잤을 때만 입고 나오는 옷이었다. 형제 많은 가난한 집에서 으레 일어나는 일로 가장 늦게 눈을 뜨면 가장 형편없는 옷만 남아 있게 마련이었다. 그러고보니 나는 그녀의 결혼식에도 갔었다. 어떻게 그 일을 그처럼 까맣게 잊을 수 있었을까.

3시 45분. 그녀가 말한 약속 시각까지는 네시간쯤 남아 있었다. 그러나 오늘 메일을 보내온 은숙이 확실히 그녀라고 단정지을 만한 일은 머리에 떠오르지 않았다. 나는 다시 한번 향을 음미하며 천천히 커피를 마셨다.

J가 있었다면 내게 뭔가 말해주었을지도 모른다. J와는 이따금 피로를 과장해가면서 아내에게도 보이지 않는 약한 모습 그대로 폭음을 하기도 했다. 그는 기억력도 좋은 편이었다. 나에 관해서라면 나 자신보다 J에게 물어보는 게 낫다고 내 입으로 말하곤 했다. 가령 그것이 나의 초라한 시절에 관한 이야기라 해도 나와 달리 그는 그것을 굳이 잊어버릴 필요가 없었다. 그러나 지금 J는 고도 1만 미터가 넘는 비행기 안에 있다.

형. 공항에서 J는 참으로 오랜만에 나를 대학 시절의 호칭으로 불렀다. 다른 건 아무것도 아닌데, 그게 힘들더라.

뭐 말이야? 내 시선이 무심히 그의 얼굴에 가서 멈췄다. J의 눈은 멍하니 허공을 응시했다. 방법이 없는 건 아니야. 근데도 하고 싶지가 않더라는 거지. 문만 열면 누군가 도와줄 사람이 있다는 걸 아는데도 몸을 일으킬 마음이 안 생겨. 사람이 그래서 그대로 앉아 당하고 마는 거야. 당하다니, 누구한테? 내 대꾸가 약간 퉁명스럽게 들렸던지 J는 쓸쓸하게 웃었다. 형이 왜 말렸는지 알아. 형 말대로, 떠난다고 크게 달라질 것도 없고 당장 뭔가 새로 시작할 수 있는 건 아니겠지. 그래도 난 말이야. 앉은 채로 끝나버리고 싶지는 않았어. 한번쯤은 내가 원하는 방식으로 살아봐야 하는 거 아냐? 아직 그 정도 시간은 남아 있겠지?

사무실로 돌아왔을 때 시계는 4시 5분을 가리키고 있었다. 자리에 앉아 포털사이트에 접속했다. 검색창에 '리버 쎄느'를 쳐봤지만 해당 검색어가 없었다. '까페 리버 쎄느'를 쳤다. 다섯개의 검색 결과가 떴지만 내가 찾는 장소는 아니었다. '리버 시티'는 선상까페였고 각종 연회 및 해양스포츠 안내라고 써 있었다. '리버 템즈'가 있었지만 어쨌거나 파리와 런던은 거리가 너무 먼 것이었다.

'쎄느 까페'라고 입력하자 해당어가 한개 있긴 했는데 강원도 소재였다. 네시간이면 충분히 닿을 수 있는 거리

이기는 했지만 거기까지 가려면 절박함은 둘째 치고 어느 정도의 확실함이라도 있어야 했다. 까페 쎄느는 실제 까페가 아니라 인터넷 까페인지 모른다는 생각도 스쳐갔다.

은숙의 결혼식에 간 것은 나와 K와, 그리고 M도 함께였다. 밤낮으로 M의 곁을 떠나지 않는 그의 여자 친구도 있었다. 결혼식이 끝나고 우리는 다함께 극장에 갔고 어두워지자 언제나처럼 술집으로 기어들었던 것 같다. 아마 여느 때처럼 안주 없이 값싼 술로 양을 채우고 비틀거리며 각자 집으로 돌아갔을 것이다. 하지만 그날은 신부의 친구들인만큼 뒤풀이용 봉투를 받아 까페 같은 곳에서 기분을 냈을지도 모른다. 그 까페의 이름이 리버 쎄느일 수도 있다.

은숙도 알고 있는 장소라면 그전에도 간 적이 있는 까페일 것이다. 까페 같은 곳에서 은숙과 단둘이 만난 적이 있었던가. 그런 것은 기억나지 않았다. 메일의 내용대로라면 나와 은숙은 오늘 만나기로 약속을 했다. 그러나 정말로 약속을 했는지는 그만두고 그런 약속을 할 만한 이유조차 전혀 떠오르지 않는 것이었다.

삼십분 뒤 편집장이 모습을 나타냈다. 슈트를 벗어 훨씬 산뜻하게 보였다. 슈트 속에 입었던 블라우스가 반팔 옷이라서 그런지 스커트도 덩달아 짧게 느껴졌다. 그녀는 거래처 직원이 사왔다는 철쭉 화분을 손에 들고 있었다. 연초록 잎을 제치고 다투듯이 고개를 빼든 선명한 분홍색 꽃이 화사했다.

어떠세요, 사장실 분위기가 좀 살아나죠? 탁자 위에 화분을 내려놓은 뒤 그녀는 한 손으로 내 책상의 모서리를 짚으며 거기에 비스듬히 몸을 기댔다. 찾으셨다면서요? 내가 오후 일정을 모두 편집장에게 일임하자 그녀는 마지못한 표정으로 고개를 끄덕였다.

그리고 이 투고작 말이야. 작가 연락처 갖고 있어? 아뇨. 주간님이 아무 말씀 없이 가셨어요? 편집장의 눈길이 우연히 책상 위의 메모지에 멈추었다. 리버 쎄느? 왜, 혹시 아는 곳이야? 내 물음에 잠깐 뭔가를 생각하는 듯하더니 고개를 갸웃거리며 편집장이 대꾸했다. 어디서 본 것 같긴 한데. 무슨 모텔 이름 아닐까요? 듣고 보니 그럴지도 모른다는 생각이 들었다.

근데 관리부하고 기획팀 회의에는 정말 안 들어가실 거예요? 응. 사장님 요즘 아무래도 의욕상실 같아요. 왜, 내 자리 탐내는 거야? 맞아요, 근무태만이니까 시말서 쓰세요. 아니면 한 일주일 휴가를 다녀오시든지요. 점점 더 이 회사에 내가 필요없다는 말처럼 들리는군. 그러지 말고 저번에 소개해드린 우울증 클리닉에 한번 가보시라니까요.

편집장이 몸을 세우더니 팔짱을 꼈다. 먼저 제가 초기 진단을 해볼까요? 늘 피로하고 몸이 처지는 기분이시죠? 응. 집중력이 떨어지고 기억력도 그렇구요? 그런 거 같아. 의사결정이 어렵고? 그건 아닌데. 혹시 자신이 염세적이라고 생각하세요? 그게 뭐 어제오늘 일인가. 그럼 이건 어때요, 한때 즐거웠던 일에 흥미를 상실했다, 맞는 것 같아요? 글쎄, 예를 들면 어떤 것? 글쎄요. 편집장은 어깨를 한번 들썩여 보였다. 그러고는, 리버 쎄느, 어디였는지 생각나면 말씀드릴게요. 라고 말한 뒤 방을 나갔다.

소비에트연방은 1991년 12월 24일 지구에서 사라졌다. 그리고 1992년은 내가 첫번째 정식 직장이라고 할 수 있는 언론사의 출판사업부에 입사한 해이다. 그해에 막 대학을 졸업한 J는 신입사원으로 입사했다.

우리가 양복을 입고 첫 출근을 하던 날은 늦은 봄이었다. 꽃이 진 자리에 새파랗게 돋기 시작한 잎들은 벌써 녹음으로 우거질 준비를 하고 있었다. 황사가 걷혀 하늘은 쾌청했고 출근 시간의 도심은 활기로 넘쳐났다. 회사는 엘리베이터가 있는 대리석 건물의 팔층에 있었다. 통유리를 통해 힘차게 솟아 있는 남산타워가 보였고 내 책상 위에는 컴퓨터가 놓여 있었다.

일주일 전만 해도 나는 골목 깊숙이에 자리잡은 이층 목조건물의 어두침침한 사무실에서 철제책상 위에 엎드려 붉은 펜으로 교정을 보고 있었다. 그 시절 나는 언제나 검은색 비닐가방을 옆구리에 끼고 다녔고 신발을 벗는 장소에 가면 발가락을 오므린 채 양말에 구멍이라도 나지 않았나 뒤꿈치 쪽을 흘끔거려야 했다. 술을 얻어먹을 수 있는 자리에는 빠지는 법이 없었다.

점심시간에 사람이 붐비는 값싼 냉면집에서 누군가 자신의 새 구두를 내 헌 구두와 바꿔신고 간 적이 있었다. 실로 몇년 만에 물이 안 새는 구두의 착용감을 알게 된 나는 며칠 후 즐거운 마음으로 그 냉면집을 다시 찾았다. 얼굴을 알아본 주인이 불쾌한 감정과 함께 보관하고 있던 나의 헌 구두를 꺼내주는 순간에는 나도 모르게 그것을 부정하고 말았다. K가 말리지 않았다면 내 발에서 구두를 거의 억지로 벗기려드는 주인과 주먹다짐까지 할 뻔했다.

뚜렷한 목적 없이 헌책방을 돌아다녔고 새벽녘에 낯선 장소에서 잠이 깨기 예사인 시절이었다. 은숙의 결혼식에 간 것도 그런 날 중의 하루였을 것이다.

북적이는 하객들 틈에 끼어 갈비탕을 먹으면서 우리는

쉴 새 없이 떠들어댔다. 네 사람이 앉는 탁자 옆에 의자 하나를 더 가져다 붙인 걸 보면 우리 일행은 다섯이었던 모양이다. K와 M, M의 여자친구, 그리고 나. 나머지 한 사람은 누구였는지 생각나지 않는다. K와 M은 모두 후줄근하고 어색하나마 양복 차림이었지만 나는 그나마의 복장조차 갖추지 못해 전날과 똑같이 주머니 실밥이 뜯어진 회색 면 점퍼를 입고 있었다.

갈비탕은 식어 있었는데도 피로연 음식점 안의 공기는 몹시 더웠다. 높은음자리표가 어지럽게 그려진 티셔츠 윗주머니에 붉은색 플러스펜 잉크가 잔뜩 번져 있었으므로 나는 점퍼를 벗지 못한 채 땀을 비오듯 흘렸다. 또한 그러지 않으면 안 되기라도 하는 것처럼 목청껏 떠들어댔다.

신랑 신부가 인사를 하러 음식점 안에 들어서는 걸 보고서야 우리의 대화는 잠시 중단되었다. 와줘서 고마워. 화사한 핑크색 정장 차림의 은숙은 형식적인 인사를 건넸다. 큰 눈이 다른 곳을 보고 있었다. 신혼여행은 어디로 가? 우리 중 누군가가 묻자 신랑이 뭐라고 대답했지만 내가 앉은 자리에서는 잘 들리지 않았다.

은숙의 옆모습만은 뚜렷하게 볼 수 있었다. 그러나 의자를 붙여 임시로 만든 자리에 앉아 있던 내 옆자리의 인물이 신랑 신부 쪽으로 고개를 돌리고 있었기 때문에 그의 뒤통수에 가려 은숙의 얼굴은 잠깐씩 사라졌다가 나타나곤 했다. 그녀는 우리 중 누구와도 시선을 마주치지 않은 채 한사코 다른 곳을 바라보고 있었다.

집들이때 꼭 초대하라구. M이 쾌활하게 말했다. 은숙 씨, 너무 예뻐요. 나는 언제 드레스 입어보나. M의 여자 친구는 진심으로 부러워하는 눈치였다. 잔인한 사월에 너라도 잘살아야지. K도 그답게 멋부린 덕담을 한마디 건넸다. 아무 말도 하지 않은 것은 나와 내 옆자리의 인물뿐이었다. 신랑 신부가 다른 탁자로 가자마자 나는 다시 큰 목소리로 떠들어대기 시작했다.

그때 누군가가 내 말을 막았다. 너 은숙이 결혼하는 데 무슨 유감 있냐? 한명이 입을 떼자 다들 한마디씩 핀잔을 주었다. 속으로 좋아했던 거 아냐? 그게 아니고, 은숙이가 자기를 좋아한다고 착각했던 것 같은데. 그래서 지금 배신감 느끼고 있는 거지? 진짜로 네가 은숙이하고 그랬다면 정말 의외다. 다시 봐야겠는데? K와 M은 킥킥대기 시작했고 M의 여자 친구는 그만하라는 듯 M을 흘겨보았다.

술이나 마시러 가자. 내가 말했다. 그때 내 옆자리의 인물이 봄의 낮술은 특히 위험하니 해가 질 때까지 우선 극장에 가 있는 게 어떻겠냐고 정중하게 제안했다. 나는 음식점 바닥에 내려놓았던 검은 비닐가방을 옆구리에 끼었다. 가방을 잃어버리지 않도록 조심하라고 주의를 준 것은 K였던 것 같다.

식당 문을 여니 얼굴로 햇살이 쏟아져내렸는데 어쩐지 내가 앞장서 받아들이기에는 너무나 눈이 부셔서 친구들이 있는 뒤쪽을 흘끔 돌아보았다. 환한 거리로 한걸음 내려설 때 약간 민망한 기분이 들었던 것까지도 분명하게 기억이 난다. 이상한 일이다. 지워져버렸던 청춘의 어느 하루가 선명하게 되살아나면서 오히려 현재의 모든 것이 비현실적으로 느껴지기 시작했다.

3

1991년의 코스모나츠

제5장 코스모나츠의 귀환

보스톡호의 발사를 앞두고 모두 여섯번의 실험이 있었지만 성공한 것은 세번뿐이었다. 첫번째 우주선은 예상궤도를 넘어가서 우주 미아가 되었고 어떤 것은 폭발하거나 불타버렸다. 바로 일년 전에 연료를 채우고 발사를 기다리던 로켓이 폭발해

268명이 죽은 사건이 있었으므로 국영 이타르타스 통신은 보스 톡호에 탈 유리 가가린의 사망 기사를 미리 준비해두었다.

출발하는 날 발사 몇분을 앞두고 우주선 출입구의 밀폐장치에서 고장이 발견되었다. 뚜껑에 있는 32개의 볼트를 일일이 손으로 풀었다가 다시 죄어야 했다. 로켓에서 분리된 이후에도 한순간 우주선이 급회전하여 하마터면 궤도에서 이탈할 뻔했다. 우주복의 산소공급 장치가 고장나기까지 했다.

비행을 마치고 지구로 돌아오긴 했지만 당시의 소련 기술로는 지상에 무사히 착륙할 가능성이 높지 않았다. 유리 가가린은 7천 미터 상공에서 사출의자를 이용해 우주선에서 탈출한 뒤 낙하산을 타고 착륙했다. 그 사실은 비밀에 부쳐졌다. 국제항공연맹은 우주선에 탑승한 채로 이륙하고 착륙해야만 기록을 인정했기 때문이다.

유리 가가린은 인류 최초로 우주를 비행한 사람이다. 그것은 우주로 떠났던 사람들 중 지구로 귀환한 최초의 인간이라는 의미이다.

M은 유리 가가린을 인정하지 않았다. 우주로 나갔다가 돌아오지 못한 소련의 실종 우주인들이야말로 진정한 영웅이라고 주장했다.

소련은 미국을 이기기 위해서 기술적으로 완전하지 않

은 상태의 유인우주선을 쏘아올렸다. 물론 기록 같은 건 남기지 않았다. 성공했다면 공개되었을 테지만 불행히도 그러지 못했기 때문에 그들은 영원히 어둠 속에 묻혀버렸다. 실종된 코스모나츠의 존재야말로 사회주의 소련의 폭력적인 이중성을 드러내고 있다고 M은 목소리를 높였다.

가가린이 우주비행에 성공하기 일년 전 이탈리아 무선통신사들이 우주로부터 들려오는 사람의 목소리를 수신한 적이 있었다. "전세계는 들으라. S.O.S!" "이봐, 소용없어. 우리가 여기 온 건 아무도 모르는데 누가 구하러 오겠어?" 러시아어였다.

소련 당국은 돌아오지 못한 코스모나츠의 신상 서류는 물론 단체 사진 속의 얼굴까지 에어브러시로 정교하게 지워버렸다. 지구에서는 존재한 적도 없는 그들이지만 그러나 우주에서는 쓰레기가 되어 영원히 궤도를 떠돌고 있다.

우주인에 대한 K의 관심은 다른 곳에 있었다. 그는 소비에트연방 시절이 아니라 그것이 붕괴된 이후에 우주에서 돌아올 코스모나츠의 패닉상태를 마치 자기 것인 양 심각하게 받아들이고 있었다.

유리 로마넨코 중위는 우주정거장 미르에서 326일이나 생활했다. 낮과 밤이 바뀌지 않고 태양이 하루에 두번 떴다지는 그곳에서 그는 튜브 식량만을 먹었으며 잠잘 때마다 자기 몸을 묶어야 했다. 로마넨코의 긴 유배 생활은 인류가 우주에 정착해 살 수도 있다는 가능성을 열어놓았다.

달 착륙의 기선은 뺏겼지만 우주정거장 덕분에 소련은 미국을 제압했다. 코스모나츠들은 영웅이었다. 그러나 우주에서 돌아와보니 그들의 영예로운 조국 소비에트연방이 사라지고 없는 것이다. 1991년 이후에 귀환하는 코스모나츠에게는 혼란에 휩싸인 러시아야말로 우주보다 더한 미지의 두려운 세상이 될 수밖에 없다.

논쟁으로 시작되었던 그날 밤의 술자리는 취기가 깊어지면서 점점 싸움이 되어갔다. 평소에는 쓰지 않는 대자보 투의 격앙된 문어체가 쏟아져나왔다.

── 우주 쓰레기들을 위해 건배! 야, 위령탑이라도 만들어서 우주로 던져줘야 하는 거 아니냐? 인류의 야만을 장사지내자구!

── 그게 아니지. 까마득한 우주에서 돌아와보니 조국이 없어져버렸다, 그때의 카오스를 생각해보라구. 광막한 우주를 개척했거나 말거나, 코스모나츠의 인생을 바꾸는 것은 조국의 정치 현실이다 이 말이야!

── 조국 좋아하네. 폭력성을 은폐하려면 영웅이 필요했던 것뿐이야. 뭐, 인간 해방? 그랬으면 저렇게 한순간에 무너지겠냐?

— 바로 너같이 나이브한 아나키스트들이 우글거려서 그렇게 된 거다, 알아?

　　— 그래. 나도 너 같은 꼴통들하고 이놈의 땅에서 옥신 각신할 생각 없다. 아무 희망 없는 후진국에서 버러지같 이 바둥거리며 살 줄 알았어? 내일 당장 이 땅 뜰 거야. 영 원히 머리도 이쪽으로 안 돌린다!

　　— 변절자 새끼!

　　— 내가 변절자면 너는 교조주의자야!

　　K와 M의 얼굴이 동시에 일그러졌다.

　　— 한번 해보자는 거냐? 좋아, 붙어봐! 안 그래도 나는 이데올로기 혼란에 빠진 이놈의 세계에 경고장을 던지고 장렬히 자폭할 준비가 돼 있는 사람이야.

　　— 너 같은 놈들 그 포즈가 신물나서 내가 일찌감치 등 돌린 거다, 알았냐?

　　— 주둥이 닥치고 까라니까!

　　— 그래, 덤벼. 이 새끼야!

　　K는 술잔을 바닥으로 집어던졌고 거의 동시에 M은 탁 자를 밀치고 일어났다.

　　M의 곁에서 한시도 떨어지지 않던 M의 애인은 논쟁이 진행되는 동안 몇번인가 둘 사이에 억지로 끼어들며 여자 에게만 강요되는 순결의 의무에 대해 강력한 비판을 시도

하곤 했다. 밤이 깊어지면서부터는 M에게 뭔가 호소하는 듯 간헐적으로 훌쩍거리는가 싶더니 언제부터인가 탁자에 엎드려 잠이 들었다. 그녀가 눈을 뜬 것은 K와 M이 비틀거리며 상대를 붙잡으려고 허우적대는 소리 때문이었을 것이다.

벌떡 일어난 M의 애인이 나쁜 새끼! 소리와 함께 번개같이 손을 뻗어서 M의 뺨을 갈긴 것은 순식간의 일이었다. 셋은 술병들이 어지럽게 쓰러져 있는 탁자를 사이에 두고 번갈아 일어났다 앉았다 하면서 소동을 피웠다.

그때쯤 되어서는 나도 몸을 못 가눌 만큼 취해 있었다. 취한 채로 주머니에서 주섬주섬 볼펜을 꺼내고 가방 속에 들어 있던 원고에서 아무 페이지나 뜯어낸 다음 그 위에 뭔가를 끼적였다.

아무도 내 말 따위는 들어주지 않으므로 스스로에게라도 술주정을 하려고 한 짓인지도 모른다. 사실 그 무렵에는 걸핏하면 눈물이 핑 돌았고 그 기분에 시 비슷한 것을 끼적이는 일이 잦았다. 세상 모든 일이 심각하지 않은 게 없으며 아무리 사소한 것일지라도 배우거나 깨닫지 않는 순간이 없었다.

불현듯 정신을 차려보니 소매에 약간의 토사물이 말라붙고 바지 가랑이가 젖은 채 나는 한강 다리를 걸어서 건

너고 있었다. 옆구리에 검은 비닐가방은 끼고 있지 않았다. 이따금 걸음을 멈추고 다리 난간에 비틀거리는 몸을 기댔으며 검은 물속에서 흔들리는 불빛의 기둥을 하염없이 바라보면서 뜨거운 뺨을 식히기도 했다.

혹시 나는 취한 그날 은숙에게 편지를 썼을까. 그러고 나서 정말로 부치기라도 했고 그 편지가 가령 십오년 뒤 오늘 만나자는 따위의 내용이었다면, 이런 모든 애매함과 불확실성에도 불구하고 그녀는 그 말을 믿었을까. 우리는 한때나마 서로 사랑하는 사이였을까.

편지는 간절하고도 유치한 문장으로 채워져 있었을 것이다. 아마 끝문장은 자못 비장하여 먼 훗날 차마 기억난다고 말할 수 조차 없을지도 모른다. 너와 나, 우주의 고독한 코스모나츠. 우리의 귀환지점 리버 쎄느에서 쓴다. 잘 가라, 내 청춘. 유리 가가린의 푸른 별이여.

원고가 든 가방을 강물 아래 내던질 때 역시 똑같은 말을 지껄였을까. 강물 위에 떨어진 불빛처럼 혁혁한 업적을 바라지 말라. 너의 꿈이 달의 행로와 비슷한 회전을 하더라도 너는 결코 서둘지 말라. 눈을 뜨지 않은 땅속의 벌레같이 아둔하고 가난한 마음은 서둘지 말라.* 잘 가라, 내

* 김수영 「봄밤」

청춘. 유리 가가린의 푸른 별이여.

6시 35분에 편집장이 다시 인터폰을 했다. 사장님, 지금 친구랑 통화하다가 우연히 알았는데요. 자기네 회사 근처에 리버 쎄느라는 까페가 있대요. 편집장이 다음 말을 하기도 전에 내 눈앞에 연기 자욱한 어둠침침한 실내가 떠올랐다. 교정 아르바이트를 하던 선배의 출판사 근처라는 것까지 이미 기억해낸 뒤였다.

붉은색 체크무늬 등갓과 낙서로 가득한 나무탁자. 샹송 몇곡이 일정한 간격으로 끊임없이 되풀이되었고 문을 닫을 시각까지 남아 있는 손님은 나와 은숙뿐이었다. 내가 늘 목이 멨던 것은 단지 담배 연기 때문이었을까.

비닐가방을 옆구리에 끼고 내가 출판사의 나무 계단을 올라가고 있다. 후배가 썼다는 소설 원고를 들고 나를 찾아왔을 때는 K도 그 계단을 올라왔다. 우주비행사 이야기 같은 게 먹힐지 모르겠다고 말하자 K는 사장한테 보이기 전에 내가 먼저 검토해보는 게 어떻겠냐고 말했다. 그 후배가 바로 J였을지도 모른다. 은숙의 결혼식 때 옆자리에 앉았던 것도 J였을까. 그것은 확실하지 않다. 확실한 것은 지금쯤 J는 기내식을 먹고 이어폰을 낀 채 잠들었으리라는 것이다.

작가가 누구이든간에 십오년 전 내가 원고를 잃어버렸기 때문에 그것은 모두 처음부터 다시 쓰였을 것이다. 삶은 지나가버리는 것이라서 바꿀 수 없다. 그런데 지나간 이야기는 다시 쓰일 수 있는 것일까.

제6장 잘 가라, 내 청춘

스물일곱살의 소련 중위 유리 가가린은 아침 아홉시쯤 지구를 출발했다. 인류가 우주 속으로 들어가면 어떤 일이 벌어질 것인가. 그것은 아무도 모르는 일이었다. '동쪽'이라는 뜻의 1인승 비행선 보스톡 안에서 가가린은 우주복을 통해 산소를 마셨다. 우주공간에 이르자 그는 모태 속의 태아처럼 유영했는데 태어날 준비를 하는 아기처럼 가가린 역시 숨을 죽인 채 팔을 내저었다. 지구로부터 수만 킬로미터 떨어진 곳의 깊은 암흑 한가운데에 홀로 떠 있는 가가린은 이미 자신이라고 하는 존재로부터 이탈해 있었다. 모든 것이 어둡고 가벼워서 거의 허무에 가까웠다. 불안하고 고독했다. 그때에 유리 가가린의 눈앞에 빛을 머금은 행성이 나타났다. 검은 허공으로 가득 찬 우주 한가운데 신비롭게 떠 있는 아름다운 별. 가가린은 전율했다. 나는 저 별을 보기 위해서 우주를 뚫고 그렇게 먼 거리를 가로질러왔던 것일까. 마침내 유리 가가린은 자신이 떠나왔으며 그리고 다시 태어나게 될 별을 향해 떨리는 목소리로 중얼거렸다. 1961년 4월 12일, 지구는 푸른빛이다.

나는 정확히 7시에 퇴근했다. 서류 캐비닛 맨 아래칸에서 오랫동안 쓰지 않았던 서류가방 한개를 찾아낸 뒤 먼지를 떨어내고 거기에 원고를 넣었다. 엘리베이터 안에서서 여섯개의 층을 수직으로 내려올 때까지 아무도 만나지 않았다. 이상할 만큼 세상 모든 곳이 정지화면처럼 조용했다. 내 발소리만 또렷하게 들려왔다.

지구가 푸른 것은 물의 행성이란 뜻이다. 로스앤젤레스 하늘에서 내려다보면 J도 팜 트리 사이로 보이는 풀장의 푸른 물들을 볼 수 있을 것이다. 유리 가가린처럼 J는 자기의 모습을 보기 위해 그 멀리로 떠나갔다. 청춘과 담배는 내게 맡겼다. 자기의 지나간 시간과 온전히 대면하기를 원했기 때문이다.

오늘 나는 시간을 가로지르는 통로에 잠깐 서 있는 건지도 모른다. 유리 가가린의 세상에서는 종이접기를 하듯 시간을 접어두는 것이 가능한 일일 수도 있다. 시간을 긴 띠라고 생각할 때 십오년 전 그녀의 결혼식에 갔던 날과 오늘 사이에는 기나긴 거리가 가로놓이게 된다. 그러나 결혼식날부터 어제까지의 시간을 접어 어딘가 다른 차원의 블랙홀로 보내버린다면 모든 것은 달라진다.

한 블랙홀을 빠져나온 시간은 다른 블랙홀로 이동할

것이다. 결혼식을 포함하여 십오년의 시간은 사라져버린다. 그렇다면 그녀는 결혼하지 않았고 나는 원고를 버리지 않았다. K는 죽지 않았으며 M도 아직 독일로 떠나지 않았다. 내 편지는 아직 쓰여지지 않고 있다. 그리고 그날의 다음날이 바로 오늘로 이어지기 때문에 나는 원고가 든 가방을 들고 은숙을 만나러 갈 수 있다. 강물로 던져버렸던 푸른 별을 다시 건져내 다른 가방에 담을 수도 있게 된 것이다.

J로부터는 내일 오전이 되어야 도착 소식을 들을 수 있을 것이다. 고도 1만 미터 상공의 J와 나는 완전히 단절돼 있다. 나는 지금 이 세상의 시간과도 단절돼 있는 것 같다. 내 인생의 모든 날과도 단절돼 있다. 오늘밤의 시간은 내 인생의 어디에도 속하지 않는 예외적인 미지의 시간이다. 날은 점점 어두워져가고 있다. 봄밤이 신비로운 빛으로 거리를 감싼다. 골목 깊숙이 꽃향기가 가득 차 있고 별들은 차갑고도 명료하다.

내 입에서 시가 흘러나올 때마다 내 가슴은 자꾸만 아파온다. 내 눈에서 흘러내린 뜨거운 눈물이 발밑으로 떨어지며 사랑의 종말을 애도한다. 술에 취해 오줌을 누러 나온 친구들의 입김으로 골목 안은 눅눅하다. 티셔츠에

어지럽게 그려져 있던 높은음자리표가 비틀거리며 끊임없이 허공으로 올라간다. 어느 술집에선가 술잔이 깨지고 여자의 숨죽인 울음소리 너머에서 누군가 떨리는 목소리로 노래를 부른다. 누군가는 구석에서 붉은 펜으로 띄어쓰기 없는 편지를 쓰고 싸움이 끝난 친구들은 골목에 쭈그리고 앉아 담배를 나눠 피우다가 어느덧 함께 하늘의 별을 올려다보고 있다. 유리 가가린의 아름답고 불안한 청춘도 거기 함께 있다. 1992년 봄밤, 우리의 귀환지점 리버 쎄느에서 쓴다.

의
심
을

찬양함

———

1

동반석은 네 사람이 마주보게 돼 있는 자리였다. 할인
폭이 크기 때문에 모르는 여행객끼리도 기차표를 공동구
매하는 일이 많았다. 그 과정은 대개 인터넷을 통해 이루
어졌다. 유진은 십오분째 개찰구 앞에 서서 나머지 세 사
람을 기다리는 중이었다. 티켓이 한장으로 발행되는만큼
탈 때와 내릴 때에는 네 사람이 함께 움직여야만 했다. 한
번도 본 적 없으며 또한 앞으로 다시 볼 일도 없을 일회용
여행 동반자들인 셈이었다.

올리브색 야구캡을 쓴 한 남자가 유진에게 다가와 물
었다. P시로 가는 동반석 끊으셨나요? 얼마 안 가 한껏 멋
을 부린 두명의 여고생이 부산하게 도착하더니 나란히 서
있는 유진과 남자를 향해 똑같은 질문을 던졌다. 혹시 동

반석 끊으신 분들이세요? 네 사람은 포장된 선물세트처럼 함께 개찰구로 들어섰다.

남자는 창가자리를 유진에게 양보했다. 마주보는 자리에는 여고생들이 앉았다. 자리를 잡자마자 떠들어대기 시작했으므로 그들의 행선지가 P시에서 열리는 일본가수의 콘서트장이란 건 쉽게 알 수 있었다.

통로 건너편에 있는 또 하나의 동반석에는 젊은 부부가 여자애 둘을 데리고 앉아 있었다. 똑같은 분홍 스웨터에 모직 주름치마를 입은 쌍둥이 자매였다. 다리를 흔들지 말라고 주의를 주던 엄마가 쌍둥이의 발에서 똑같이 리본 달린 구두를 벗겨냈다.

출장 가세요? 남자는 유진의 정장 차림에 눈길을 주었다. 아뇨, 친구 결혼식에요. 가방 안에서 책을 꺼내려던 유진은 얼굴도 돌리지 않고 짧게 대꾸했다. 남자 역시 더이상 말을 붙이지 않았다. 남자가 크로스 가방에서 책을 꺼내 받침대 위에 올려놓았을 때 유진의 얼굴에 난감한 표정이 스쳐갔다. 자신이 꺼내려던 것과 같은 책이었다. 책을 도로 가방에 집어넣은 뒤 유진은 등받이에 몸을 기대고 처음으로 흘끗 남자의 옆얼굴을 바라보았다. 남자가 그 책을 어디에서 샀는지 어쩐지 그것이 궁금했다.

난 쌍둥이를 보면 언제나 재수가 좋더라. 여고생 중 한명이 말했다. 달걀 한알에서 노른자가 두개 나오는 거 봤어? 그리고 밤껍데기 속에 쌍동밤이 들어 있을 때도 있거든. 그거 좋은 일 생길 징조래. 그래? 난 횡단보도 건널 때 흰 선만 밟고 가는데. 그러면 진짜 재수 좋대. 아냐. 기차 건널목에서 신호에 걸릴 때 있잖아. 그때 지나가는 기차를 보면 행운이 온다던데? 그건 기차가 다 지나갈 때까지 기다리기 짜증나니까 누가 지어낸 얘기 아닐까.

행운을 가져다주는 징조에 대한 여고생들의 수다는 기차가 출발한 뒤까지 계속 이어졌다.

깜빡 잠이 들었던 유진은 안내방송 소리에 눈을 떴다. 통로 건너편에서 쌍둥이들이 내릴 준비를 하기 위해 구두를 찾아신느라 수선을 떨고 있었다. 기차가 다시 출발했을 때 건너편의 네 좌석은 텅 비었다. 등받이를 뒤로 젖혀 고개를 기댔지만 유진은 다시 잠들 수 있을 것 같지 않았다.

S의 결혼식은 내일이었다. 마지막 미혼의 밤을 함께 보내자는 전화를 받고 가장 먼저 떠오른 것은 S와 자주 만났던 대형서점이었다. 그곳에서 지금 옆자리 남자가 읽고 있는 책을 샀다. 오피스텔이 밀집한 신도시의 한 건물에 살고 있을 무렵이었다.

2

유진이 까페에 들어선 것은 약속시간이 되기 조금 전이었다. 남자는 먼저 와서 기다리고 있었다. 구석자리에 앉아 있었지만 남자의 모습은 금방 눈에 띄었다. 며칠 전 보았을 때는 양털깃이 붙은 갈색 무스탕 안에 미국대학의 로고가 새겨진 후드티를 입어 미소년 같은 인상이었다. 깔끔한 검은 재킷에 올리브색 셔츠로 갈아입은 남자는 약간 달라 보였다. 단정하긴 했지만 어딘지 시니컬하고 어두운 인상을 풍겼다.

이상한 것은 유진이 다가가서 앞에 설 때까지 아무런 표정의 변화도 보이지 않는다는 점이었다. 마치 유진을 알아보지 못하는 것처럼 남자는 눈의 촛점을 다른 데에 두고 있었다.

유진은 굳이 불쾌함을 숨기지 않은 태도로 남자에게 말을 건넸다.

"혹시 저를 만나러 나오신 거 아닌가요?"

남자는 고개를 들더니 한동안 멍한 표정으로 유진을 올려다보았다. 손목시계를 힐끗 본 뒤 남자가 말했다.

"십분 일찍 오셨군요."

"그게 잘못되었다는 말씀 같네요."

"아닙니다. 정확한 시간에 오지 않았기 때문에 제가 알아보지 못했다는 뜻입니다."

"그럼 십분이 지나 저를 알아보실 때까지 다른 자리에서 기다리죠. 서로 모르는 사람끼리 마주앉아 있을 이유는 없잖아요."

남자가 여유로운 태도로 고개를 약간 끄덕였다.

"이유진 씨 말이 맞아요. 우리는 서로 모르는 사람입니다."

"모르는 사람이 제 이름은 어떻게 알죠? 이곳에서 십분 뒤에 약속이 있다는 건요?"

"형에게 들었습니다."

"댁하고도 십분 뒤에나 아는 사이가 될 것 같은데, 형이라니요?"

"이유진 씨가 만나러 온 사람이 바로 제 형이에요."

이어서 남자가 덧붙였다.

"저는 쌍둥이 동생입니다."

남자의 얼굴에는 양해를 구하는 듯 예의바른 표정이 떠올라 있었다. 그것은 수없이 반복되어온 거짓말을 할 때의 표정 같기도 했다.

"형한테 갑자기 급한 일이 생겨서 좀 늦어진다구요. 대신 가서 그 말을 전해달라고 부탁하더군요. 이유진 씨 전화번호를 모르니까 달리 연락할 방법이 없다고 말이죠. 마침 제 사무실이 이 근처예요."

남자가 가볍게 웃어 보였다.

"예상치 못한 일에는 누구나 방어적이 되죠. 하지만 불쾌하게 생각하실 일은 아닙니다."

"두 사람이 일란성 쌍둥이라는 건가요?"

"DNA가 똑같죠. 각자의 자식들에게도 똑같은 DNA를 물려줘야 할 운명이구요. 잠옷 차림으로 자고 있을 때는 부모님조차 구별 못합니다. 하지만 움직이고 말하기 시작하면 가까운 사람들은 대개 알아봐요. 사는 방식을 통해 각자 정체가 드러난다고나 할까요. 공장에서 똑같이 출고되는 자동차도 주인에 따라서 각기 다른 물건이 되는데, 뭐 당연한 일 아니겠어요?

한개의 알에서 태어났지만 형하고 나는 아주 다른 인간이에요. 부모님이 똑같은 얼굴을 가진 천사와 악마 같다고 말한 적도 있어요. 사춘기때 이야기긴 하지만."

유진의 생각에 남자의 용건은 이미 끝나 있었다. 왜 자리를 뜨지 않고 개인적인 이야기를 늘어놓는지 이해할 수 없었다. 그리고 굳이 스스로 주장할 필요 없이 이 순간 자신이 만나러 온 남자와 이 남자가 다른 사람이길 바라는 건 누구보다 유진 자신이었다. 그러나 남자는 쉽게 일어 설 기색이 아니었다.

"사람들은 머릿속에 갖고 있는 자기만의 정보해석체계, 즉 사고회로를 통해서 닥쳐온 일을 판단하고 취사선택하게 돼 있습니다. 그런데 그 사고회로는 철저히 주관적인 기억의 질서에 의해 만들어지죠. 객관적 사실과는 거리가 있다는 얘깁니다. 그렇기 때문에 세상에는 짐작과는 다른 일들이 짐작보다 훨씬 많아지는 거죠. 제 말에 대해 어떻게 생각하세요?"

"글쎄요. 관심없는 얘기라서."

"다시 말씀드리죠. 인간이 가진 오감과 뇌의 용량을 생각해보세요. 의식하든 못하든 우리가 일상에서 제공받는 정보는 엄청난 양입니다. 인간은 자신의 생각보다 훨씬 많은 것을 알고 있어요. 하지만 아는 것을 모두 기억한다면 삶을 통제할 수가 없겠죠. 그렇기 때문에 자신의 사고회로에 적합한 것만을 선택적으로 받아들이는 겁니다. 그렇게 만들어진 것이 바로 기억의 질서예요. 일종의 판단 매뉴얼인 셈이죠.

그런데 그 매뉴얼이 극히 주관적이고 부분적이라는 데 문제가 있어요. 매뉴얼로 해석할 수 없는 일이 일어났을 때 인간은 대개 우연이라는 말로 뭉뚱그려버리지만, 사실 세상의 모든 일에는 필연적인 인과관계가 있는 법이에요. 그 인과관계를 알아낼 수 있는 정보가 기존 매뉴얼의 질서에 적합하지 않아 누락되어 있었던 것뿐이죠."

"그러니까 제가 지금, 자신은 알지 못하는 어떤 인과관계에 개입돼 있다는 말을 하려는 건가요? 꽤나 어렵게 말씀하시네요."

"당신은 형을 만난 것이 우연이라고 생각하시죠? 더 자의적인 표현을 빌려, 혹시 운명적 만남이라고 생각하진 않았나요?"

"그럼 그게 무슨 과학적 현상이라도 된다는 말인가요?"

불쾌한 대화가 끝나기를 바라는 마음에 잠자코 듣고 있었지만 남자의 무례함이 정도를 지나쳤다고 여겨졌다. 유진은 허리를 꼿꼿이 세우며 자세를 고쳐 앉았다.

"당신 말대로라면 인간은 무의식적으로 자신에 대해 엄청난 양의 정보를 노출하고 다닌다 그거죠? 나 또한 나에 대한 것을 누구에게 얼마나 알리고 다녔는지 짐작조차 할 수가 없겠군요. 같은 동네에 살거나 같은 직업이라거나 취미 또는 행동반경이 비슷하거나, 어쨌든 내가 모르는 사이에 많은 장소에서 수많은 사람들과 마주쳤을 테고, 상대는 자의적 기준에 의해 그 정보를 걸러내서 기억의 회로인지 질서인지에 담아두고 있다 이런 얘긴가요? 나를 알아보지 못하긴 했지만 당신은 나에 대해 생각보다 많은 걸 알고 있는 모양이군요. 어디 한번 들어보죠. 나에 대한 무작위적이고 방대한 정보 가운데 당신이 뭘 선택했는지.”

갑자기 남자는 카운터를 향해 몸을 돌리더니 손짓으로 종업원을 불렀다. 하지만 유진의 짐작과 달리 주문을 하는 것은 아니었다. 자신이 부를 때까지 대화를 방해하지 말아달라고 당부하는 남자에게 종업원 청년이 물었다. 더 오실 손님이 계신가요? 남자는 잠시 뭔가 생각하더니 아니라고 대답했다. 청년은 무슨 말인가를 더 묻고 싶은 눈치였지만 남자의 냉랭한 태도에 위축되어 순순히 인사를 한 뒤 되돌아갔다.

쌍둥이 형이 오게 돼 있지 않느냐고 물으려던 유진 역시 입을 다물었다. 남자가 예상한 질문을 하면 그의 페이스에 말려들지도 몰랐다.

“며칠 전 택배회사에서 당신에게 사과 한상자를 배달했어요.”

남자가 이야기를 시작했다.

“당신은 사과를 주문한 적이 없었지만 이름과 주소가 분명 당신의 것이었기 때문에 그것을 받았습니다. 누군가 새해 선물로 보냈을지도 모른다고 생각했겠죠. 그래서 사과를 먹었구요. 그런데 다음 날 한 남자가 당신 오피스텔의 벨을 누른 겁니다. 누군지 아시죠?"

"당신도 아는 사람인가요?"

남자는 유진이 비아냥거리는 데에 아랑곳하지 않았다.

"형이었어요. 형은 잘못 배달된 사과상자가 있는지 물었고, 이미 그것을 개봉한 당신은 몹시 당황했겠죠. 하지만 형은 전혀 무례하거나 위험한 사람 같아 보이지 않았어요. 오히려 반대였을 겁니다. 대개 여자들의 호감을 사니까요. 형은 키가 크고 순진해 보이는 용모에다 옷차림도 세련되었지요. 지적인 분위기를 풍기고, 한마디로 당신이 원하던 타입의 남자였다고 할까요.

추운 날씨라서 당신이 현관으로 들어오기를 청하자 처음엔 예의바르게 사양하기까지 했어요. 당신이 권하는 대로 의자에 앉은 뒤에는 차 대신 사과를 원한다며 유머감각을 과시했구요. 당신이 사과하며 변상하겠다고 말하자, 사과를 받았으니 또 사과를 돌려받을 필요는 없다고 또 한번 애플과 애폴로지의 중의법을 써가며 유쾌하게 대꾸했어요.

길지 않은 만남이었지만 당신은 얘기하는 동안 형과 통하는 점이 많다고 생각했을 겁니다. 현관 벽에 기대져 있던 자전거를 보고 형은 자신이 산악자전거를 타고 여행했던 수많은 장소에 대해 말하기 시작했어요. 여행을 좋아하는 당신은 매우 흥미롭게 경청했구요. 벽에 걸려 있던 마티스의 그림에 대해서도 마찬가지였죠. 형은 혹시 샌프란시스코 미술관에 간 적 있냐고 물었고, 당신은 바로 그곳의 기념품 코너에서 산 포스터라며 신기해했어요. 그 미술관 야외 까페에서의 멋진 브런치를 잊지 못한다고 하면서요. 그러자 형은 그곳이야말로 자신이 가장 좋아하는 장소 중 하나였다며 그 지역에서 학교를 다녔다고 말했지요.

그때 형의 핸드폰이 울렸던 걸 기억하겠죠. 벨소리가 당신의 것과 똑같은 존 레논의 노래였어요. 그뿐 아닙니다. 당신이 사과를 깎고 형이 그것을 포크로 찍었을 때 당신들은 둘 다 왼손잡이란 걸 알아보았습니다. 또 두 사람은 사수자리라는 것도 같았고, 똑같은 플래너노트를 갖고 있었죠. 그 노트 시리즈가 헤밍웨이나 피카소도 썼던 브랜드라는 이야기도 나눴어요.

형은 적당한 시간에 일어났습니다. 그리고 현관을 나가며 이렇게 말했어요. 제가 가끔 가는 아이리시 펍이 있는데, 같이 한번 안 가실래요. 또 카레를 좋아한다면 그 옆의 인도 식당에서 저녁을 대접하고 싶다고도 했지요. 그 까페와 인도 식당 모두 당신이 좋아하는 장소였어요.

공교로운 일이 일어났을 때 사람들은 생각하지요. 이게 단순한 우연일까, 아니면 운명적인 메씨지일까. 당신은 두번째를 택한 겁니다. 그날 일어난 일만으로 형이 당신의 운명적 상대라는 최면을 걸기에는 충분했으니까요."

유진이 대꾸하려 했지만 남자는 계속 자신의 말을 이어갔다.

"왜 사과상자가 잘못 배달되었는지는 형에게 들었겠지요? 당신이 사는 에버빌 오피스텔은 A동과 B동, 두 동이 있어요. B동이 생기기 전까지 A동의 주소는 알파벳이 붙지 않고 그냥 에버빌 오피스텔이었어요. 동을 적지 않은 우편물이 무조건 A동으로 배달되는 건 그 때문이에요. 당신은 A동 805호에 살고 있고, 형의 집은 B동 805호지요. 형이 주문할 때 주소를 그냥 에버빌 오피스텔이라고 입력했기 때문에 사과상자는 당신 집으로 배달된 겁니다.

당신은 남의 사과를 이미 먹어버렸다는 데 당황했고, 그리고 이것이 더 큰 이유일지 모르지만, 형이 마음에 들었기 때문에 약간 냉정함을 잃었던 것 같더군요. 사과상자에 붙어 있는 배송표를 확인했겠지요? 주소는 그렇다 쳐도 이름까지 같은데 이상하지 않았나요?"

"당신 형이 내 이름과 주소를 미리 알고 있었다고 말하려는 건가요?"

"혹시 최근에 또 어디에선가 이유진이란 이름을 본 기억이 없습니까?"

물론 유진은 기억하고 있었다.

유진의 짐작에 모든 일은 S를 만났던 지난 연말의 어느 오후로부터 시작된 것이었다. 약속 장소는 광화문의 한 대형 서점이었다. 새해 연휴를 혼자 보내야 하는 유진은 소설책과 산문집 두권을 샀고 S는 『점성술로 보는 새해 운세』를 골랐다. 둘은 문구 코너를 지나다가 세일 중인 플래너노트도 한권씩 샀다. 그런 다음 점심을 때우기 위해 서점에 붙어 있는 패스트푸드점으로 갔다.

남자 친구와 스키장으로 떠날 계획에 들떠 있던 S는 연방 큰 소리로 떠들어댔다. 둘은 새해 소원에 대한 이야기도 나누었다. 남자친구가 생겼으면 좋겠다는 유진의 말에 S가 호들갑스럽게 손뼉을 쳤다. S와 유진은 동갑에다 둘 다 십이월생 사수자리였다. 조금 전에 책을 사면서 들춰봤는데 그 나이의 사수자리는 일월에 운명적 상대를 만난다는 거였다.

그날 유진이 샀던 산문집의 번역자 이름이 이유진이었다. 유진이 자신과 같은 이름을 발견하고 흥미를 느낀 것은 이상한 일이 아니었다. 학창 시절 유진은 새 학년으로 바뀌었을 때 거의 언제나 같은 반에서 자신과 같은 이름을 발견할 수 있었다. 아는 사람이 많지 않은 집단에서 공통점이 있다는 것은 일단 관심과 호의의 이유가 되기에 충분했다.

"당신은 이유진이라는 이름이 남자 이름이라고는 전혀 생각하지 못했을 겁니다. 당신이 가진 주관적인 기억의 질서에 의하면 유진은 여자 이름이죠. 하지만 형과 나는 부모님의 유학 시절 미국에서 태어났어요. 그곳에서는 유진이 남자 이름이에요. 유진 오닐이라든가 유진 레비, 유진 스미스, 잘 생각해보면 언젠가 당신도 그 이름이 남자 이름이라는 정보를 접한 적이 있을 것입니다. 다만 당신이 가진 주관적인 기억의 질서가 그 데이터를 선택하지 않았던 거죠."

"자기 이름에서 자기 자신을 연상하는 걸 주관적인 판단이라고 하나보죠?"

"흑백논리가 아닙니다. 부분과 전체의 문제예요. 세상에 이유 없는 일은 일어나지 않습니다. 눈에 보이지 않지만 세상은 철저히 질서가 지배하고 있어요. 그렇기 때문에 합리적인 예측이 가능한 것이구요. 통계학에서는 우연히 일어난 것처럼 보이는 일이 사실은 필연적 결과라는 걸 숫자로 증명하죠. 샘플의 숫자가 커지면 극히 일어나기 어려운 일도 의외로 쉽게 일어날 수 있습니다. 예측을 많이 하면 할수록 하나라도 맞을 확률이 높기 때문에, 되도록 많은 예측을 하게 유도하는 것은 초능력자들이 흔히 사용하는 속임수지요."

"제 말씀은요, 이유진이 남자라는 사실을 간과한 것과 그것이 무슨 관계가 있냐는 거예요."

"당신 이름도 이유진이고 옆동의 같은 주소에 사는 사람도 이유진이고 그날 당신의 책상 위에 놓인 책의 번역자 이름도 이유진입니다. 이런 것이 어떻게 우연이 될 수 있죠?"

"바로 그렇게 공교롭기 때문에 우연이라고 말하는 거 아닌가요?"

"우리는 우연한 일에 의미를 둡니다. 누군가와 생일이 같다거나, 혹은 똑같은 옷을 입고 있다거나, 계속해서 같은 음악이 흘러나온다거나, 내 생각이 어느 책 속에 그대로 나온다거나, 다른 사람과 동시에 똑같은 말을 한다거나, 또는 시계를 볼 때마다 같은 숫자가 겹친다거나, 뭐 그런 것들 말이죠. 그러나 확률이 낮을 뿐 그런 일들은 일어나게 되어 있는 일입니다.

문제는 사람들이 거기에 특별한 의미가 있다고 생각하고 싶어한다는 거죠. 그런 식으로 우연의 일치를 검출하는 기술은 자연선택을 통해 지속적으로 연마돼왔어요. 여러 사건들 사이의 의미 있는 상관관계를 찾아내는 능력은 인류에게 중요한 생존의 잇점을 제공했을 테니까요. 당신 경우도 예외가 아니죠. 우연이 반복된다고 생각하고 거기에 운명적이라는 의미를 둔 거잖아요."

"당신은 그 필연적인 인과관계란 걸 어떻게든 찾아내겠다는 거고 말이죠."

"형이 당신에 대해 미리 많은 정보를 파악했다면 당신과 자신 사이에 우연이 겹치는 것처럼 꾸미기는 별로 어려운 일이 아니었을걸요. 결론적으로, 당신이 생각하는 운명 같은 건 존재하지 않았습니다. 신은 주사위 놀이를 하지 않는다는 과학자의 말을 알고 있겠죠."

"그 문제라면, 신이 주사위 놀이를 한다는 걸로 결론이 나지 않았나요? 물론 안 한다는 주장도 여전히 유효하구요. 하지만 하기도 하고 안 하기도 한다는 것은, 한다는 뜻이죠. 당신 말대로 부분과 전체의 문제 아니겠어요? 나도 과학자들을 믿어요. 과학자들은 계속 새로운 것을 밝혀내 인과관계를 규명해내요. 하지만 계속 뭔가가 새로 밝혀진다는 말은, 이 세상에는 아직 밝혀지지 않은 것이 그만큼 많다는 뜻도 됩니다. 우리가 믿게 돼 있는 것은 최근에 밝혀진 규칙일 뿐 절대적인 규칙이라고는 할 수 없잖아요?"

"규칙에 의해 판단하고 대비하지 않으면 세상은 혼란에 빠집니다. 되는대로 살라는 겁니까? 규칙에 의한 분석과 예측이 있기 때문에 일기예보나 교통정보, 마케팅, 범죄수사 같은 게 가능해져요. 또한 예술은 사람들이 사고하는 일정한 패턴을 배반함으로써 긴장을 만들어냅니다. 모두가 예상하는 패턴과 어긋날 때에 농담이 성립될 수 있듯이 말이죠."

"언젠가 차를 타고 가는데 하도 길이 막혀서 경찰서 교통과에 전화를 걸어 이유를 물어본 적이 있어요. 명쾌해요. 차량이 많아서라고 하더군요. 우연히 차가 많았던 것뿐이라고 말이죠. 범죄도 마찬가지예요. 학자들은 으레 무슨무슨 성격장애와 가정문제와 사회비관 등에서 원인을 찾는데, 현실에서는 아무 이유 없이 저지르는 무작위 범죄가 점점 늘어나고 있지 않나요? 거기에다 규칙을 적용하는 건 의미가 없을 텐데요."

"합리적으로 사고하지 않으면 늘 인생에 속게 됩니다. 당신처럼요."

"속은 거라구요? 이런 말 하기는 미안하지만, 지금까지 당신이 내게 한 이야기 가운데 쌍둥이란 것만 뺀다면 내가 몰랐던 사실은 하나도 없어요."

"형의 고의성 같은 것도 말인가요?"

"그 고의가 바로 내가 원하던 내용이었다면요?"

유진은 턱을 조금 앞으로 내밀었다. 그리고 긴 이야기를 꺼내기 전에 가볍게 목을 가다듬었다.

"당신이 나에 대해 잘못 판단하는 것도 무리는 아니지요. 누락된 정보를 살려내서 나라는 존재를 재구성하고 판단해보려고 애썼지만, 당신은 무엇보다 나 같은 사람의 머릿속을 이해하지 못해요. 당신이 파악하고 있는 규칙대로 따르지 않는 종류의 인간이랄까요. 나는 주소에다 이름까지 같을 수 있다는 걸 쉽사리 수긍할 만큼 성급한 사람은 아닙니다. 사람의 얼굴을 기억하는 눈썰미도 있어요.

서점에서 책을 고를 때 나는 내 등뒤에 서 있던 당신 형의 존재에 대해 알고 있었어요. 나와 내 친구가 서가에서 비켜날 때까지 한참이나 묵묵히 기다리고 있더군요. 일단은 나와 관심분야가 같은 사람이구나 생각했고, 또 다른 사람들처럼 나를 밀쳐내고 자신이 찾는 책을 집어갈 만큼 무례하지 않다는 데에 호의를 느꼈죠. 계산대로 가기 위해 몸을 돌리면서 나는 곁눈으로 흘끗 그 사람의 얼굴을 보았어요. 그랬으니 친구와 조각 치킨을 먹고 있을 때 혼자 건너편 앞자리에 와서 앉는 게 그 남자라는 것도 알아보았겠지요. 당신 짐작과 달리 실은 내 쪽에서 당신 형을 훔쳐보며 관찰한 거예요.

우리 얘기를 듣는 것 같지는 않더군요. 생각에 잠겨 조용히 햄버거를 씹을 뿐이었으니까요. 당신은 당신 형이 나에 대한 정보를 알고 대비를 했기 때문에 내가 호감을 느낀 것처럼 말하는데, 그것은 모든 일에 인과관계가 있다는 당신 생각의 블라인드 포인트예요. 아시겠어요? 굳이 그따위 공통점들이 없었어도 나는 이 자리에 당신 형을 만나러 나왔을 겁니다. 당신은 이해하지 못하겠지만 그런 것은 첫눈에 이미 결정이 되는 거예요.”

“당신이 형에게 호감을 가졌다면 뭔가 이유가 있겠죠. 자기가 알고 있는 누군가와 닮았다든가, 뜻밖의 친절을 베풀었다든가.”

“정작 세상을 이끌어가는 것은 이유 없이 생겨나는 일들 아닌가요? 모두가 예측할 수 있는 범주 안에서 생기는 일들은 인생이라고 할 수도 없죠. 우리가 계획을 세우는 동안 발생하는 우연이 바로 그 사람의 인생이라는 존 레논의 말을 당신이 들어보았는지 모르겠군요.

당신 형은 계획적이지 않았어요. 문 밖에 서 있는 당신 형의 얼굴을 보았을 때 내가 왜 그렇게 놀랐다고 생각해요? 맞아요. 서점에서 우연히 스쳤을 뿐인데도 며칠 동안 머리를 떠나지 않던 남자가 옆동에, 그것도 같은 호수에 살고 있다는 것이 흔한 일은 아닌 거죠.

하지만 이름까지 같다는 데에는 아닌 게 아니라 미심쩍은 마음이 들더군요. 당신 형이 일부러 내 주소와 이름을 알아내 사과를 배달시킨 뒤 그것을 빌미로 찾아온 게 아닌가 의심하기 시작했어요. 그날 친구가 큰 소리로 떠들어대던 것도 마음에 걸렸구요. 당신 용어를 빌리자면 정보를 너무 많이 뿌려댄 셈이지요. 패스트푸드점에서 곧바로 집으로 돌아왔기 때문에 뒤를 밟았을 수도 있고, 아니면 처음부터 나를 알고 있었을지도 모른다는 생각이 들더군요."

"바로 그겁니다. 당신이 살고 있는 곳은 오피스텔이 밀집한 지역입니다. 그렇게 많은 사람들이 살고 있는데도 거리에는 사람의 모습이 거의 보이지 않아요. 철저히 이웃과는 격리되어 있는 시스템이라는 겁니다. 대신 곳곳에 폐쇄회로 카메라가 있어 통제되고 관리를 받지요. 당신이 절대적인 단독자라고 느끼는 그 순간에도 누군지 모르는 수없이 많은 이웃과 함께 시공간을 공유하고 있다는 뜻입니다.

샘플의 숫자가 커지면 일어나기 어려운 일이 쉽게 일어난다고 말씀드렸죠. 가령 당신과 같은 날 생리대를 구입하는 여자를 동네 슈퍼에서 만나는 일은 우연으로 보이지만, 대형마트에서는 그런 일이 흔하게 일어납니다. 당신이 사는 오피스텔 밀집지역 전체가 동네라기보다 창고형 대형마트에 가까워요.

형은 당신과 코인 세탁소나 편의점이나 맥줏집이나 부동산 사무소나 아이스크림 가게, 카센터 그 어디선가 마주쳤을 거예요. 당신이 자전거를 타고 갈 때 길을 비켜주었을 수도 있고, 길 건너 카레 식당에서 같은 음식을 주문하다가 눈길이 마주쳤을 수도 있고, 또 같은 시각에 약속이 있어 지하철역까지 앞뒤에서 걸어갔을 수도 있어요. 어쩌면 당신 쪽에서도 한두번 형을 보았을 테고, 그에 따른 기시감이 첫눈에 형에 대한 호감을 느끼도록 작용했을 겁니다."

"그럴 수도 있겠죠. 벨소리를 맞추거나 나와 같은 사수자리라고 밝히거나 내가 좋아하는 술집, 또 왼손잡이를 가장하는 건 친구가 큰 소리로 떠들어서 얻은 정보 덕분이라고 쳐요. 게다가 한동네에서 마주쳤던 사이라면 자전거를 타는 것이나 카레를 좋아하는 식성 같은 걸 알았을 가능성도 있겠지요. 하지만 구태여 사과를 잘못 배달시킬 필요까지 있었을까요. 언제 어디에서 말을 걸었든 나는 당신 형과의 대화를 거절하지 않았을 텐데요."

"잘못 배달된 우편물을 찾으러 갈 만큼 상황이 자연스

럽지는 않았겠지요. 처음 보는 남자를 집안으로 들어오게 해서 사과를 깎아줄 가능성은 더 적어지구요."

"그 점이 바로 당신 같은 사람과 내가 다른 점이에요. 나는 오히려 앞뒤가 너무 딱 들어맞는 것에 대해 의심을 품어요. 그날 일어난 일이 바로 그랬죠. 흔히 일어날 수 없는 일인데도 모든 상황이 너무나 자연스럽고, 당신 형의 태도에도 어색한 점이 전혀 없었어요. 사실은 그것이 나의 의심을 불러일으켰어요. 뭐야, 이건 지나치게 자연스럽게 내가 원하는 방향으로 가고 있잖아, 뭔가에 말려드는 느낌인데…… 이런 미심쩍은 기분 말이죠. 내가 결국 어떻게 했을 것 같은가요?"

"형을 운명적 상대로 만들고 싶어 그냥 속아주었나요? 바넘 효과 말입니다. 자신조차 납득할 수 없는 점괘에다가 현실을 억지로 갖다 붙이려는 나이브한 사람이 많으니까요."

"나는 당신 형에게 직접 물어봤어요. 혹시 패스트푸드점에서 나를 뒤따라와 내 우편함 같은 걸 슬쩍 엿본 건 아닌지…… 물론 용기가 필요했죠. 누가 보든 스토킹을 당할 만한 조건을 갖춘 사람은 당신 형이지 내가 아니니까요. 하지만 여러번 말했듯이, 나는 규칙에 딱 들어맞지 않는 것이 바로 인생이라고 생각하는 타입이거든요."

"나라면 그렇게 하지 않았을 겁니다. 형이 모든 것을 솔직히 털어놓을 리가 없어요. 남을 속이는 데엔 아주 익숙한 사람이죠."

"당신 형은 내게 A동 805호에 또 한 사람의 이유진이 살고 있다는 걸 어떻게 알게 되었는지 말해주더군요. 당신 형과 나는 조금 전 당신이 인과관계라는 눈으로 재구성한 그런 대화만 나눈 게 아니에요. 당신은 마치 모든 걸 알고 이 자리에 나온 듯이 행동하지만, 틀렸어요. 당신과 나, 그리고 당신 형이 알고 있는 기억의 정보가 모두 다를 수밖에 없다는 건 당신 스스로 주장한 내용이죠. 기억이란 것은 DNA처럼 고지식하지 않잖아요."

"마치 나보다 형을 더 잘 아는 것처럼 말하는군요. A동 805호의 이유진에 대해 형이 어떻게 알게 됐다고 말했는지 한번 들어나보죠."

"어느날 당신 형은 술을 몇잔 마시고 운전을 해서 오피스텔로 돌아왔어요. 오피스텔 주차장에 차를 세우고 다시 나가 또 술을 마셨다고 하더군요."

"형은 알코올릭이에요."

"그런데 다음 날 주차장에 내려가보니 차가 사라진 거예요. 낯익은 로고가 찍힌 오피스텔 주차장으로 들어온 게 분명히 기억나는데 아무리 찾아도 차를 발견할 수가 없었지요. 도난 신고를 했지만 며칠이 지나도록 아무런 연락을 받지 못했다더군요."

"그 일이라면 나도 잘 알고 있어요."

"당신 형은 며칠 후에 또다시 술을 마신 뒤, 이번에는 택시를 타고 집에 돌아오는 중이었어요. 주머니 속에 손을 넣었다가 핸드폰이 없다는 걸 알았지요. 술집에 두고 온 것 같아 다시 그 술집으로 택시를 돌려달라고 말했어요. 그런데 택시기사와 심하게 말다툼을 하게 됐어요. 기사가 당신 형을 만취한 사람 취급하며 함부로 대하고 모욕을 주었기 때문이죠."

"형이 주먹질로 사고를 친 건 하루이틀 일이 아닙니다."

"당신 형은 도중에 택시를 멈추게 한 뒤 내려버렸고, 화가 난 운전사는 욕을 하며 곧장 차를 출발시켰어요. 지갑을 택시에 놓고 내렸다는 걸 차가 출발한 직후 알아챘구요. 급히 손짓을 해봤지만 소용없었어요. 당신 형은 택시를 뒤따라 뛰어가며 번호판을 보았고 신고를 하기 위해 주머니 속에서 휴대전화를 찾았지요. 물론 핸드폰은 없었어요. 정말로 재수가 없는 날, 근데 그 정도가 아니었어요. 마치 수많은 차량이 달리는 고속도로에서 운전을 하다가 갑자기 알지 못할 공포에 휩싸여 그대로 운전대를 놓고 도망치고 싶어지는 기분 같았다고 하더군요."

"자신이 때때로 공황장애를 일으킨다는 말은 안하던 가요?"

유진은 잠시 말을 멈췄다. 그 얘기를 전하던 때의 남자의 표정이 생생히 떠올랐다.

택시가 눈앞에서 완전히 사라져버린 뒤 그는 그제야 걸음을 멈추고 주위를 둘러보았다. 길도 건물도 모두 낯설었다. 자신이 어디에 있는지 전혀 가늠할 수가 없었다. 늦은 시각이라 거리는 무섭도록 한적하고 어두웠다. 저 멀리로 드문드문 불이 켜진 고층 아파트단지가 정체를 알 수 없는 성채처럼 묵직하게 버티고 있을 뿐이었다. 방위조차 짐작할 수 없었던 그는 무작정 택시가 사라진 방향을 향해 걸음을 옮기기 시작했다. 핸드폰이 없어 누구에게 도움을 청할 수도 없었다.

도시생활이 몸에 밴 그에게 그것은 너무나도 낯선 상황이었다. 일상의 바로 한겹 뒤에 그처럼 고립된 상황이 잠복해 있다는 사실이 무엇보다 그를 섬뜩하게 만들었다. 그는 거의 아무 생각 없이 느릿느릿 자동인형처럼 걸었다. 그리고 밤길을 두시간 가까이 걸어서 집으로 돌아오는 동안 점점 자기 몸안이 텅 비어가는 느낌에 사로잡혔다.

"오피스텔에 도착할 즈음에는 완전히 지쳐 있었고 정신까지 몽롱했지요. 그런데 이상한 일이었어요. 주차장을 지나쳐 걸어오는데 거기에 잃어버렸던 차가 돌아와 있는 거예요. 그 순간 누구라도 소스라치게 전율을 느꼈을 테죠. 하지만 당신 형에게는 훨씬 더 강렬했나봐요. 어떤 깨달음이 몸서리칠 만한 실감으로 닥쳐왔다고 말하더군요. 그러니까, 그동안 사라져 있었던 것은 차가 아니라 바로 자신이었다는 것을 말이죠."

"또 한번 말할 수밖에 없는데, 형은 정신적으로 문제가 좀 있어요. 형의 머릿속은 합리적인 규칙을 무시하는 해독할 수 없는 쓰레기들로 가득 차 있어요. 유치하고 맥락이 닿지 않는 이상한 생각들뿐이죠. 물론 정기적으로 약물치료도 받고 있어요."

"나는 당신이 제공하는 정보보다 나 자신의 느낌을 더 믿어요. 당신 용어를 빌리자면, 그 역시 생존의 잇점을 찾아 연마된 기술인가요?"

"어쨌든, 그래서 주차장에 되돌아와 있던 차가 형에게 당신의 존재를 알려주었다는 건가요? 입을 달고 돌아왔나요?"

"사라졌던 차가 되돌아와 있는 걸 본 당신 형은 마치 지치고 피곤한 자신의 존재가 오랜 여행에서 돌아온 듯한 기분이었다고 하더군요. 집으로 올라가는 엘리베이터를 타기 전 습관적으로 그 옆 우편함에 갔고, 이유진 앞으로

온 우편물 몇통을 무심코 꺼냈어요. 그리고 805호로 올라가 현관 키의 번호를 눌렀지요. 하지만 몇번을 눌러도 문은 열리지 않았어요. 당신 형은 열리지 않는 차가운 문에 이마를 대고 잠시 서 있었어요. 그야말로 평소에 겪어보지 못했던 단 하루의 낯선 밤인 거죠.

당신에게는 그런 순간이 없었나요? 뜻하지 않은 낯선 한순간 자신의 존재와 부재 사이의 좁은 틈, 거기에 갇혀버린 듯한 공포스러운 전율을 느낄 때가 누구에게나 있지 않나요? 열리지 않는 문 앞에서 당신 형 역시 우주 미아처럼 돌아올 주소를 영원히 잃어버린 것이 아닌지 불현듯 두려움에 사로잡혔겠죠. 순간적으로 세상에 존재하지 않는 시간과 공간을 만난 셈이니까요."

"수축에 의한 블랙홀을 직접 겪으신 모양이군."

남자가 계속 이죽거렸지만 유진은 상관없이 말을 이어갔다.

"식은땀을 흘리며 당신 형은 손에 든 우편물을 살펴보았어요. 그제야 주소에 적힌 A동이란 글자가 눈에 들어왔어요. 그렇게 된 거예요. 당신 형이 핸드폰을 잃어버린 날 술에 취해 차를 세운 곳은 A동 주차장이었고, 그날 밤 비몽사몽간에 또 한번 A동 오피스텔로 잘못 찾아든 것이지요. 두개의 동이 건축 자재나 구조가 똑같은 쌍둥이빌

딩이기 때문에 서로 다른 건물이란 걸 미처 깨닫지 못했구요.

우편물을 제자리에 돌려놓고 B동으로 돌아오긴 했지만 당신 형은 그날 밤 잠을 이룰 수 없었어요. 그렇다고 일부러 A동의 이유진을 찾아가 만나볼 생각 같은 건 품지 않았어요. 당신 형은 밤에 일어난 일을 낮의 시간으로 끌어내는 어리석은 사람은 아니더군요."

"그래서 당신 말은, 이유진이란 사람이 옆동의 같은 주소에 살고 있다는 것, 사과가 잘못 배달된 것 모두 우연이었다는 건가요? 좋습니다. 두 사람의 이유진까지는 우연이라고 하죠. 당신이 읽고 있던 책의 번역자 이름이 같은 것까지도 우연한 일이라고 생각하나요?"

"그건 당신 형이 돌아간 뒤에 생각이 났어요. 우리가 그 책이 꽂혀 있던 서가 앞에서 처음 마주쳤다는 데 대해 곰곰이 생각해봤지요. 그래서 하는 말인데, 번역자가 혹시 당신 형인가요?"

오랜만에 남자의 입가에 웃음이 떠올랐다.

"그렇게 생각하는 것도 무리는 아니에요. 아마 형이 입고 있는 미국 대학의 후드티를 보고 더욱 그렇게 짐작했을 겁니다."

"아닐지도 모르죠. 책상 위에 그 책이 놓여 있었는데 당신 형은 거기 대해 한마디도 하지 않았어요. 물론 그 책을 못 봤을 가능성도 있겠지만."

"형이 그 책을 못 봤다면, 당신이 이유진 번역의 책을 갖고 있다는 걸 내가 어떻게 전해들었겠습니까? 당신 이야기를 들을수록 더욱 확실해지는 사실이 있군요. 당신은 형을 좋아할 리가 없어요."

유진의 표정이 더욱 싸늘해졌다.

"정말 수고스럽게도 많은 것을 나 대신 판단해주네요, 그것도 정반대로 말이죠. 당신 형을 좋아하지 않는다면 내가 왜 이 자리에 나왔죠?"

"당신은 형을 만나러 온 게 아니라 이유진을 만나러 온 것입니다."

"둘이 다른가요?"

"물론입니다. 이유진은 형이 아니라 내 이름이에요. 번역자도 나예요. 산악자전거와 샌프란시스코의 대학, 플래너노트에 대한 취향, 게다가 티셔츠까지 모두 다 내 겁니다. 형은 인생의 거의 전부를 나와 함께 보냈어요. 수없이 그래왔듯이 이번에도 내 흉내를 낸 것뿐입니다.

부모님 말대로 내가 천사라면 형은 악마였죠. 제멋대로이고 난폭하고 유치하고 무책임해요. 신용불량자이기 때문에 사과를 주문할 때도 내 이름으로 된 신용카드를 사용해야 했어요. 당신이 적대감을 품을 상대는 내가 아니라 형입니다. 바뀌었어요. 당신이 운명적 상대라고 생각한 그 사람이 바로 나예요. 너무 부끄러워하지 않기를 바랍니다."

"똑같이 생긴 사람과 똑같은 대화를 나눈다면 무조건 똑같은 감정을 품게 될 거라고 생각하나보군요. 만약 그날 사과를 찾으러 온 것이 형이 아니라 당신이었다면 나는 절대로 이 자리에 나오지 않았을 거예요.

사람의 마음을 움직이는 건 객관적 정보가 아니에요. 설명할 수 없는 감각과 느낌이라구요. 인간이 오피스텔 밀집지역의 폐쇄회로 데이터 따위로 파악할 수 있는 존재라고 생각하세요? 골방에 틀어박혀 인터넷으로 세상 모두를 검색할 수 있다고 해도 거기에서 삶에 대한 실감은 결코 얻지 못해요. 나는 내가 만나러 온 사람이 올 때까지 기다리겠어요."

"모든 것이 밝혀졌는데요?"

"당신 같은 쌍둥이 동생이 있다는 것 말고는 나를 불쾌하게 만들 만한 새로운 사실은 아무것도 없어요."

"이유진이라고 속인 건 어떻게 하구요?"

"그러고 보니 당신 형이 자신을 이유진이라고 말한 적은 없네요. 당신의 인과관계 분석과는 달리 이유진 행세를 그리 즐기지 않는지도 모르겠는데요? 지금 생각난 건데, 만약 내가 당신 형에게 이유진이냐고 물었다면 당신 형은 쌍둥이 동생의 존재를 밝혔을 테고, 오늘의 이 불쾌한 대화는 생겨날 필요조차 없었겠죠. 이상하게도 나는 그걸 묻지 않았어요. 세상을 움직이는 건 각본과 규칙을 벗어난 뜻밖의 일들이라고 생각하지 않으세요?"

"당신이 기다리건 말건 알 바 아니지만 형은 오지 않을 겁니다. 내가 당신에게 모든 걸 털어놓을 거라고 말했어요."

"당신 형이 아무것도 속이지 않았는데 당신이 뭘 털어놓을 수 있죠? 늦는다고 전해달라는 부탁을 할 때는 쌍둥이라고 밝혀지는 데에 신경 안 쓴다는 뜻 아닌가요?"

"형이 온다고 믿는 모양이죠?"

그렇게 말하며 남자가 갑자기 큰 소리로 웃음을 터뜨렸기 때문에 유진은 몹시 기분이 나빠졌다.

3

S는 아직 응급실에 있었지만 무사히 처치가 끝난 덕분인지 여유 있는 얼굴이었다. 급하게 달려온 유진이 오히려 더 지쳐 보였다. 스키장에서 다친 환자들을 맞아 시골

병원은 우왕좌왕하고 있었다. 리프트 사고인만큼 S와 S의 남자 친구를 합해 환자는 네명이나 되었다. 옷차림이나 대화 내용은 병원에 실려온 환자라고 하기에는 지나치게 수선스러웠다.

S 역시 사고에 대해 쉴새없이 이야기를 늘어놓았다. 아침부터 신발끈이 자주 풀어지는 데에서부터 불길한 조짐이 시작되었다. 매표소와 화장실에서 새치기를 당했고 모자까지 잃어버렸다. 우물쭈물하는 초보를 피하려다 슬로프에서 넘어진 것만도 세번이 넘었다. S의 컨디션을 걱정한 남자 친구가 숙소로 돌아갔다가 야간 스키 때 다시 오자고 했지만 마지막 한번만 더 타겠다고 우겼다. 그렇게 해서 올라탄 리프트에서 사고가 난 것이다.

건너편 침대에 기대앉아 있는 남자 친구를 다정한 눈길로 바라본 뒤 S는 유진 쪽으로 몸을 숙였다. 그러고는 속삭이듯 낮은 목소리로 말했다.

"사수자리가 일월에 운명적 상대를 만난다고 하더니, 그게 맞나봐."

"스키장에서 새로 누굴 만난 거야?"

"아니. 그동안은 말이야, 저 사람을 사랑하는 건 확실하지만 과연 내 운명적 상대인지 아닌지 그게 좀 불안했거든. 그러다가 나중에 진짜 운명이 찾아오면 어떡하니? 진짜를 놓쳐버리는 거잖아. 근데 사고를 함께 겪으니까 저 사람이 내 운명이 맞구나 하는 느낌이 확실히 와."

S는 유진을 향해 활짝 웃었다.

"유진이 너한테도 곧 좋은 일이 생길 거야. 너도 사수자리잖아."

"이미 생긴 것도 같아."

유진은 S에게 배달사고에서부터 시작된 남자와의 만남, 쌍둥이 동생과의 입씨름에 대해서 이야기해주었다. S가 말했다.

"역시 사수자리는 논쟁에 강해. 너 그래서 어떻게 했어, 형이라는 남자가 올 때까지 기다렸니? 그 남자를 만나긴 만났어?"

"기다리려고 했지. 근데 그 순간 너한테서 전화가 왔고, 여기로 달려온 거야. 그 기분 나쁜 동생한테 형의 전화번호를 알려달라고 할 수도 있었지만, 솔직히 네가 병원이라길래 이런저런 생각할 경황이 없었어."

"나한테 다가온 운명이 너의 운명적 만남을 방해한 거네."

"정말로 운명이라면 또 만나겠지 뭐. 서점과 패스트푸드점에서처럼."

유진의 말에 갑자기 S가 고개를 저었다.

"아니야. 지금 생각났어. 나, 그 남자 기억나. 네가 책을 고르고 있는데 그 남자가 직원의 안내를 받아서 가까이 왔거든. 직원이 네 쪽을 가리키면서 그랬어. 저기 여자분이 보고 있는 게 손님이 찾으시는 책인데요, 마지막 한권이거든요. 그 남자는 등뒤에 서서 네가 그 책을 도로 내려놓기를 짜증스럽게 기다렸고, 그러는 동안 내가 그 얼굴을 똑똑히 봤단 말이야. 패스트푸드점에서 앞자리에 앉았던 남자는 절대 아니야."

"너도 봤다고? 나만 관심 있었던 게 아니었네?"

"그땐 아직 내가 운명적 상대를 찾기 전인데 눈앞에 나타난 괜찮은 남자를 안 봐주면 되겠니? 어쨌든 둘 다 검은 코트를 입어서 비슷해 보이긴 했어. 둘 다 잘생겼고. 근데 서점에서 본 남자는 얼굴에 살집이 좀 있었어. 패스트푸드점에 있던 남자는 갸름하고 미소년 타입이었거든. 인상착의로 따져보면 사과를 찾으러 온 남자는 두번째 남자야. 그 남자는 서점에는 가지 않았어. 그냥 네 오피스텔에 갔을 때 책상 위에 놓인 그 책을 봤고, 번역자가 동생이니까 그 얘기를 전했겠지."

"그럼 패스트푸드점 남자와 오피스텔에 온 남자만 동일인이라는 거네?"

"잘 생각해봐. 남자는 서점, 패스트푸드점, 오피스텔,

까페, 이 네 장소에 나타났어. 까페에 나타난 쌍둥이 동생 만 빼고 모두 같은 사람이라는 게 네 생각이잖아. 그럼 두 사람이 등장한 셈이지? 하지만 내 생각이 맞는다면, 서점 에서 마주친 남자는 다른 사람이니까 남자는 모두 세 사 람이 되지. 게다가 패스트푸드점 남자도 이유진의 쌍둥이 형이라고 백 퍼센트 확신할 수는 없잖아. 처음부터 네 사 람이 각기 다른 사람이었는지도 몰라."

"번역자 이유진까지 합하면 다섯명인 셈이야. 뭐야, 쌍 둥이란 걸 알기 전까지만 해도 나는 그 다섯이 모두 같은 사람인 줄 알았는데."

"근데 이상하다. 정말 배달 사고였다면 B동에도 네 이 름과 같은 이유진이란 사람이 살아야 하잖아. 근데 거기 사는 사람은 이유진의 형이라며?"

"둘이 같이 사나?"

"너 혹시 쌍둥이 남자가 같이 다니는 거 동네에서 본 적 있어?"

"아니. 하지만 봤는데도 잊어버릴 수 있잖아. 무심코 지 나쳤을 수도 있고."

"만약에 둘이 같이 산다면 동네에서 너와 마주쳤을 확 률은 형과 동생이 똑같은 거잖아. 그럼 형과 동생을 바꿔 놓아도 그 남자의 논리는 성립이 돼. 자기가 겪은 일도 아닌데 너무 자세히 알고 있는 것도 좀 이상하고. 앞뒤가 잘 짜여 있긴 하지만 어째 너무 복잡하지 않니? 차라리 둘이라기보다 하나라고 하는 편이 쉽게 납득이 가는데. 혹시 쌍둥이 같은 건 처음부터 없었던 거 아냐? 둘이 함께 있는 걸 보기 전까지 쌍둥이란 걸 어떻게 믿어?"

"두 사람에 대한 내 느낌이 완전히 달랐는데…… 아닌가?"

유진은 이마를 찡그렸다.

"그랬다면 이 모든 일을 왜 꾸민 걸까?"

"그야 모르지. 어쨌든 분명한 것은 생각하면 할수록, 알려고 하면 할수록 혼란스러워진다는 거야. 유진이 너하고 내 생각도 다르고 그리고 솔직히 말해서 그 동생이라는 남자 말이 모두 사실일 수도 있어. 어쨌든 그 얘기에도 모순은 없잖아."

"그래. 진짜로 동네에서 쌍둥이를 본 것 같기도 하거든."

둘은 곰곰이 기억을 더듬었다. 의심이 갈 만한 일은 모두 떠올려야 했다.

"생각났다. 너 이사하던 날 옆동으로 가는 이삿짐 트럭이 하나 있었잖아. 거기서 짐을 내리던 남자 둘이 정말 잘생겼다고 우리가 흘끔거리지 않았니? 둘이 꼭 닮았었잖아."

"전에 우리가 카레 식당 갔을 때 마주쳤던 남자 둘. 생각 안 나? 친구 같기도 하고 형제 같기도 하다고 우리 둘이 소곤댔었어. 분위기는 달랐지만 두 남자가 진짜 비슷했는데."

노크 소리에 이어 간호사가 병실로 들어섰다. 유진과 S의 이야기는 거기에서 끊어졌다. 간호사의 부축을 받아 몸을 일으키며 마지막으로 S가 말했다.

"B동 805호에 한번 가보는 게 어때. 쌍둥이 형이 사는지 동생이 사는지, 아님 둘이 같이 사는지."

그 말을 듣는 순간 웬일인지 유진은 자기도 모르게 흠칫 몸을 떨며 한발짝 뒤로 물러났다. 유진의 입에서 날카로운 대답이 내뱉어졌다.

"그건 싫어."

S와 간호사가 놀란 눈으로 동시에 유진을 바라보았다.

이유진이 번역한 책은 영국의 신경학 전문의가 쓴 산문집이었다. 사회적 규범과 틀 바깥에 존재하는 신경병 환자들의 이야기였는데 그중 한 챕터는 서로 경계가 모호한 쌍둥이의 사례였다.

그 쌍둥이들은 때로 선악의 역할을 분담하여 자신의 인생을 연출했다. 필요에 따라 하나가 되기도 하고 둘이 되기도 했으며, 종종 서로를 바꾸었다. 마치 소년들이 자

기만의 비밀장소를 만들어 그곳에서 세계를 시뮬레이션
하듯 상대방의 존재 속으로 드나들곤 했던 것이다. 그러
면서 그들은 생각했다. 나는 흉내내는 가짜이거나 그림자
이고, 내 삶은 어딘가 다른 곳에 있다고.

　그날 오피스텔로 찾아와 잃어버린 차 이야기를 들려주
었던 남자의 말을 유진은 한동안 잊을 수가 없었다. 세상
은 그야말로 제멋대로 굴러가요. 더러움과 증오와 한심함
으로 가득차 있어요. 솔직히, 아무렇게나 살아도 상관없
는 세상이라고 생각합니다. 내가 누구든 무슨 상관이겠습
니까. 이 세상이 모두 정밀하게 짜여진 각본대로 움직인
다고 생각하세요? 그렇다면 나는 아마 각본대로 뛰지 않
는 토끼일 거예요.

4

　어느 결에 깊이 잠들었던 모양이었다. 정차역을 알리
는 안내방송이 다시금 유진의 잠을 깨웠다. 유진은 무심
히 통로 쪽으로 고개를 돌리다가 소스라치게 놀랐다. 비
어 있던 건너편 자리에 이미 내린 줄 알았던 쌍둥이들이
다시 돌아와 앉아 있는 거였다. 그러나 자세히 보니 그들

은 쌍둥이가 아니라 서너살은 차이가 나 보이는 다른 자매였다. 유진이 비슷한 또래의 형제나 친구들을 쌍둥이로 착각하는 것은 처음 있는 일이 아니었다.

여고생들은 계속해서 떠들고 있었다. 이번에는 콘서트에 대한 이야기였다. 이층 사이드라고 무대가 잘 안 보이는 건 아니겠지? 그러게. 나한테 피스 날리는 거 꼭 봐야 하는데. 너 굿즈 뭐 살 거니? 티셔츠랑 키 링이랑, 안 이쁘면 말고. 난 안 이뻐도 포토 카드는 꼭 살 거야.

유진의 옆자리 남자가 물었다. 너희들 누구 콘서트 보러 가니? 자기들끼리 눈짓을 교환한 뒤 한 여고생이 새침하게 되물었다. 아저씨 일본 가수들 알아요? 몰라. 남자는 웃음 띤 얼굴로 고개를 저은 뒤 다시 입을 열었다.

너희들이 보러 가는 일본 가수 말이야, 어디가 그렇게 좋니? 노래도 너무 좋구요, 아무튼 멋져요. 어디로 튈지 몰라서 그게 더 멋있는 것 같아요. 그거, 토끼의 생존술 같은 거구나. 그게 뭔데요? 토끼는 적을 발견한 순간부터 무조건 뛰기 시작하거든. 근데 아무 규칙 없이 왔다갔다 제멋대로 뛰는 거야. 어디로 튈지 알 수가 없으니까 작전이고 뭐고 적용시킬 수도 없지 않겠어? 각본대로만 뛰었다면 벌써 여우나 매한테 파악당해 모조리 잡혀먹었을지도 모르지.

여고생이 반문했다. 그렇게 멋대로 뛰다가는 하필 적이 가는 방향으로 뛰어가는 재수없는 토끼도 있겠네요? 그럼 어이없이 쉽게 잡혀먹히는 거 아녜요? 남자가 갑자기 큰 소리로 웃었다.

여고생들은 다시 자기들끼리의 대화로 돌아갔다. 우리 반에 나랑 생일이 같은 애가 두명이나 되더라. 이번에도 남자가 참견했다. 같은 반에 생일이 같은 애가 있으면 특별한 인연이라고 생각하기 쉽지. 하지만 비둘기집 원리라는 게 있어. 마흔 명의 학급에서 생일이 같은 사람이 있을 확률은 얼핏 생각하기로도 90퍼센트쯤 돼. 대충 세 명은 기본이라는 얘기거든. 수학자들은 대수의 법칙에 따라서 그 확률을 이분의 일까지 높여 산출하기도 해. 그러니까 말이지, 처음 만나는 사람들끼리도 찾아보면 공통점이 몇 개쯤은 있는 법이거든. 에이, 그런 게 어딨어요? 이번에도 여고생들은 남자의 이론을 쉽게 받아들이지 않았다.

유진은 대화에 말려들지 않기 위해 고개를 창밖으로 돌렸다. 그 순간 기차가 터널로 들어갔다. 풍경이 사라지고 검은 스크린이 나타났다. 그것은 등뒤에서 유진을 바라보고 있는 옆자리 남자의 얼굴을 정면으로 반사하고 있었다. 검은 유리창 안에서 유진과 남자의 눈빛이 마주쳤다. 남자의 야구캡에 새겨진 미국 대학의 로고가 뚜렷이 보였다.

　유진은 생각했다. S는 내일 신부가 된다. 남자 친구를 사랑하는 건 확실하지만 그 사람이 진짜로 운명적 상대인지 아닌지 확신할 수 없어 불안해하다가 스키장의 우연한 사고를 운명의 싸인으로 받아들였다. 일월에 운명적 상대를 만난다는 사수자리의 점괘가 S에게는 맞아떨어진 셈이었다. 유진의 오피스텔로 찾아왔던 남자 역시 사수자리였다. 그 남자도 일월에 운명적 상대를 만났을까.

거대한 고독, 인간의 지도

신형철

1

이제 은희경은 하나의 장르가 된 것이다. 1995년 1월의 등단작 「이중주」에서 2005년 1월에 출간된 장편 『비밀과 거짓말』에 이르기까지, 이 장르의 생명력은 십여년간 완강하였다. 지금 막 사랑에 빠진 사람은 자신의 삶에 무엇이 결핍되어 있었는지를 뒤늦게 깨닫는다. 90년대 중반에 그의 소설과 만난 후 우리는 90년대 초반 한국소설의 어떤 편향을 뒤늦게 깨달았다. 그것을 '교술(敎述) 편향' 과 '서정(抒情) 편향'이라고 해보면 어떨까. 그의 소설은 충분히 지적이었지만 거기에는 소위 지식인소설의 엄숙과 훈계가 없었다. 읽는 이보다 얼추 반걸음 정도 앞서가는 그의 지성은 제 역할을 깐깐하게 해내면서도 그 여운이 상쾌했다. 더불어 그의 소설은 충분히 문학적이었지만 거기에는 소위 내성(內省)소설의 정념과밀현상이 해소되어 있었다. 눅눅한 감상이 탈수된 자리에 그가 복권한 것은 통쾌한 산문정신이었다.

'냉소'와 '위악'이 저 장르의 유전자인 것으로 알려져 있다. 그러나 이 말들에는 그 유전자의 진화과정이 생략돼 있다. 냉소와 위악은 정주하는 정신의 속편한 포즈가 아니라 끊임없이 약동하는 정신의 어떤 태세다. 한국의 근대화는 절름발이였다. 시스템의 근대화가 심성의 근대화를 너무 앞서갔다. 물질적 기반이 부단히 갱신되는 동안에도 의식의 거미줄들은 채 걷히지 못했다. 은희경이 공들여 쓴 소설들은 그 거미줄들을 하나씩 철거하는 의식의 재개발사업이었다. 허위와 싸우기 위해 냉소가 동원되었고 위선과 싸우기 위해 위악이 동원되었을 것이다. 넓게 말해 이데올로기라 할 수 있는 것들과의 유연한 격전이었다. 내 안에 나 아닌 그 어떤 것도 들여놓지 않겠다는 부단한 긴장이 그의 것이었고, 풍속의 세목들을 저인망으로 훑으면서 끝내 '진정성'이라는 '이타카'(Ithaca)로 귀환하는 자기의식의 여행이 그의 방법론이었다.

집단정치에서 개인윤리로의 전환이라는 말로 90년대 소설의 차이를 규정할 수 있고, '심층 근대화'를 위한 각개약진의 시기라는 말로 90년대의 문학사적 의의를 규정할 수 있다. 이런 흐름 속에서 특히 은희경의 소설들은 "개인주의적 파사현정(破邪顯正)의 한 절정"(황종연)이라는 평가를 받았다. 이제 우리는 그것을 '90년대적인 것'이라고 부른다. 개인 각자가 자신의 삶을 결단할 수 있는 선택의 왕국에서만 90년대적인 것은 가능하다. 그것이 착각이었을지언정 당시 우리에게는 선택이 가능하다는 믿음이 있었다. 1997년 IMF 사태 이후 십년 동안 많은 것들이 달라졌다. 시스템의 변화는 주체를 파괴하고 끝내 적응시킨다. 지금 이 세계가 유일한 세계일지 모른다는 절망, 이제 세계는 전진하지 않는다는 체념이 그사이 체화되었다. '역사의 종언'이 새삼 뼈아픈 실감으로 다가오기 시작했다. 지금 막 상실을 겪은 사람은 자신의 삶이 일종의 거대한 착각이었음을 뒤늦게 깨닫는다. 완강한 시스템 속에서 고독한 개인들과 더불어 은희경 문학이 다시 시작된다.

2

삶이 그대를 속일지라도 슬퍼하거나 노여워 마라. 이 것은 푸쉬킨의 말이다. 그러나 푸쉬킨이 필요한 때는 이 미 늦은 때다. 속지 않기 위해서는 안전거리를 유지해야 한다. "내 삶은 삶이 내게 가까이 오지 못하도록 끊임없이 거리를 유지하는 긴장으로써만 지탱돼왔다."(「프롤로그」, 『새의 선물』, 문학동네 1995) 혹여 가까이 오면, 속지 않기 위해 먼저 속여야 한다. "지금보다 훨씬 나쁘더라도 지금보다 는 나은 거야."(「그녀의 세 번째 남자」, 『타인에게 말 걸기』, 문학동 네 1996) 그러나 2007년의 은희경이 당시의 은희경에게 묻 는다. 진정한 나라고 믿었던 것의 한가운데에 구멍이 뚫 려 있었다면? 내 영혼의 고향인 이타카가 이미 지도에서 사라져버렸다면? 은희경의 근작들은 느낌표 대신에 물음 표들을 몰고 다닌다. 그 의문들이 조금씩 땅을 흔들다가 마침내 나를 관통하고 이타카를 침몰시킨다.

「고독의 발견」을 먼저 읽는다. K는 서른여덟살의 만년 고시생이다. 거짓말을 할 줄 모르고 자기를 여러 개로 쪼 갤 줄도 몰라 삶이 한없이 무겁기만 하다. 오랫동안 만나 왔던 S도 더이상 그를 견디지 못하고 떠났다. 서른여덟번째 생일날 홀로 찻집에 앉아 있었다. 짐 모리슨의 「People are Strange」를 듣다가 깜빡 잠이 들었던가. 그가 깨어난 뒤부터 몽환적인 일들이 펼쳐지기 시작한다. 한 사내를 만나 W시의 여관을 소개받고, W시의 지도를 구입하고, 그곳에 가서 '젤소미나'라 불리는 난쟁이 여자를 만난다. 그들 덕분에 나는, 가운데에 구멍이 뚫려 있던 W시의 지도를 읽듯, 중심이 텅 비어 있던 내 영혼의 지도를 읽어낼 수 있게 된다. 그는 한때나마 전도유망했고 누구에게나 사랑을 받았으며 여행지에서도 스스로 물에 뛰어든 그런 인간이 아니었다. 별 볼일 없는 인간이었고 모두가 그를 싫어했으며 그가 물에 빠진 건 동료들이 그를 떠밀었기 때문이었다. "어쩌면 나는 S에게 상처를 주었을지도 모른다. 그리고 이 여자에게도, 가족들과 그리고 어쩌면 세상 모두에. 나는 또 무엇을 잘못했던 것일까."(192면)

그때였다. 깔깔거리는 웃음소리와 함께 여자의 몸이 허공으로 날아올랐다. 나는 여자의 치맛자락을 붙들었고 그 순간 내 몸도 함께 붕 떠오르는 걸 느꼈다. 붉은 먼지로 감싸인 채 멀리 강이 보였으며 배에 가득 찬 손님들, 검은 외투의 남자, 그리고 흰 입김을 날리며 뭔가 망설이는 표정으로 주머니에 두 손을 넣은 채 강을 내려다보는 젊은날 K의 모습도 보였다.

그렇구나. 나는 중얼거렸다. 몸을 가볍게 만드는 연구가 드디어 완성되었어.

(「고독의 발견」 193면)

이것은 구원인가? 아닐 것이다. K가 자신의 과거를 한눈에 조감하는 이 순간은 K가 자신의 실패를 최종적으로 확인하는 순간이다. 제 영혼의 어두운 페이지들을 다 넘긴 이 순간에 발설되는 '완성' 운운은 그래서 서글픈 역설이다. 이 대목이 환상으로 비약하는 까닭은 이것이 꿈의 끝이기 때문이다. K가 찻집에서 몽환적인 노래를 들으며 잠든 것이 아마도 꿈의 시작이었을 것이다. 홀연히 나타난 사내가 십오년 전의 나를 기억하고 있었던 것도, 내게 지도를 판 서점 주인이 내 행선지를 이미 알고 있었던 것도, 젤소미나가 나를 구면인 사람처럼 스스럼없이 대한 것도, 그들이 다 꿈속의 인물들이자 내 영혼의 기미(幾微)들이었기 때문이다. 그리고 그후에야 이 소설은 꿈 이전의 어느 한때로 되돌아간다. "그날은 S의 생일이었다."(193면) 젤소미나의 죽음 앞에서 비로소 거대한 고독을 발견하고 어찌할 바를 몰라 오열했던 영화 「길」의 잠파노처럼, 그도 제 삶을 관통하고 있는 거대한 고독을 발견하고 그날 소리 없이 오열했다. "내가 남의 눈에 비친 바로 그대로의 사람이라는 사실"과 "거기에서 벗어날 길이 없다는 사실"(187면)을 깨닫는 일은 한 개인의 현실을 족히 무너뜨린다. 내가 잃어버린 기억들을 수습하고 영혼의 내력을 살피기 위해 슬픈 몽유를 시작한 것은 이 '고독의 발견' 이후의 일이다.

「유리 가가린의 푸른 별」의 구조가 이와 흡사하다. '나'는 "이제 내 인생에 변수는 거의 없다"(203면)고 말하는 출판사 사장이다. 그에게는 부족한 것이 없어 보이지만, 그것은 그가 무언가를 잃어버렸다는 사실 자체를 잊고 있기 때문인 것처럼 보인다. 그런 그에게 '1991년의 코스모나트'라는 제목의 소설 원고가 들어오고(나중에 밝혀지지만 이것은 십오년 전에 내가 분실한 J의 소설이다), '은숙'이라는 여인에게서 정체불명의 메일이 온다(나중에 밝혀지지만 이것은 십오년 전 내가 띄운 편지의 답신이다). 「고독의 발견」에서 정체불명의 사내가 K를 W시로 안내했듯, 한 편의 소설과 하나의 이름이 그를 십오년 전의 한 순간으로, 1992년 어느날의 결혼식 피로연장으로 서서히 데리고 간다. 1992년은 환멸과 허무의 연대였다. 그때 그곳에서 그들은 각자의 방식으로 제 청춘의 장례를 치르고 있었다. 그날 이후로 그들의 청춘은 끝난 것이었다. 이후 K는 자살했고 M은 이민을 떠났으며 '나'는 그때를 잊었다. 그런데 지금 그의 마음속에 파문이 인다. 당신은 어느 우주를 떠돌다가 이제야 그곳으로 돌아가고 있는가.

지구로부터 수만 킬로미터 떨어진 곳의 깊은 암흑 한가운데에 홀로 떠 있는 가가린은 이미 자신이라고 하는 존재로부터 이탈해 있었다. 모든 것이 어둡고 가벼워서 거의 허무에 가까웠다. 불안하고 고독했다. 그때에 유리 가가린의 눈앞에 빛을 머금은 행성이 나타났다. 검은 허공으로 가득 찬 우주 한가운데 신비롭게 떠 있는 아름다운 별. 가가린은 전율했다. 나는 저 별을 보기 위해서 우주를 뚫고 그렇게 먼 거리를 가로질러왔던 것일까.

(「유리 가가린의 푸른 별」 230면)

무언가를 잃어버렸으나 잃은 줄 몰랐고 진심으로 고독했으나 고독한 줄 몰랐던 그가 유리 가가린처럼 청춘이라는 푸른 별을 향해 귀환하기 시작한다. "오늘밤의 시간은 내 인생의 어디에도 속하지 않는 예외적인 미지의 시간이다."(232면) 십오년 만에 되찾은 청춘의 한때가 권태로운 오늘에 빛을 뿌렸기 때문일 것이다. 그러나 이것은 구원인가? 역시 아닐 것이다. 외려 우리는 소설의 끝에 놓여 있는 십오년 전 나의 편지를 읽는 순간 무너질 듯한 애잔

함을 느낀다. 십오년을 건너뛰는 시적 도약의 순간에 오히려 십오년이라는 시간의 무게를 새삼 느끼게 되는 탓이다. 청춘의 기억을 삼키며 처연히 흘러갔을 십오년의 세월이 상징하는 것은 삶의 불가항력이다. 「고독의 발견」의 끝에서야 터져나오는 과거의 오열이 주는 착잡한 감회가 또한 그러하다. 우리는 이 소설들에서 인물들의 현재를 가능하게 한 과거의 결정적인 한순간을 소설의 끝에서야 만나게 된다. 이와 같은 배치의 마술 덕분에 우리는 오늘날 우리의 삶을 규정하는 어떤 유무형의 힘 앞에서는 도무지 선택의 왕국이 들어설 자리가 없다는 사실을 아프게 깨닫는다. 이 모두를 일러 고독의 발견이라 불러도 좋으리라.

3

많은 것을 잃어버렸으되 잃어버린 것들이 무엇인지를 도무지 모르겠는 것이다. 그것은 먹먹한 일이다. 그러다 잃어버린 것이 무엇인지를 알게 되지만 그때는 이미 돌이킬 수 없는 일이 되어 있는 것이다. 그것은 참혹한 일이다. 시간은, 삶은, 시스템은 그렇게 먹먹하고 참혹한 것이라고 은희경의 소설은 말한다. 상처가 쌓여 이제는 영혼이 굳은살로만 되어 있는 것이 아닌가 싶은 인물들이 있고, 그들의 내면에서 흘러나오는 말들을 어떠한 감상적 개입도 없이 옮겨내는 건조한 문장들이 있다. 그것들이 어울려 빚어내는 긴장감은 어떤 소설에서건 읽는 이의 방심을 허락하지 않는다. 이것은 단지 수사학의 소관이 아니다. 초기 소설들이 구사한 파사현정의 수사학이 이데올로기와의 유격전을 위한 것이었다면, 최근 소설들이 채용하고 있는 무색무취의 수사학은 시스템과 주체의 대치를 그리기 위한 것이다. 그 수사학의 빈틈없는 긴장감 속에서 재현되는 주체의 안간힘은 그래서 얼핏 강박증의 양상을 띠면서 마침내는 인간의 존엄을 되새기게 한다. 그 소재가 다이어트 강박이든 지도 중독이든 말이다. 「아름다움이 나를 멸시한다」의 결말 부분이다.

내가 이태리 식당에서 지금까지 내가 알던 것과는 다른 세계를 보았듯이 아버지 역시 자신이 알던 것과는 다른 아들을 보았어야 했다. 그러나 아버지는 뚱뚱한 아이의 기억을 갖고 떠나버렸다. 비너스를 보며 나는 생각했었다. 세상의 모든 아름다운 것들은 나를 멸시한다고.

(「아름다움이 나를 멸시한다」 55면)

나는 아버지의 인정을 받아본 적이 없다고 생각한다. 축복받지 못한 출생이었기 때문이다. '보티첼리의 비너스'에 대한 애착은 '아름다운 출생'에의 꿈이다. 그 인정의 결핍이 나를 고독하게 한다. 나의 거대한 몸집은 저 거대한 고독의 슬픈 은유다. 그래서 아비의 위독을 통보받은 서른다섯번째 생일날 다이어트를 시작한다. 아비가 죽기 전 마지막 한번만이라도 달라진 모습을 보여야 했다. 그러므로 이 소설에서 다이어트라는 소재는 방편일 뿐이다. 육체의 질긴 욕망은 삶의 불가항력을, 나의 필사적인 다이어트는 그 불가항력에 맞서는 분투를 은유한다. 거대한 고독의 세계에서 나의 좌표를 찾겠다는 열망의 다른 이름이 아니라면, 이 다이어트가 그토록 사무칠 까닭이 없는 것이다. 그러나 끝내 아름다움은 나를 멸시한다. 이 소설은 완강한 시스템 속에서 빠져나오기 위한 인간의 안간힘에 바치는 비가(悲歌)다. 이 다이어트에 비견되는 것이 '소녀 B의 몽상'(「날씨와 생활」)이다. 그러나 현실은 밀린 할부 책값을 받으러 오는 수금원처럼 태연하게 그 몽상을 무너뜨리고 만다. 하지만 "상상까지 하지 말란 법이 있는가."(89면) 소녀는 현실의 사소한 악의에도 쉽게 바스러지고 마는 삶을 웃음으로 견뎌낸다. 그러나 그 웃음은 반

어일 것이다. 폭우가 쏟아지는 '날씨'에도 '생활'은 맑을 수 있다는 순진한 믿음의 웃음이라기보다는 시스템의 악의에 맞서는 안간힘의 웃음일 것이다.

최근 은희경의 소설들에서 더러 무심하게 나열되곤 하는 정보들은 그 안간힘의 무늬를 그려내기 위해 동원된다. 내가 다이어트에 대한 정보를 소상히 나열할 때, 소녀 B가 온갖 동화책들의 제목을 나열할 때, 그것들은 모두 고독한 인간들의 강박증적인 내면을 우회적으로 재현한다. 좌표를 잃어버린 인간들이 고안해낸 '없는 지도'의 대체물들이라 해도 좋다. 그래서 「지도 중독」을 마지막으로 읽어야 한다. "좌표가 흔들리고 있기 때문에 길 찾기가 쉽지 않은 세상"(107면)을 사는 인간들의 여행기다. 좌표 없는 세상을 살아가는 두 유형의 인물이 있어 우리의 거울 역할을 한다. M은 "삶에서 일어나는 일을 그저 받아들여야만 한다"(106면)고 믿는 '적응론자'다. 좌표가 불확실할 때에는 그저 무리에 섞여 있는 것이 상책이라고 생각하는 타입이라고 해도 좋다. 그가 캐나다 로키 산맥에서 만나게 되는 P는 자신의 좌표를 끊임없이 확인하려고 하는 강박에 사로잡힌 인물이다. 그의 '지도 중독'은 좌표를 잃어버린 시대의 한 증상처럼 보인다. 얼핏 '사회부적응자'처럼 보이는 그의 강박증은 그러나 길을 찾기 위한 가파른 모색의 소산이다. "나는 남이 안 가본 길을 가는 재미로 살아"라고 말할 때, 혹은 "적응만 하면 진화를 할 수가 없지"(143면)라고 말할 때의 그는 그래서 M과 사뭇 다른 '진화론자'쯤 될 것이다. 적응론자가 진화론자에게 묻는다.

"선배가 생각하는 진화란 게 뭐예요?"

"모두들 다른 존재가 되는 것, 그것이 진화야. 인간들은 다르다는 것에 불안을 느끼고 자기와 다른 인간을 배척하게 돼 있어. 하지만 야생에서는 달라야만 서로 존중을 받지. 거기에서는 다르다는 것이 살아남는 방법이야. 사는 곳도 다르고 먹이도 다르고 천적도 다르고, 서로 다른 존재들만이 평화롭게 공존하는 거야."

"왜 그렇게 지도를 열심히 보세요?"

갑작스러운 나의 질문에 P선배는 피식 웃었다.

"좌표가 있으니까. 지도는 내가 풀어본 중에 가장 쉬운 2차방정식이야. 원점 O가 확실하면 P의 위치는 구할 수 있는 법이거든.

(「지도 중독」 145면)

그저 무리에 섞여 있는 것이 상책이 아니라 부단히 서로 다른 존재가 되기 위한 모색이 필요하다는 것이다. 고독의 발견 이후에 필요한 것은 고독과의 강인한 대치라는 것이다. P와의 여행을 끝낸 후 M이 적응론자의 면모를 얼마간 탈피하는 것은 사실이지만 그러나 이 소설이 P의 진화론을 낭만적으로 지지하고 있다 생각한다면 그것은 오해일 것이다. P의 강박적 지도 중독은 그저 또 하나의 몸부림일 따름이다. 인용된 대목 이후에 "다음 순간 P선배의 얼굴에서 웃음이 걷혔다"가 기어이 따라붙는 것은 그 때문일 것이다. 좌표 P의 위치를 구한다 한들 갈 길이 환히 보일 리가 있겠는가. M은 P에게서 진실로 우리를 이끌어줄 지도가 필요하다는 착잡한 깨우침 정도만을 얻어냈을 것이다. 모두에게는 각자의 지도를 찾아야 할 의무가 있다는 것, 없는 지도를 더듬어가는 모색이 인간의 사명이라는 것이 이 신중한 작가의 마지막 한마디가 아닐 것인가. "상투적인 말이긴 해도 어쨌든 인생이란 길찾기이니까요"(141면)라는 말은 과연 상투적인 말이긴 하지만 어쨌든 진실이다. M의 탄식이 그래서 마음을 건드리는 것이다. "어떻게 살아야 할지 모르겠다고? 서른이 넘었는데, 나도 아직 어떻게 살아야 하는지 몰라."(147면)

어쩌면 이 책은 지도에서 시작해 지도에서 끝난다고 해도 좋아 보인다. 중심에 구멍이 뚫려 있는 W시의 지도와 더불어 고독을 발견하였고(「고독의 발견」), 캐나다 로키 산맥의 지도를 들여다보며 갈 길을 물었다(「지도 중독」). 식품영양학에 관한 사변이 육체의 유전자지도에 대한 논의로 이어질 때에도(「아름다움이 나를 멸시한다」), 우연과 필연의 통계학을 집요하게 물고 늘어질 때에도(「의심을 찬양함」) 거기에는 '지도의 사유'라 할 만한 것이 있다. 우리의 정신과 육체를 근저에서 좌우하는 시스템의 내적 논리를 지도로 그려내는 일에서부터 모종의 전진이 가능할 것이라는 성숙한 구조적 통찰이 이 소설집을 떠받친다. 요컨대 지도라는 메타포 위에 이 책은 서 있다. 지도 메타포의 역사는 유구하다. "별이 빛나는 창공을 보고, 갈 수가 있고 또 가야만 하는 길의 지도를 읽을 수 있던 시대는 얼마나 행복했던가?"(『소설의 이론』 첫머리) 운운한 루카치에서부터 "사회적 총체성에 대한 자기-의식"(『지정학적 미학』 서론)의 탈환을 요청하면서 '인식적 지도 그리기'(cognitive mapping)의 필요성을 역설한 프레드릭 제임슨에 이르기까지 말이다. 그들의 고뇌와 고투는 지금 은희경의 것이기도 하다.

4

성실한 작가라면 고뇌할 것이다. "미네르바의 올빼미는 황혼녘에야 날개를 편다"는 사상가의 금언과 "여기가 로도스다, 여기서 뛰어라"라는 실천가의 명령 사이에서 고독할 것이다. 그러나 소설가는 '황혼녘'이 되기 전에도 날아올라야 하고 '로도스'에서는 외려 호흡을 가다듬기도 해야 한다. 그는 사상가보다 빠르고 실천가보다 느리다. 이 성실한 오류와 성숙한 주저가 소설가의 존재증명이다. 그 자리에 서면 보인다. 시스템의 현황과 우리의 좌표가 쓸쓸하게 일렁인다. 그렇게 떠오르는 기미들로 작가는 지도를 만든다. 헤라클레이토스는 모든 일에 울었고 데모크리토스는 모든 일에 웃었다고 했던가. 지도를 만든다는 것은 이를테면 그 중간에 서는 일이다. 이제 은희경의 소설은 울지도 웃지도 않는다. 거대한 고독의 세계에서 인간의 지도를 만드는 이 지도 제작자에게 우리의 갈 길을 묻고 싶다. 그러나 이제는 울지도 웃지도 않기로 작정한 이 소설가에게도 삶은 얼마나 고독할까.

"나는 아름답고 낯설고 허망한 소설을 좋아한다. 그러나 잘 쓰지는 못한다. 대개 내 소설은 질문과 고민을 포함한 '이야기'이기 때문이다."(「작가의 말」, 『비밀과 거짓말』) 이 말이 꼭 옳지는 않다. 이 소설집에 실린 작품들로 말하자면, 질문과 고민이 응축되어 있는 이야기인 것이 분명하지만, 그러면서 아름답고 낯설고 (섣부른 전망을 거절한다는 의미에서) 끝내 허망하기까지 하다. 한 단어도 뺄 필요가 없을 것이다. 아름답고, 낯설고, 허망하다. 초기 은희경의 소설들은 면도칼 같아서 읽는 중에 여러 번 당신을 긋고 지나갔다. 그것은 기꺼이 즐길 만한 통증이었을 것이다. 그런데 이제 그의 소설은 칼이 아닌 척하는 칼이어서 당신은 베이고 있는 줄도 모르는 채로 깊이 베이게 된다. 쉽게 알아보기 힘든 어떤 힘이 밀고 들어와, 조용히 빠져나가고, 마침내 피 흐를 때, 비로소 그것이 칼이었음을 알게 되는 것이다. 이 묵직한 통증의 미학에 어떤 이름을 붙여야 하나. 이 소설의 장르는 그래서 그냥 '은희경'이다.

申亨澈 | 문학평론가

앞으로도 그럴 것이다

아홉번째 책을 낸다. 그런데 훗날 이 책을 뒤에서부터 헤아리면 몇번째가 될까.

뒤가 있다고 생각하니 이 정도면 됐어,라고 말하고 싶어진다. 다음에 잘하지 뭐,라고도.

실은 내 소설 모두가 다 이런 회피심리에 의지하며 쓰였다. 나는 비관적인 사람이고, 그래서 더욱 그런지 모르지만 헛된 힘을 빼는 일이 여전히 어렵다.

헛된 힘의 정체는 아마 상투성과 허위일 것이다. 좋은 인간이 되려고 노력하던 시절이 있었다. 덕분에 내 머릿속에는 상식적인 생각이 가득 차 있다. 머리를 열면 그것이 제일 먼저 튀어나온다. 에헴, 하고 점잖게 걸어나오려는 그저그런 생각들을 밀치고 별처럼 빛나는(틀림없이!) 나의 진짜 생각을 끄집어내기 위해서는, 중력과 반대 방향으로 나 자신의 근육을 사용해야 한다. 헛된 힘을 빼기 위해서는 더 강력한 체력을 만들 필요가 있다.

소설 한편을 쓰고 나면 이로써 또 한번 한국문학을 빛내주었다는 생각이 들어야 할 텐데(?) 다만 가까스로 한 가지의 고독을 이겨냈다는 느낌이 든다. 또한 잠깐이나마 낙관적이 되는데, 그때 짓게 되는 안도의 웃음이 바로 소설 쓰는 체력이 돼주는 것 같다.

돌이켜보면 기분이 좋았던 시절에 소설을 많이 썼던 듯싶다. 사람들이 오해하고 있다. 소설가는 행복할 때 소설을 잘 쓴다. 기고만장하면 더 잘 쓴다고 본다. 게다가 이제 나는 잠시 진지한 생각에라도 빠져 있으면 누군가 다가와서 요즘 얼굴이 안 좋아졌다며 건강을 챙기라고 걱정해주는 나이이다. 사진을 찍을 때에도 웃지 않으면 자칫 표정에 풍상이 엿보인다. 그래서 얼마 전부터는 영화관에서나 식탁에서나 책상 앞에서나 일부러 큰 소리로 웃기로 결심했다. 소설 속에서도 역시. 이번 소설집에 그 여정이 조금쯤 보이는 듯하다.

소설 제목이 생각나지 않을 때는 시집을 뒤지곤 한다. K도 도와준다. 그가 릴케의 『두이노의 비가』에서 문장을 하나 골라냈다. '우리가 그토록 아름다움을 숭배하는 것은, 아름다움이 우리를 멸시하기 때문이다.' 그 문장으로부터 표제작의 제목이 생겨났다. 내가 발견한 문장은 '하지만 지금껏 그가 삶을 시작한 적이 있던가'와 '사랑했노라, 자신의 내면, 자기 내면의 황야를' 같은 우울한 것들이었으니 고마워할 수밖에 없겠다. 나는 소설을 꽤 여러번 고치는 편인데 그것은 그만큼 초고가 형편없다는 뜻도된다. 소설이 되기 이전의 어설픈 생각을 모두 들어주고마지막 교정에 동반해주는 K에게 고마움을 전한다. 매번빠짐없이 술을 사야 하기 때문에 정산은 빠르다고 할 수있지만.

이 책에 실린 소설 중 절반을 원주의 토지문화관 작가집필실에서 썼다. 그곳에 머무는 동안 평화롭고 건강했다. 크게 감사드린다. 책을 만드느라 고생해준 창비의 여러 담당자들께도 고마움을 전하고 싶다.

지난여름 오래된 절이 있는 일본의 도시로 가족여행을다녀왔다. 돈, 권력, 애정, 건강을 가져다준다는 네가지의물줄기가 흐르고 있는 행운의 약수대 앞에서였다. 네가지 중 하나를 택하라는 말에 나는 급히 돈 쪽으로 가서 줄을 섰다. 물을 마신 뒤 이번에는 애정 쪽 줄로 뛰어갔다.그다음엔 건강 쪽으로. 덕분에 아마 모든 일이 잘될 것 같다. 누구보다 사랑하는 딸이 이 책을 좋아할는지 궁금하다. 엄마와 여동생, 그리고 남동생의 가족들에게도 이 책을 통해 안부를 전해본다.

소설을 혼자 쓰는 게 아니라는 생각을 가끔 한다. 누군가 높은 곳으로 한발 올라가 시야를 넓혀놓으면 다음 사람은 그 지점에서 출발할 수 있다. 서로 번갈아 업고 업히며 함께 산을 오르는 것이다. 아무려나. 그동안 나와 유쾌하게 술을 마셔준 선후배 동료들에게 언제든지 한잔 사겠다는 말을 하고 싶다. 왜냐하면, 우리에게 다시 골목 가득 꽃향기를 담고 봄밤이 당도했으니!

2007년 봄
은희경

은희경이라는 이름은 하나의 브랜드(였)다. 내 머릿속에 그려졌던 은희경 '표' 이미지는 화사한 꽃무늬의 블라우스, 발랄하고 세련된 푸른색 터틀넥, 스포티한 토트백 같은 것이었다. 새로운 컬렉션이 나올 때마다 나는 그 브랜드를 동경의 눈빛으로 바라보곤 했었다. 하지만 어느 순간부터 달라졌다. 지금 내 머릿속의 은희경 브랜드는 검은색 슈트에 가깝다. 색은 옅어졌고, 장신은 줄었다. 흑백의 이미지다. 언뜻 단순해 보인다. 하지만 흑백이야말로 궁극의 지점이라고 나는 생각한다. 흑(黑) 속의 깊이, 백(白) 속의 빛깔을 밝혀내는 것이야말로 세상의 비의를 드러내는 방식이다. 흑백영화를 본 적이 있다면 알 것이다. 흑백의 피가 더 섬뜩해 보이고, 흑백의 풍경에서 더 무궁무진한 색감이 드러난다는 사실을. 아마도 나는 예전의 컬렉션보다 새로운 은희경 브랜드를 더 좋아하게 될 것 같다. 그 옷은 조금 불편할지 모르지만, 불편하기 때문에 우리의 몸을 더 잘 깨달을 수 있고, 불편하기 때문에 더 많은 것을 이해할 수 있을 것이다.

김중혁 | 소설가

이따금 나는 좋아하는 작가의 행사에 간다. 관객석에 앉아 있으면 그저 뿌듯하고 설렌다. 의심과 판단이 없어 편안하며, 호의와 선망으로 가득차서 약간은 흥분상태이다. 그 기분을 누릴 수 있는 건 독자로서 나의 권능이다.

작가일 때의 나는 다르다. 글을 쓰는 일이 의심과 판단, 다시 의심의 기나긴 도정이다. 누리기는커녕 가학에 가깝다. 그러나 잘 쓰기만 한다면(!) 독자를 움직이게 할 수 있으며 그 또한 다른 의미의 권능일 것이다.

독자일 때의 나와 작가일 때의 나. 그 둘을 완전히 분리할 수는 없다. 읽는 자아와 쓰는 자아는 서로 넘나든다. 나는 읽을 때 가장 많이 배운다. 또한 쓰고 있을 때 나는 내

글의 유일한 독자이다. 독법이 작법이 되는 것이다.

개정판을 내기 위해 원고를 고치면서 그 두가지의 나와 맞닥뜨려야 했다. 2007년 이 책의 작가와 2020년 이 책의 독자. 우리는 둘 다 변했고, 또 변하지 않은 것 같다.

가령 이런 생각. 나는 오랫동안 소설이란 유의미한 현실을 재현하고, 또 그 과정을 도움닫기 삼아 순간이나마 위로 날아서 현실을 다시 한번 조망해보는 것이라고 생각했다. 마지막에 착지하는 지점이 글쓴 자의 시야가 된다고. 요즘 그 생각이 조금 바뀌었다. 재현, 그러니까 보여주는 데에서부터 이미 쓰는 자의 조망이 시작되는 게 아닐까 싶다.

이 책에서 던졌던 17년 전의 질문에 나는 아직도 답을 찾지 못했다. 내가 이렇게 끈질긴 사람이 아닌데…… 어쨌든 그때의 질문이 현재도 조금이나마 유효하다고 느꼈다. 그래서 개정판을 내는 멋쩍은 마음이 여전히 쓸 수 있다는 데 대한 뻔뻔한 고마움으로 바뀌었다.

질문뿐 아니라 나라는 사람의 소심함 역시 달라지지

않았다. 독자의 권능을 의식해서 원고를 고쳤다가 작가의 권능으로 다시 처음으로 되돌리는 헛된 짓을 하느라 종이와 시간과 '재능'을 낭비했다. 그 과정을 넉넉한 마음으로 함께 해준 편집자와 디자이너에게 고마움을 전한다. 무엇보다 이 책에 덮인 시간의 먼지를 떨고 새 옷을 입혀 다시 서가에 꽂아준 창비에 감사한다.

이제 더이상 '잘 가라, 내 청춘'이라는 문장을 쓰기 거북한 처지가 되었고 그야말로 아름다움이 나를 멸시한다는 걸 자주 느끼지만 나는 여전히 고독을 발견하며 의심을 찬양한다. 그것이 소설이라는, 여전한 나의 날씨이다. 날씨야, 너만 믿는다.

2020년 5월
은희경

아름다움이 나를 멸시한다

초판 1쇄 발행 • 2007년 4월 5일
개정 초판 1쇄 발행 • 2020년 5월 15일

지은이 / 은희경
펴낸이 / 강일우
책임편집 / 최현우
조판 / 신혜원
펴낸곳 / (주)창비
등록 / 1986년 8월 5일 제85호
주소 / 10881 경기도 파주시 회동길 184
전화 / 031-955-3333
팩시밀리 / 영업 031-955-3399 · 편집 031-955-3400
홈페이지 / www.changbi.com
전자우편 / lit@changbi.com